红拂夜奔

王小波 ——— 著

北京出版集团
北京十月文艺出版社

新经典文化股份有限公司
www.readinglife.com
出 品

目 录

自　序	1
第一章	5
第二章	48
第三章	90
第四章	113
第五章	143
第六章	165
第七章	204
第八章	236
第九章	262
第十章	296

自　序

这本书里将要谈到的是有趣。其实每一本书都应该有趣，对于一些书来说，有趣是它存在的理由；对于另一些书来说，有趣是它应达到的标准。我能记住自己读过的每一本有趣的书，而无趣的书则连书名都不会记得。但是不仅是我，大家都快要忘记有趣是什么了。

我以为有趣像一个历史阶段，正在被超越。照我的理解，马尔库塞在他卓越的著作《单向度的人》里，也表达过相同的看法。当然，中国人的遭遇和他们是不同的故事。在我们这里，智慧被超越，变成了"暧昧不清"；性爱被超越，变成了"思无邪"；有趣被超越之后，就会变成庄严滞重。我们的灵魂将被净化，被提升，而不是如马尔库塞所说的那样，淹没在物欲里。我正等待着有一天，自己能够打开一本书不再期待它有趣，只期待自己能受到教育。与此同时，我也想起了《浮士德》里主人公感到生命离去时所说的话：你真美呀，请等一等！我哀惋正在失去的东西。

  一本小说里总该有些纯属虚构的地方。熟悉数学方面典故的读者一定知道有关费尔马定理的那个有趣的故事，这方面毋庸作者赘言。最近，哈佛大学的一位教授证明了费尔马定理。需要说明的是，书中王二证明费尔马定理，是在此事之前。

作者

关于这本书：

王二，一九九三年四十一岁，在北京一所大学里做研究工作。研究方向是中国古代数学史。他是作者的又一位同名兄弟。年轻时他插过队，后来在大学里学过数学。从未结过婚，现在和一个姓孙的女人住在一套公寓房子里。在冥思苦想以求证明费尔马定理的同时，写出了这本有关李靖和红拂的书。这本书和他这个人一样不可信，但是包含了最大的真实性。熟悉历史的读者会发现，本书叙事风格受到法国史学大师费尔南·布罗代尔的杰出著作《十五至十八世纪的物质文明、经济和资本主义》的影响，更像一本历史书而不太像一本小说。这正是作者的本意。假如本书有怪诞的地方，则非作者有意为之，而是历史的本来面貌。

第一章

在本章里一再提到一个名称"领导上"。在一本历史小说里出现这种称呼，多少有些古怪。作者的本意是要说明，"领导"这种身份是古而有之。

一

李靖、红拂、虬髯公世称风尘三侠，隋朝末年，他们三人都在洛阳城里住过。大隋朝的人说，洛阳城是古往今来最伟大的城市；但唐朝的人又说，长安是古往今来最伟大的城市；宋朝的人说，汴梁是古往今来最伟大的城市，所以很难搞清到底哪里是古往今来最伟大的城市。洛阳城是泥土筑成的，土是用远处运来的最纯净的黄土，放到笼屉里蒸软后，掺上小孩子屙的屎（这些孩子除了豆面什么都不吃，除了屙屎什么都不干，所以能够屙出最纯净的屎），放进模板筑成城墙，过上一百年，那城就会变成豆青色，可以历千年而不倒。过上一千年，那城墙就会呈古铜色，可以历万年而不倒。过上一万年，那城就会变成黑色，永远不倒。这都是陈年老屎的作用。李靖、红拂、虬髯公住在城里时，城墙还呈豆青色。这说明城还年轻。可惜不等那城墙变成古铜色，它就倒了，城里的人也荡然无存，所以很难搞清城墙会不会变成黑色，也搞不清它会不会永远不倒。洛阳城墙筑好之后，渐渐长满了常春藤。有一些好事的家伙派人把藤子从墙上扯下去，墙上就剩下了细小的藤蔓，好像四脚蛇断掉的尾巴。与此同时，被扯下墙的常春藤在地上继续生长，只是团成了团。有些叶子枯萎凋落，有些叶子却蓬勃向荣。这些藤子在地下，就像一堆堆的垃圾，而立着的城墙却被断裂的藤蔓染上了花纹，好像一匹晾在空中的蜡染布。然后又有些人觉得有花纹的城墙不好看，又派了一些人出来，举着绑了刀片的竹竿，把花纹都刮掉了。久而久之，城墙上就被刮出了好多白斑，好像脸上长了癣。我不明白既然一堵墙已经修了出来，为什么不能让它好好待着——人活着受罪，干吗让墙也受罪呢？

　　李靖他们住在洛阳城里时，这里到处是泥水。人们从城外运来黄土，掺上麻絮，放在模板里筑，就盖成了房子。等到房子不够住时，就盖起楼房，把小巷投进深深的阴影里。洛阳的大街都是泥的河流。那时候的雨水多，包铁的木车轮子碾起地来又厉害，所以街上就没有干的时候。泥巴在大街上被碾得东倒西歪，形成一道又一道的小山脊，顶上在阳光下干裂了，底下还是一堆烂泥，足以陷到你的膝盖。那些泥巴就这样在大街上陈列着，好像鳄鱼的脊梁。当时的人们要过街，就要借助一种叫拐的东西。那是一对带有歪杈的树棍，出门时扛在肩上，走到街边上，就站到杈上，踩起高跷来。当时的老百姓都有这一手，就像现在的老百姓都会骑自行车一样。谁也不知道将来的老百姓还会练出什么本事来——假如需要，也许像昆虫一样长出六条腿。当然，各人的道行有深有浅。有人踩在三尺短拐上蹒跚而行，也有人踩在丈八长拐上，凌空而过。比较窄的街段上，有些人借助撑杆一跃而过。在泥水中间，又有无数猪崽子在游荡。老百姓和猪就这样在街上构成了立体画面。除此之外，还有给老弱病残乘坐的牛车，有两个实心的木头轮子，由一头老水牛拉着，吱吱扭扭，东歪西倒。从城东到城西，要走整整半天。假如它在路中间散了架，乘车的都要成泥猪疥狗。不是老百姓的人坐在八匹马拉的轿车里呼啸而过时，泥水能溅到路边的店铺里面。正如今日有些豪华轿车跟在你自行车后猛按喇叭，嫌你聋得还不够快。老百姓总是恨非老百姓，这是原因之一。

那些在洛阳大街上横行的马车就像鱼雷艇，这种高速船只宜在空旷处行驶，不该开上大街。但是谁也没有对马车提出意见，因为谁都不敢。人们只是上街时除了带着拐，还带一把油纸伞，见到马车过来，就缩在路边，张开伞接泥巴。还有一些人不带雨伞，而是穿着油布的雨披。不管你怎么小心，总有弄一头一脸一身的时候。所以又要带上一个防水的油布口袋，里面带着换洗衣服。但是要洗手洗脸，总要用水。井倒是好找，洛阳每个街口都有一间白色的小房子，里面就是水井。但是房子里有人看着，用水要钱。所以图省钱的人就在脖子上拴两个牛尿脬，里面放上水。但是你虽有换洗衣服，总要有地方换，总不能当街赤身裸体，找更衣处（现代话叫收费厕所）也要钱；所以图省钱的人就不是带一把伞，而是两把伞。更衣时把两把伞前后张开遮住。这样一个图省钱的人出门时，脚下踩着一对拐，脖子上挂了两袋水，背后插了两把伞，腰里还挂着鼓鼓囊囊的口袋，实在是很累赘。其实你只要用一点钱，就可以清清爽爽地到任何地方，这个办法和现在是一样的：坐 taxi。所以那些人是自愿活得那么累赘，因为他们想省钱。他们想省钱的原因是他们没有钱。

大隋朝的 taxi 没有轮子，那是一些黑人，脑袋后面留着小辫子，赤身裸体，只穿一条兜裆布，手里拿着一条帆布大口袋。问好了去处，他就张开口袋把你盛进去。一个大钱一公里，他可以把你驮到任何地方，身上也不会沾一点泥。但是在坐 taxi 前，必须在他脸上摸一把，看看是真黑人，还是鞋油染的。有些无赖专门冒充 taxi，把人扛到臭水坑前面，脑袋朝下地往下一栽。这些无赖以为这样干是有幽默感，其实一点也不幽默，因为这样一栽常常把别人的颈椎栽断。别人的颈椎断了，他们就把钱袋摸走。这也如你今天乘出租车时，也必须研究一下司机和车子，万一乘错了车，就会被人把脸打扁。众所周知，taxi 只对外国人和阔佬是安全的。

坐 taxi 出门太贵，又有折断颈骨的危险，所以在洛阳城里，大多数人平常出门时都是全副武装，十分累赘。只有那些走街串巷的妓女最潇洒。那种人身穿皮子的短上衣和超短裙，溅上了泥后，等干了一刮就掉，顶多剩下一点白色的痕迹。过街时只要招招手，就有老黑来把她扛过去，连钱都不要。当然，走在路上时 taxi 的手不老实，要占点小便宜。她们什么都不带，因为什么都用不着，只带一个小手提包，包里有刮泥点子的竹片子、手纸、小镜子等等，但是没有很多钱，钱多了流氓会搜走。但也不能一点钱都没有。那些流氓穿着黑绸子的长袍，头发用榆皮水梳得贼亮，嘴里嚼着蜜泡过的老牛皮（当时已经有了阿拉伯树胶做的口香糖，但是太贵，一般

9

人买不起）。妓女的包里要是没钱，流氓发起火来什么事都干得出来。好多年以前，洛阳城就是这样。好多年以前，李靖就是这么个流氓。

二

我在讲李靖的事时，他就像一座时钟一样走着。但是这座时钟走得并不是一样快。讲到别的人时也是这样。举例而言，现在是故事的开头，时钟就相当缓慢。也不知讲到什么时候它就会突然快起来，后来又忽然慢下去，最后完全不走了。这是我完全不能控制的。因为不但李靖，连我自己也是一座时钟，指不定什么时候快，什么时候慢，什么时候会停摆。

我们现在知道，李卫公是个大科学家、大军事家，其实他还是个大诗人、大哲学家。因为他有这么多的本事，年轻时就找不到事做，住在洛阳的祖宅里（那座祖宅是个土墙草顶的房子，草顶露了天，早该换草了），有时跑到街上来当流氓聊以为生。在这种时候他只好尽量装得流里流气，其实他很有上进心。年轻时李靖住在洛阳一条铺石板的小巷里，有时一天只吃一顿饭，晚上点着蓖麻油的灯熬夜。那种油是泻药，油烟闻多了都要屙肚子。当时他可没有当大唐卫公的野心，只想考上个数学博士，在工部混个事就算了。但是这样的事他都没找到。

我知道李卫公精通波斯文，从波斯文转译过《几何原本》，我现在案头就有一本，但是我看不懂，转译的书就是这样的。比方说，李卫公的译文"区子曰：直者近也"。你想破了脑袋才能想出这是欧几里得著名的第五公设：两点间距离以直线为最近。因为稿费按字数计算，他又在里面加了一些自己的话，什么不直不近，不近者远，远者非直也，等等，简直不知所云。除此之外，还有一些段落具有维多利亚时代地下小说风格，还有些春宫插图。这都是出版商让加的。出版商说，假如不这样搞，他就要赔本了。出版商还说，你尽译这样的冷门书，一辈子也发不了财。因此李靖只好把几何与性结合起来。这是因为这位出版商是个朋友，他有义务不让朋友破财。每次他这么干的时候，都会感到心烦意乱，怪叫上一两声。但是他天性豁达，叫过就好了。

李卫公多才多艺，不但会波斯文，而且会写淫秽小说，会作画，他的书里的插图都是自己画的。有时候他也用烧红了的铁笔给自己在木板上画名片，用大篆写上"布衣李靖"，写完了又觉得不过瘾，于是擅自用隶字加上了一行小字："老子第十六世孙"。这么写也不纯是唬人，因为姓李的都可能是老子的后裔，但是第十六世可一点依据也没有。他每天早上用冷水洗澡，不论春夏秋冬，上街时拄两丈长的拐，那拐是白蜡杆制的，颇有弹性，所以他走起来比马车还快。现在有些年轻人骑十速赛车，走起来也比汽车快。当年李靖遇到红拂时，他很年轻。

后世的人们说，李卫公之巧，天下无双，这当然是有所指的。从年轻时开始，他就发明了各种器具。比方说，他发明过开平方的机器，那东西是一个木头盒子，上面立了好几排木杆，密密麻麻，这一点像个烤羊肉串的机器。一侧上又有一根木头摇把，这一点又像个老式的留声机。你把右起第二根木杆按下去，就表示要开2的平方。转一下摇把，翘起一根木杆，表示2的平方根是1。摇两下，立起四根木杆，表示2的平方根是1.4。再摇一下，又立起一根木杆，表示2的平方根是1.41。千万不能摇第四下，否则那机器就会哗啦一下碎成碎片。这是因为这机器是糟朽的木片做的，假如是硬木做的，起码要到求出六位有效数字后才会垮。他曾经扛着这台机器到处跑，寻求资助，但是有钱的人说，我要知道平方根干什么？一些木匠、泥水匠倒有兴趣，因为不知道平方根盖房子的时候有困难，但是他们没有钱。直到老了之后，卫公才有机会把这发明做好了，把木杆换成了铁连枷，把摇把做到一丈长，由五六条大汉摇动，并且把机器做到小房子那么大，这回再怎么摇也不会垮掉，因为它结实无比。这个发明做好之后，立刻就被太宗皇帝买去了。这是因为在开平方的过程中，铁连枷发挥得十分有力，不但打麦子绰绰有余，人挨一下子也受不了。而且摇出的全是无理数，谁也不知怎么躲。太宗皇帝管这机器叫卫公神机车，装备了部队，打死了好多人，有一些死在根号二下，有些死在根号三下。不管被根号几打死，都是脑浆迸裂。卫公还发明过救火的唧筒，打算卖给消防队，但是消防队长说，猴年马月也不失次火，用水桶也能对付。这个发明就此没卖出去，直到二十多年以后，才卖给了大唐皇帝。当然，卖了的唧筒是铁铸的，不喷水，而是喷出滚烫的大粪。这东西既不能救火，也不能浇花，只能浇人。浇上以后就算侥幸没有死掉，也要一辈子臭不可闻。皇帝把它投入了成批生产，命名为卫公神机筒。假如老百姓上街闹事，就用屎来浇他们。卫公有过无数的发明，都是一辈子卖不出去，最后卖给了太宗。太宗把它们投入生产，冠以"神机"之名。现在我们一听到神机两个字，就把它和虐待狂画了等号，怎么也想不到消防和开平方。卫公年轻时，做梦都想卖发明来救穷，但是一样也卖不出去。等到他老了以后，这些发明倒全卖出了大价钱，但是这会儿他已经不缺钱了。

据我所知,李卫公年轻时只卖掉了一件发明,那是一架用手摇动的鼓风机,他把它卖给了邻居的饭馆,卖了二十块钱。做成了这个买卖之后,他高兴得要了命,以为从此自己有了正当的生计,不用再当流氓了——在此之前,饭馆里都用人来吹火。每个灶眼都要雇五个人,手持吹火筒轮番上前。有些人干了一辈子,就再也用不着吹火筒。他们的嘴唇长了出来,好像鸭子,稍一用力就能形成个肉管子——谁知过了不到三天,人家就把被火烧糊了的鼓风机送了回来,不但让他把钱退回去,还想要他包赔几乎造成火灾的损失。其实卫公做的鼓风机再好使不过,只是不能倒过来摇。假如倒过来摇就不仅不能鼓风,反而要把灶膛里的火抽到鼓风机里,把木制的叶轮烧着。这个例子告诉我们的是,再好的发明到了蠢货手里也不能起作用。可惜的是这世界上的蠢货总是那么多。但是人没法子和蠢货争论。人家要他退钱,他就老老实实地说道:花完了,退不出了。然后就伸出额头来说道:打几下吧。他老拿额头来付账,以致上面老是有三道以上的紫印子。不认识他的人总以为他像一些老婆子那样,喜欢把脑门子刮紫,并且以为这样做了以后百病不生,其实不是的。有关这件事我们还可以补充说,这架鼓风机后来也卖了出去,还是卖给了大唐皇帝。而大唐皇帝还是用它来打仗——在风向有利时,用它吹起石灰粉和研碎的稻糠，可以迷住敌人的眼睛。但皇帝的御厨房里依旧用人来吹火，而且那些吹火的人的嘴唇像融化了挂在半空的麦芽糖。

我们还可以说说古时候的人怎么开平方——工匠需要知道平方根，不管在哪朝哪代——干那件事首先是需要小棍子。古时候用筹算法，除了职业数学家谁也不把算筹带在身上，以免别人怀疑你是个卖筷子的。所以你走在隋朝的大街上，吃着烤羊肉串，发现有人鬼鬼祟祟地跟着你，千万不要诧异。那都是些木匠的小徒弟，在给师傅找算筹，图的是你手里的那根竹签子。有些人图简便，就把平方根表刺在身上，但是中国字占地方，数表又长，脸上手上的皮远远不够。所以刺得浑身都是，干着活就会突然脱得光屁股。因为这个缘故，所以大隋朝的法律规定泥水匠当街干活必须戴斗笠。这东西不光是为了遮风挡雨，还可以在查平方根时把前面挡上。

李卫公老年时是大唐的名臣，所以不知他还能不能记得年轻时架两丈高双拐走在洛阳大街上的事。当时每个走在他下面的人都恨他恨得要死。这是因为他总从别人头顶上跨过去，使别人蒙受胯下之辱，还因为他在那件黑绸长袍底下什么都不穿。这一点在平地上不是个问题，悬在半空中就十分让人讨厌。当时洛阳城里的女人在巷口看到一对白蜡长杆从面前走过，感到一个影子从天顶飘落，遮住了阳光时，大多马上尖叫一声，闭上眼睛蹲在地下，表示她什么都不想看。也有些泼辣的娘们见到这种景象就怒吼一声，从家里拿出顶门杠，踏泥涉水地猛扑过去，追打那对白蜡杆，要把李靖从天上打下来。这也很难得逞，因为李靖的速度快着哪。他飞快地跑掉了，留在街上一串奸笑。只有在街边上徘徊拉客的妓女，才会嚼着嘴里的老牛皮，扬起脸来看半空中的李靖——他长袍下襟下露出的两条毛茸茸的腿和别的东西。但是她们对这些东西早就司空见惯了。为了引起她们的注意，李靖在腿上和别的地方都刺了骇人听闻的图案。这件事就是这么古怪：李靖在地面上时，她们服从他，千方百计地讨好他；而等他到了天上后，事情就反了过来。假如一个流氓在街上走过时，没有妓女的喝彩，那他就很难在洛阳城里混了。所以流氓要在天上表演各种花样，就像演员在台上表演一样。

李靖在天上行走时，就像一只大鸟。这是因为他站在拐上时撅起屁股，把上身朝前俯去。这种乘拐姿势在洛阳城里得到最高的评价——被认为是最帅的，但是现在看起来却像个淘气的女孩子尝试站着撒尿一样，说不上有什么好看。他在街上走时，两腿叉得很开，一条腿踩在街的左边，另一条踩在街的右边，这样重心稳定不容易摔倒；而且假如有一辆横冲直撞的马车迎头撞过来，也只会从他两腿之间冲过去，不会碰着他。李靖在洛阳城里走动时，就像一只在小河沟里觅食的鹭鸶，脚下是一条污浊的水道。用这种姿势行走时，他的阴茎朝前伸着，阴囊缩紧，从下面一看就如天上的一只飞鸟一样。假如仔细看的话，还能看见他的龟头上刺了一只飞翔的燕子，这是那时的时尚。其实这样的行走方式一点都不好，万一失去了平衡，会从天上摔下来，而且根本不知道会掉到什么地方——这就像飞机失掉了控制，掉到哪里都可能，甚至会掉到粪坑里。除此之外，他还能感到一股污浊的水汽从他两腿之间升上来。在他两边是深褐色的屋顶，有些铺着长满了苔藓的瓦，有的铺的是树皮——上面长了叫作狗尿苔的菌类。他耳畔响着一座城市熙熙攘攘的声音，鼻端充满了这座城市恶臭的气味。这种时候他总是在为生计奔走。直到他从那两根长杆上爬下来时，才不是在奔走。但那些时候他又在为生计老着脸皮求人，或者厚颜无耻地敲诈别人，卫公年轻时的生活就是这样的。后来他成了大唐的卫公，这就是说，后世的人再也不好意思、也不敢说起他在洛阳街上行走时，因为不穿内裤，又因为受到污浊水汽的熏蒸，经常患上阴囊瘙痒症，那东西肿得像火鸡的脸一样，这种情形被在他身下面的妓女看到了，就会受到耻笑，所以他只好用姜汁把患处再染成黄色。这样不但受到瘙痒的煎熬，还要忍受姜的刺激，感觉实在很不好。

李靖在洛阳城里当流氓，却是流氓中最要不得的一种。这就是说，他想向市场上的小贩要保护费，却不好意思开口，也不好意思伸手，这就使问题复杂化了。假设你是洛阳市场上一个小贩，见到一个穿黑衣服梳油头的家伙从你摊前过来过去，满脸堆笑地和你打招呼，你也想不到他是要讹诈你吧。然而他来的次数多了，摊面上就会发生一些可怕的事：不是雪白的布面上用狗屎打了叉子，就是汤锅里煮上了死蛇。假如你对这些事情还能熟视无睹，就会有活生生的大蝎子跳到你摊上来。以上过程一直要重复到你在摊面上放了一叠铜钱，这叠铜钱无声地滑到他的袖口里为止。反正都是要钱，不明说的就更讨厌。向妓女要钱的时候他也板不起脸来，只是嬉皮笑脸地上前纠缠，和人家讨论音乐和几何学，直到对方头疼得要死，掏出钱来为止。所以无论小贩还是妓女，都对他切齿痛恨，希望他早患时疫瘟死。这种敌意表现在人们看到他时一点笑容都没有，而且谁也不搭理他。他的笑脸就像一个个肥皂泡，掉到水里不见了。他这样做的原因，是因为他自以为是知识分子，要面子，不能对别人恶语相向。晚上回了家以后，他脱掉黑绸的长袍，换上白麻布的短装，用灶灰水把头发洗得蓬蓬松松披在肩上，就跑到小酒馆或者土耳其浴室一类的地方，和波斯人、土耳其人，还有其他一些可疑人物讨论星相学、炼丹术等等，有时还要抽一支大麻烟。那种地方聚集着一些自以为是的知识分子的人，而且他们中间每个人都自以为是世界上最后一个知识分子。那些人都抽大麻，用希腊语交谈，搞同性恋；除此之外，每个人都像李靖一样招人恨。他们就像我一样，活着总为一些事不好意思，结果是别人看着我们倒觉得不好意思了。

据我所知，自从创世之初，知识分子就被人看不起。直到他们造出了原子弹，使全世界惶惶不可终日，这种情形才有所改变。李卫公年轻时被人说成大烟鬼、屁精、假洋鬼子，也没有卑鄙到想造原子弹来威胁人类。他在土耳其浴室里吸了一根大麻烟，迷迷糊糊地想出了毕达哥拉斯定理的证明，就像阿基米德一样，大叫一声"欧力卡"！光着屁股奔出澡堂跑回家去，连夜把定理写了出来，把门板锯了刻版，印刷了一千份，除了广为散发，还往六部衙门投寄。其结果是被衙门里捉进去打了一顿板子，罪名是妖言惑众，再加上那天晚上裸体奔跑，有伤风化。其实他无非是想让当官的注意他的数学才能，破格提拔他当数学博士。挨板子的时候，他又证明了费尔马定理，但是他这回学乖了，一声也没吭。

李卫公年轻时在洛阳城里，总想考数学博士，然后就可以领一份官俸，不必到街上当流氓。这是知识分子的正经出路。但是他总是考不取。这倒不是因为他数学不够精通，而是因为考博士不光是考数学，还要考《周易》，这门学问太过深奥，而且根本就不属于数学的范畴（我看属于巫术的范畴），所以不管他锥股悬梁，还是抽大麻，总是弄不懂。所以每次考试他只能在《周易》的考卷上写上"大隋皇帝万岁万岁万万岁"，再署上自己的名字交上去。这样的卷子谁也不敢给他零分——实际上他得的是满分——但是考官觉得他在取巧，就给他数学打零分。这种结果把李靖完全搞糊涂了，他怎么也不敢相信自己把那些小学的四则运算题全算错了，痛苦得要自杀。假如他知道内情，就该在数学答卷上也写皇帝万岁，这样就能考取。但是这些事不说明李靖笨。事实上他聪明得很。那次因为投寄毕达哥拉斯定理被捉去打板子时，他很机巧地在衣服底下垫了一块铁板，打起来当当地响，以致那位坐堂的官老爷老问"谁在外面打锣"。但是像这样的小聪明只能使他免去一些皮肉之苦，却当不了饭吃。当然他的聪明还不止于此，打完了板子之后，他还要被拉到签事房里去在屁股上涂上烧酒——表面上这是为了防止伤口化脓，并且表示一下领导上对被责者的关心；其实是要看看是否打得够重，是不是需要补打几下。这时李靖把铁板藏起来了,他的屁股上早就涂了烟灰水,看上去乌青的一大片,涂酒时,公差的手也变成了乌青一片,好像也挨了打,故而大家都说打得够厉害。挨了这顿板子以后,李靖幡然悔悟,决定不再装神弄鬼,要做个好流氓。出了衙门,见到第一个妓女,他就把眼睛瞪到铜铃那么大,走上前去,不谈几何,也不谈音乐,伸手就要钱。而那个女人则瞪大了眼睛说道:钱?什么钱?这个女人就是红拂。李靖这样讲话时,已经不像个知识分子了。知识分子有话从来不明说,嫌这样不够委婉。

三

在本节里作者首次用到了"想入非非"这个词。对此也不能做字面上的理解。作者是指一种人类与生俱来的性质,意思和弗洛伊德所说的"性欲"差不了太多。

李靖在天上行走时,不光可以看到脚下污浊的街道,还可以看到远处的景物,一直到地平线。地平线上有一层灰蒙蒙的雾气,雾气下面是柳树的树冠,遮住了城墙。树冠里面是高高低低的房顶,还有洛阳城中高处的石头墙。那堵墙有两丈多高，遮断了一切从外面来的视线。住在墙外的人只知道里面住了一些有身份的人，却不知道他们是谁，怎样生活。李靖想过，假如再从城外运来纯净的黄土，掺上小孩子屙的屎，再多加些麻絮纸筋，就能筑起一座五丈多高的土楼——你不可能把土楼修得再高，再高就会倒掉——然后在土楼上再造一座五丈高的木头楼（木头楼顶多也只能造到五丈高，再高也会垮），然后再在木楼顶上用毛竹和席子搭起一座竹楼，这样三座楼合起来就有十好几丈高了。

事实上没有人肯在那么高的地方造竹楼，因为来一场大风就会把竹楼吹走，连毛竹带席子你一样也拣不回来，而且这两样东西都还值一点钱，别人拣了也不会还回来。但这在李靖看来并不要紧，他只想在那座竹楼被风吹走前爬到上面去，看看里面到底是什么。自从有了城市以来，所有的城市都分成了两个部分，一座 uptown，一座 downtown。李卫公住在 downtown，想到 uptown 去看看，这也叫想入非非。我现在得闲时，总要到学校的教授区里转几圈，过过瘾。那是一片两层的小楼，大面积的铝制门窗，只可惜里面住的全是糟老头，阳台上堆满了纸箱子。我喜欢从窗口往里看，但我没有窥春癖，只有窥房子癖。李靖在天上行走时，还看见红拂在下面街边上木板铺成的人行道走着，穿着妓女的装束。于是他把双拐插在道边上的烂泥里，从空而降，截住了她的路。

李卫公从拐顶滑下来时姿势潇洒，就如一只大鸟从天上落下来，收束翅膀，两脚认准地面。好几个过路人都准备要喝他一句彩，只可惜他落得匆忙，不小心把怀里那些东西摔了出来，其中有一条死蛇，好几只活蝎子——这都是给小贩们准备的——所以那些人就把喝彩收了回去，给他一阵哄堂大笑。这种在妓女面前出彩的事叫人很难忍受，假如是被别的流氓碰到，一定会把红拂杀死来藏羞。但是李靖只是羞红了脸皮，伸出一根手指摸了一下鼻子，根本就没起杀人的念头。这说明李靖虽然下了决心要当个好流氓，但他还是当不了。他狠了狠心，决心管她要双倍的保护费，但她却一个子儿也不给。然后他又狠了狠心，把这耍赖的娘们吃饭的家伙没收掉。那东西就是羊尿脬做的避孕套。没有这东西，做起生意来就会赔本——所挣到的钱正好够付打胎的费用，而且付了钱还不一定能打下来。

我以为应该给发明避孕套的人发一枚奖章，因为他避免了私生子的出生，把一件很要命的事变成了游戏。但是奖章一般只发给把游戏变得很要命的人。李靖要是早明白这一点，年轻时也不会这么穷。

在李靖看来，红拂是很古怪的娼妓，她的身材太苗条，个子太高；远看起来，有点头重脚轻的样子，因为她梳了个极大的发髻,简直有大号铁锅那么大。她的皮肤太白,被太阳稍稍一晒,就泛起了红色。她就这个样子站在街边上东张西望。李靖走过去,伸手把她的皮包抢下来,翻来翻去,她就瞪着眼睛看他,一副忍不住要说话的样子,但是终于没有说。最后李靖把包还给她,瞪着眼吼了一声:你把钱藏在哪里了?红拂说:我没有钱。李靖又说:你把那东西藏哪里了?红拂就问:什么东西?李靖说:岂有此理。搜了哇!红拂就伸直了胳臂闻自己的胳肢窝。把两边都闻遍了以后,说:我每天都洗澡,怎么会馊?李靖瞪了一会眼,后来笑了笑,挥挥手让她走了。李靖后来说,他在红拂的兜兜里发现了好多进口货,像西域来的小镜子、南洋的香粉等等。她穿的皮衣皮裙都是真正摩洛哥皮的,又轻又软;不像别的妓女,穿着土硝硝的假摩洛哥皮,不但咯咯作响,而且发出臭气。她身上还散发着一种撩人的麝香气,麝从来就不好捉。像这样的妓女没有钱,叫人实在没法相信。要是真正的流氓遇上了这种要钱没有的情形,一定要当街闹起来,会把她推倒在泥水里,会把她的包包扔到房顶上去。但是他没有做这样的事,只是在她走过以后留下的香气里停留了一会,就爬上拐顶去,在那里东摇西晃地找了一阵平衡,然后朝前走了。这件事说明了李卫公这次幡然悔悟已经结束了,很快他就开始想入非非:

想象这个女人从哪里来，到哪里去，并且和她开始一场爱情。无须乎说，像他这样的人不堪重用。

假如红拂真被看成了妓女，就会有好多麻烦。所幸她那个装束只是似是而非，不但嫖客见了不敢嫖，连胆大妄为的流氓都不敢贸然过来收保护费。只有李靖这个愣头青上来就抢她的包。等到他走开以后，红拂听见一边有人说：好嘛，两个便衣碰到一起了。这话说得其实不对，就是女便衣也穿不起摩洛哥皮。但是洛阳街头的流氓有几个认得摩洛哥皮，更不要说知道它的价值了。非得像李卫公这样博古通今的人才知道，而李卫公的脑子里整天都在想几何题，所以发现了是摩洛哥皮，当时也没觉得奇怪。直到上了拐，走到大街上，才高叫一声妈的，不对头！当时他想要转回去再看看红拂，但是跟在他后面的一个赶驴车的却说：我操你妈！这是走路呢，还是拉磨？他就没回去，只是到东城去，见到那位出书的朋友后，告诉他今天撞见了一个穿摩洛哥皮的妓女。那位朋友说：好悬，准是便衣。她要是告你非礼，够你蹲半年大狱了。李靖说：别逗了，摩洛哥皮每平方寸卖二十块。那朋友说：高级便衣。李靖就说：算了，不管她什么便衣。告诉你，我证出了费尔马定理。这个定理费尔马自吹证出来过，但是又不把证明写出来，证了和没证一样，而且也不知他真的证出来没有。李靖想让朋友给他出一本书，发表他这项了不起的发现。那位朋友却说：得了吧你，板子还没挨够哇。他让李靖给他画春宫图，每幅给十块钱，因为刚刚挨了一阵板子，李靖就答应了。这是因为画了小人书就可以拿到钱，毕竟是看得见摸得着，比之虚无缥缈的数学定理好得多。但是过了一会，就想到画一幅画只值半平方寸摩洛哥皮，这样的生活有什么意思。最后他终于把费尔马定理写到春宫小人书的文字里了，这说明他还是贼心不死，继续想入非非。像这样的事并不少见，比方说吧，中国古书里有这样两句顺口溜：

三人同行古来稀，

老树开花廿一支。

这竟是一种不定方程的解法，叫作韩信暗点兵——我不知道韩信和老树有什么关系。但是我知道这说明古时候有不少人像李靖一样淘气。如果我们仔细地研究唐诗宋词，就会发现里面有全部已知和未知的现代数学和物理学定理。现在我确知李卫公所写的春宫说明词里包含了费尔马定理的证明，但我没法把它读出来——这是因为费尔马定理的证明应该是怎样的，现在没有人知道，或者说，现在还没有人能够证出费尔马定理。它就如隋时发明的避孕套，到唐代就失传了，因此给了洋鬼子机会，让他们可以再发明一次。因为它已经失传，所以我也不知该怎样解释这些说明词。最简单的解释是：那是一些性交的诀窍，但是不应该是这样子的，不应该的原因是有我们存在。我们的任务就是把性交的诀窍解释成数学定理，在宋词里找出相对论，在唐诗里找出牛顿力学，做这种工作的报酬是每月二百块钱工资。所以我也常像李卫公那样想：这样的生活有啥意思。

我和卫公的心灵在一部分可以完全相通，另一部分则完全不通，其他部分则是半通不通。相通的部分就是我们都在鬼鬼祟祟地编造各种术语，滥用语言，这些念头和那些半夜三更溜进女宿舍偷人家晾着的乳罩裤衩的变态分子的心境一样的叵测。不通的部分是我证不出费尔马定理，李卫公是天才，而我不是。半通不通的就是他不够天才或者我不够鲁钝的地方。但是这些区别只有我才能够体会，在外人看起来我们两都是一样的神秘兮兮。我能够想象李卫公晚上在家里画春宫的样子：他手里拿了一根竹签子做的笔，用唾液润湿墨锭，弄得满嘴漆黑，两眼发直地看着冒黑烟的油灯，与此同时，煞费苦心地把费尔马定理的证明编成隐语，写进春宫的解说词。他就这样给人世留下了一份费解的东西。我有一个朋友在翻译书，煞费苦心地把 totalitarianism（极权）译成全体主义。我还有一个女朋友在搞妇女研究，也是煞费苦心地造出一个字——"女性主义"（女权）。现在这个"权"字简直就不能用，而自己造些怪词，本身就是一种暗示。我现在写着这个古代大科学家李靖的故事，也在煞费苦心地把各种隐喻、暗示、影射加进去。现在的人或者能够读懂，后世的人也会觉得我留下了一些费解的东西。鬼才知道他们能不能读懂，但是不给后世留下一份费解的东西，简直就是白活了。

人们说知识分子有两重性，我同意。在我看来这种性质是这样的：一方面我们能证明费尔马定理，这就是说，我们毕竟有些本领。另一方面，谁也看不透我们有无本领。在卫公身上，前一个方面是主要的，在我身上后一个方面是主要的。好在这种差异外人看不大出来。在他们看来，我们都是一样的古怪。

根据史籍记载，李卫公身材高大，约有一米九十五到两米的样子，长了一个鹰钩鼻子，眼睛有点黄；身上毛发很重，有一点体臭。这说明他不是纯粹的东亚黄种。经过了五胡乱华，这原是常有的事。当时洛阳城里也有各方的人物。有大鼻子小眼睛的犹太人，兜售劣质的绿玻璃珠子，却一口咬定是绿玉做的；有戴斗笠穿肥腿裤子的高丽人，在路边生起冒黄烟的炉子烤咸鱼干卖，发出又甜又腥的味道；还有面色黝黑的印度人，按照相似疗法的原理出售各种药材，比方说，象牙是固齿的药材，斑马尾巴是通大便的药材，驴蹄子治脚垫，等等，其实都是没影的事。最不该的是说犀牛角壮阳——连想一想都不应该，角对犀牛来说不是性器官，抵架也不是性交，这里有黑色幽默的成分，需要想一想才能知道。这些人和李靖一样住在 downtown。这个地方李靖早已住腻了，他连做梦都想搬进石头墙里面去。但是等到他当了大唐卫公，尝到了这种滋味之后，却觉得它并不是太好。他真恨不得穿上黑绸子衣服再到市场上去。假如他这样做了，那他就是长安最老的流氓。

我对卫公的这一点倒是深有体会——他年轻时觉得眼前到处是机会，比方说，这世界上没有开平方的机器、鼓风机等等，这些机器都很有用，而且是别人发明不了的，而他不费吹灰之力就发明出来了。我相信爱迪生年轻时也是这么想的，但是爱迪生遇到的事可没落到卫公身上。假如他有爱迪生的机遇，中国就会有一个有千年历史的大国际公司：Weigong Lee，international。最起码要比什么贝尔实验室有名得多。满眼的机会抓不着，就有一种不得其门而入的感觉。

四

在李靖看来,红拂是很古怪的娼妓,不是 downtown 里所有的。但是在红拂看来,李靖也是很古怪的流氓。其实她并不知道真流氓是什么样子的,只是觉得他和街头巷尾扎堆聊天的那些穿黑衣服的家伙有区别罢了。李卫公身材高大,长一把山羊胡子,眼珠子是黄的,而洛阳的流氓全是蒙古人的脸相,五短身材。李卫公说话抑扬顿挫得很好听,而洛阳的流氓说话含混不清,好像没鼻子一样。因为这些原因,那些人都说李靖是个"雷子",换言之,说他是上面派来的便衣侦探,或者是领某种津贴的线人。当年洛阳城里这种人可多了,比前东德所有的雷子加起来还多。在饭馆里吃着饭,就会有个人站起来,从腰里拿出个牌牌来,往桌上一拍说:刚才你说什么来着?再说一遍!听见这话的人就只恨自己为什么要长这根舌头。胡说乱道就像今天闯了红灯一样,要罚五块钱。洛阳街头也有红绿灯,那是两块牌子,上面写着"下拐""回避";遇到有要人的马车通过时就亮出来。闯了那种红灯会被关起来,就像今天胡说乱道了一样。

人家说李靖是个雷子的事,红拂也不知道。她只知道当她站在大街上时,李靖没有像别的穿黑衣服的人那样,过一会就走过来,假装无意拍拍她的屁股,碰碰她的乳房。这是因为那些人怀疑她不是真正的娼妓，也是个雷子。假如是真的娼妓，在这种情况下就会叫出来：犯贱！找死！或者是：想干？掏钱！别占小便宜！这些话红拂都不会说，她只会瞪大了眼睛看着那些人。这是因为她也不是真正的娼妓，其实她是个歌妓。这一字之差，就有好多区别。所以别人碰了她以后，她还会追上去解释说：是真的——我没装假乳房。在洛阳大街上讲这些话，就像个疯子一样。

红拂后来一直记着她在洛阳大街上看到的景象——车轮下翻滚的泥巴，铅灰色的水洼子，还有匆匆来去的人群。这些景象和她所住的石头花园只是一墙之隔。假如你不走到墙外面来，就永远不会知道有这样一些景象。假如你不走出这道墙，就会以为整个世界是一个石头花园，而且一生都在石头花园里度过。当然，我也说不出这样有什么不妥。但是这样的一生对红拂很不适合。

红拂当年站在路边上看着泥水飞溅的大街时，她并不住在这里。泥水飞溅的洛阳城并不是全部的洛阳城，还有一个石头铺成的洛阳城。这两者的区别很大，泥水洛阳里只有娼妓而没有歌妓，石头洛阳只有歌妓没有娼妓。当时红拂是到了她不该去的地方，看人家在大街上乘拐来去，觉得很新鲜。石头洛阳里没有泥，也就没有拐。李靖和她分了手，就上了他的拐，好像乘风驾雾，转眼就不见了。泥水里还有好多人来来去去，高高矮矮的好像参差不齐的小树林。除了人，泥水里还有各种各样的车。实心轮子的牛车走起来向两边移动；平板小驴车只能坐一个人，拉车的假如是叫驴，看见了草驴就会站下来叫唤。还有自行车，好像装了两个轮子的长条板凳。乘车的人把两腿跷在前面扶着把，手里拿了两条棍子撑地前进。除了人和车，泥水里还有死猫死狗。在这些东西中间，有数不尽的苍蝇。而在石头洛阳里，苍蝇很少，领导上就觉得苍蝇应该是可以灭绝的，发给每个歌妓、门客、厨子和奶妈各一个苍蝇拍，以为靠这些人就能把苍蝇打绝了。而在石头墙里，苍蝇是一种极可怕的动物，当你走在回廊上，苍蝇就"轰"的一声飞了出来，眼睛像两个车轮，嘴像一把剑，腿上还长着狰狞的毛，恶狠狠向你逼近，这一瞬间如果你不掩面痛哭，就不是一个淑女。但是在石头墙外就不是这样。这里有这么多的苍蝇。苍蝇一多，连个头都显得小了。

我已经两次用到了这个字眼——"领导上"，但我还搞不清它是动词还是名词。它的意思就像俚语"爷们"，简单地说，是指一个或一些男人。复杂地说，它指按辈分排列。比方说，我要是论"爷们"，可能是某人的二大爷，也可能是某人的大侄子——这个大字还是给我脸上贴金。这只不过是讨论字义，实际情况和这不一样。"领导上"这个字眼能叫我想起一张准备打官腔的脸，这张脸又能让我想起一个水牛的臀部。这张脸到了会场上，呷上一口茶水，清清嗓子，我就看到那只水牛扬起了尾巴，露出了屁眼，马上就要屙出老大的一摊牛屎——这个比方里没什么坏意思，只是因为我听说美国人管废话叫作"牛屎"。坐在我身边的人把手里的烟捻灭，在手指之间仔仔细细捻烟蒂，直到烟纸消失，烟丝成粉，再点上另一支烟。这就是"领导上"出现时的景象。一般情况下它不出现，但总在我们身边。

红拂到了四十多岁还是很漂亮。她的头发依旧像二十岁时一样，又黑又长。但是她说自己已经老了。这是因为她的发梢都分了叉，就像扫帚苗一样。因为这个缘故，静夜里可以听见她身上发出沙沙声，好像一盘小蚕在吃桑叶一样。这是因为她的头发梢正在爆裂。在夜里还能看见她头发上爆出细小的火花，好像水流里的金沙。她的头发好像是一团黑雾一样捉摸不定，这是因为头发的末梢像一团蒲公英。而年轻时不是这样的。红拂的皮肤依然白皙平滑，但是已经失去了光泽，这是因为她已经有了无数肉眼看不到的细小皱纹，一滴水落上去，就会被不留痕迹地吸收掉，洗过澡之后，身体就会重两斤。她的眼睛已经现出古象牙似的光泽，而年轻时红拂的眼睛却没有光泽，黑色而且透明。她的身体现在很柔软，而年轻时她的身体像新鲜的苹果一样有弹性。所以红拂说自己已经老了。老了和漂亮没有关系。

到了四十岁时，红拂是卫公夫人，是大唐的一品贵妇。但是年轻时她当过歌妓，这一点后来很为人所诟病。其实歌妓不是妓女，不过是对她美貌的一种肯定。但是这一点却很难向大唐朝其他贵妇们解释清楚。当时她是在大隋朝的太尉杨素家里当歌妓，因此人们就说，她和杨素有不正当的关系。其实她根本就没见过杨素。当时她的头发比现在长得多，足有三丈多长。洗头时把头发泡在大桶里面，好像一桶海带发起来的样子。那是因为在太尉府里闲着没事干，只好留头发。这也是领导上的安排，领导上说，既然你闲着没事干，那就养头发吧。别的歌妓也闲着没事干，有人也养头发，还有人养指甲，养到了一尺多长，两手合在一起像一只豪猪。还有一些人用些布条缠在身上，把腰缠细、把脚缠小等等。这和现在的人闲着没事干时养花是一样的；唯一不同的是养这些东西比养花付出代价要大。养指甲的人要给自己戴上手枷，好像犯人一样，否则指甲难保。缠细腰的人吃过饭后，等到食物消化了一些就要喝肥皂水来催吐，这是因为到下面的通道已经堵塞了，饮食和排泄只能用上面的通道。缠小脚的坏处我们都知道的。说起来留长发害处是最少的，但是洗起头来麻烦甚大，只要你涮过墩布就知道了。

当年红拂当歌妓时，只有十七岁。当时她就很漂亮，而且是处女。本来可以去当电影明星，或者当时装模特儿，但是当年没有这些行当，只好去当歌妓，住进了那座石头花园。这就是说，本来可以当展览品，但是只好当了收藏品。不管是哪一种品，反正是艺术品，观赏价值是主要的，比"实用价值是主要的那些女人"强。

离开太尉府以后，红拂再也没有留过三丈长的头发。现在她的头发只有三尺多长，但是显得非常之多，满头都是，因为她的每一根头发刚长出来时是一根，到了末梢就起码是十四五根了。她就披着这些头发走来走去，告诉别人说，她的头发束不得。因为这些头发在自行膨胀，会把束发的缎带胀断，但是这一点没人相信。相反，人们却说，红拂每天晚上都用爆米花的机器来崩自己的头发，使它显得蓬松。她这样披头散发，显得很潇洒。有些小姐们看了很羡慕，也把自己的头发弄成这样。她们的母亲就说：你怎么不学好呢？专跟当歌妓的人学！

我们知道，大唐朝的风气和大隋很不一样，官宦人家不但不养歌妓，而且伺候老爷太太的女用人都是些年过五旬、丑陋如鬼的老婆子。这说明大唐的女权高涨，也说明了唐朝的老头子们为什么经常和儿媳妇扒灰。大唐朝的小姐们从来没见过歌妓，听到了这个词就心里痒痒。她们全都无限仰慕这位当过歌妓的红拂阿姨。而大唐的贵妇们也没有一个见过歌妓,这是因为从隋到唐经过了改朝换代,所以贵妇过去都是在泥水里打滚的人;这也说明了大唐的老头子们为什么专门和儿媳妇扒灰。大唐的老头子们过去都是穷光蛋,也没有见过歌妓,这说明了大家见了红拂为什么要发呆。但是在大隋,哪个官宦人家不养歌妓,就像今天的官儿没有汽车,不像个真正的官宦人家了。但是说歌妓就是汽车,也有点不对。她们不像汽车,倒像些名人字画。大隋朝的官儿张三到李四家里做客,李四说,张兄,看看兄弟养的歌妓。打个榧子,那些姑娘跑出来给张三看,就像后来的官儿请人看自己的郑板桥、张大千;其中的区别就在于字画不会跑,歌妓不能挂到墙上。看完后打个榧子,那些姑娘又跑回去。红拂见到李靖时,在太尉家当歌妓。那里歌妓很多,分成了三班,轮流跑出去给人看。不当班时,红拂就跑出去玩。这件事假如有人打小报告就坏了。像这样的生活问题,就怕同宿舍的家伙和你不对付。当时和她同宿舍的是虬髯公,是个男的——这种居住方式叫作合居。我现在也在和别人合居,但是合居的确是古而有之——一般来说,男人不打女人的小报告。我就没有打过。

五

红拂初见李靖时很年轻，但是很不快活。这是因为没事可干，也没有人可以聊天。唯一一个经常见面的人是虬髯公，而虬髯公一辈子都在打麻鞋。红拂觉得他很讨厌。

我们知道，虬髯公是古往今来最伟大的剑客，他开始练剑的时候，以古树、巨石为靶。后来他对这些目标失去了兴趣，就开始刺击暗夜里的流萤、花间的蝴蝶、水面上的蜉蝣。再后来他对这些目标也失去了兴趣，就开始刺明月、劈清风。等到对一切目标都没了兴趣，他就跑到洛阳城里，坐下来打麻鞋。先打出像小孩子的摇篮一样大的鞋坯子，然后放到嘴里嚼，麻绳做成的鞋子就逐渐变小了。刚开始嚼时，新麻苦得要命，绿色的口水从虬髯公嘴角流出来，使他看上去像一只吐绿水的槐蚕。硕大的鞋坯子把他的腮帮撑到透明，透过去可以看见鞋底，整个脸都变了形，好像一个吹胀了的牛尿脬。嚼到后来，鞋子渐渐小了，他的脸相也就不那么难看。但是当他把鞋从嘴里吐出来时，模样还是非常的恶心。虽然打麻鞋的模样难看，他打出的鞋子质量却是非常好的，拿到手里冷飕飕、沉甸甸的，一点也看不出是麻做的。他打的麻鞋永远也穿不坏，放到火里也烧不坏，还有好多其他好处。但是鞋子也把他的腮帮撑坏了。到老时，腮帮就像两个空袋子一样垂在他肩上，把胡子都压到下面，使他的脸像个海蜇的模样。他一辈子打了二十来双麻鞋，其中一双就是给红拂打的。他们俩是老相识，在太尉府里就相识。那时候虬髯公是个门客，红拂是个歌妓。他们住在同一个院子里。除了给红拂打麻鞋，虬髯公还教过红拂用长剑去斩飞蝇的脑袋，太尉府里没有苍蝇，需要到外面捉回来。

　　虬髯公在杨素家里当门客时，当时他还没打过几双麻鞋，也就是说，他的腮帮子还没有后来那么宽大，他只不过是个面颊松弛的人罢了。杨素家里有个石头花园，里面的一切都是石头的，比方说，水池是青石砌出来的，花坛是五色的碎石拼的；除此之外的一切都是白色花岗石砌成的。那些石头里包含的白色的云母片在太阳下闪着白光。正午时分，虬髯公总是盘腿坐在花园里，顶着阳光，嘴里费力地嚼着鞋子，这时候他满脸都是油汗。透过青色的半透明的腮帮，可以看见他的舌头像怪蛇一样在麻鞋中间拌来拌去，这个景象真是十个毕加索也画不出来。这时候红拂从外面回来，他总是费力地想站起来，想把嘴里的鞋子拿出来。而看到这种样子，红拂总是皱紧了眉头，加快了脚步跑开了。

　　石头花园旁边有一座石头房子，是两层楼。虬髯公和红拂就住在里面，那座房子也是白色的花岗岩做的，石头门扇，石头的窗棂，窗格子上镶着白色的云母，在阳光下，那些云母也在闪着光。红拂急匆匆跑过去时，身上穿着闪亮的皮衣服。这就是说，她到外面去了。有时候她也会穿着蓝底白花的蜡染布和服走出来，这就是说，她要向虬髯公学剑了。她从来没有和虬髯公说过话。如果这不可信的话，那么可以说她从来没有用自己的声音和虬髯公说过话。在太尉府里，姑娘们都用一种训练出来的嗓音说话，那种声音就像小鸟"啾啾"的叫声一样，或者说像鸡脖子被踩住了一样，假如不注意就听不见。这是因为那种声音的频率太高，几乎属于超声波。看到了这种情形，或者听到了这种声音，虬髯公就把鞋坯子吐到地上（那东西湿淋淋软绵绵，就像刚生出的死羊羔），跑到屋里去把剑拿出来，教给红拂至高无上的剑法。这件事我以为是好的。我是过来人，年轻时过过艰苦的生活，受过严格的训练，所以我说这些事是好的。当然，我的艰苦不是每顿只准吃半个鸡蛋，头上蓄着三丈长的头发，刚洗过头时，头顶有二百斤重。我说的艰苦是指去插队，接受思想改造，等等。我所受的训练也不是用长剑斩苍蝇脑袋，而是要把整本的《毛主席语录》背下来。不管这些艰苦和训练是哪一种，总之是好的。未曾经历这样的训练，我们既没有观赏性，也没有实用性。经训练以后，两种性质就会都有了。

虬髯公说，红拂是他的红颜知己。可怜他连这位红颜知己的嗓音都没听见过。他只听见一阵阵"啾啾"的声音，虬髯公不知道在太尉府里谁说话都是这样的，他还以为红拂说话就是那种声音呢。他教红拂剑术倒是尽心尽力的，为此每天都要到外面臭烘烘的公共厕所里去抓苍蝇。除了气味难闻一点，苍蝇倒不难捉。最难的是要把剑磨到对苍蝇的脖子来说锋利，干这种工作最好是有显微镜，但是虬髯公却没有这东西。随着剑术的精进，还要练习斩蚊子，斩蠓虫，磨剑的任务越来越重。而红拂一点也不想分担磨剑的任务。幸亏红拂总是停留在斩苍蝇的地步，否则虬髯公一定要变成个瞎子。就是这样，虬髯公教了半年剑后，就变成了三百度的近视眼。幸亏他斩苍蝇用不着看，听声音也能砍到。

后来虬髯公也承认，红拂根本学不会用剑，她充其量也就能学到把苍蝇砍成乱七八糟的两块。这是因为女人不可能以用剑为主业，她们的主业是保持漂亮、生孩子等等。但是他还是尽心尽力地教，因为除了打麻鞋和用剑，他再不会别的了；而打麻鞋根本讨不到女人的欢心。教剑的时候，虬髯公又禁不住要一本正经。这是因为剑术是他的事业，他不可能不一本正经。他把每一只被斩落的苍蝇都拣起来，盛进一个小纸盒，把头和身子拼好，埋葬后，还要在地上插上一个写有"苍蝇之冢"的竹签。葬完了苍蝇，虬髯公要对红拂解释尊重对手（哪怕它是一只苍蝇）是剑客应有的道德，但是红拂早跑得没影了。

红拂永远成不了剑客，这是因为她不能从剑术的精进里得到乐趣。偶尔她砍中了苍蝇，就"啾啾"地尖叫着"砍中了"，扔下剑跑了。她不可能像虬髯公那样，剑尖垂地，认真地察看苍蝇的轨迹。假如那一剑正确地砍掉了苍蝇的脑袋，没头苍蝇就会呈螺旋状升上天去。落下来时，虬髯公正好拿出纸棺材来接住它。虬髯公不知斩过了多少苍蝇的脑袋，但是再斩时，他还是那么认真，不管它是绿豆蝇、灰麻蝇，还是大肚子母苍蝇。虬髯公还给红拂表演过斩蚊子，但是她打着呵欠说，这不好看。虬髯公还给她表演了斩蠓虫的绝技，红拂却说：你装神弄鬼地干什么？原来她根本没看见斩了什么。其实只要仔细看，是可以看到的。但是红拂不想仔细看，她只想换衣服去逛大街。女人就是有这种毛病。

六

李靖初见红拂时，她就是跑出去逛大街了。当时她穿那套衣服是杨府发的,上身是皮子的三角背心,下身是皮制的超短裙,脚下是六寸跟的高跟鞋。领导上还交待说,穿这套衣服时,要画紫色的眼影,装假睫毛,走路时要一扭一扭,这些要求像对今天的时装模特儿的要求一样。她们穿这套衣服给一个什么官儿表演过一次,那个官儿几乎当场笑死了,说道:杨兄,真亏你想得出来!和大街上的——一模一样!红拂记住了大街上那几个字,跑出去时,就是这副装扮。她不知这是妓女的装束。而妓女这个字眼她从来没有听说过,就算是听说了也不知道是什么意思。

那一天红拂是初次到大街上去。后来她又去了好几次——她很想再看见那个紫眼睛、说话好听的男人。但是李靖在家里忙着画春宫小人书,没有出来,所以她没见到。她只见到了很多黑眼珠、说话难听的家伙,那些人管她叫雷子。后来她从虬髯公那儿打听出来雷子是什么,就对那些人说:我不是雷子。人家就问她:你不是雷子是什么?她又答不上来,只好转过身去,扭着腰走了。她不论到哪里都很方便,过街时一招手,taxi 就过来了。那些黑人还争先恐后,说道:小姐,到哪儿我驮你去。咱们从来不欠税。等到乘上去就说:您认识管路考的那个胖子大叔吧?咱其实是扛得动他,可要跑那么快就费劲了。要不就是：我有个兄弟从索马里来，您能和管居留证的大叔过句话吗？原来这么巴结是想走后门。相比之下咱们中国的妓女都更有骨气，见了她，就瞪着眼，哑着嗓子说：甭过来，你丫挺的！这就使红拂觉得寂寞得很。

洛阳大街上的妓女对红拂是最不客气的了，动不动就转过身去，撩起裙子来，给她看光溜溜的屁股，见到了这些屁股后，红拂才知道这些人原来不穿内裤。不穿内裤仿佛是要突出屁股，然而那些屁股本身并不好看。然后她们又转过身来说：想逮人吗？回去打听打听，老娘是几进宫！见到这种场面，红拂只好隔得远远地站着，看人家嚼嘴里的老牛皮，自己也拿出阿拉伯树胶制的口香糖来嚼。嚼烂的牛皮也能吹出泡来，但是没有口香糖吹得大。有时会有位木匠师傅走过来，提着小桶，手里拿着新的泡蜜牛皮，对每位妓女鞠躬，说道：姑奶奶，行行好。那些妓女就把牛皮胶吐到桶里去，拿一块新牛皮。原来嚼出的胶比熬出来的好，粘起东西来比焊的都结实。但是人家也不来找红拂。谁都知道口香糖不能粘椅子。假如硬要粘的话，就会粘出一件虚无之物，看着是有的，坐下去就没了。这说明红拂毫无实用性，连她嘴里的口香糖在内。红拂在这里也无事可干，只能逛大街。别人逛街是为了买东西，但是她不能买，因为她没有钱。本来她可以向虬髯公借，但是虬髯公也没有钱。杨府里别人也没有钱。石头洛阳里每个人都没有钱。有吃，有喝，要什么有什么，但是没有钱。钱这个字眼，她也没听说过。

红拂没有事干，又找不到李靖，就回去了。她想自己既不认识管路考的大胖子，也不认识管居留证的人，不该坐不花钱的 taxi。因此她就想穿小胡同回去。但是小胡同也不好走，因为到处都在盖房子，搭着高高的脚手架。有一些牛车从城外运来了黄土，又有些人在黄土里掺上麻絮，送上了高架，放到模板里筑。有人把自行车骑到了小胡同里，这里没了泥水，就把脚从车把上拿下来，有些人为争路而争吵，另一些人息事宁人地说：路窄人挤，最好大家都去坐地铁。在拥挤的人群尽头是一片开阔地，地上有一对华表。华表是一道国界。在华表里面是一片石头地面，连一点土都看不见。石头中间长了一些松树，全都向地面匍匐，越老的树长得越矮。假如有一棵树长到了五百年，它的树干就会紧贴在地面上。假如一棵树长到了一千年，地面上就只剩了树冠。根据这个道理，石头缝里的一簇松针就是更老的树。当然，最老的树只有把石头掀翻过来，才能在石块背面看见。但是没有人敢在这里翻动石块。一棵树不见了，就会有人到深山里去找一棵相当老的松树来补种上，直到它在石头花园里长到不见了为止。除了这些一览无余的空旷地方，就是一些石头墙围成的府邸，每个府邸的门口都有一对石头华表，没有门，也没有人把守。其中只有一个红拂能够进去。她除了那个地方无处可去。

李卫公在洛阳城里有一座祖宅，是用掺了砂子的土筑的。经过了很多年以后，四堵墙逐渐分开，出现了很大的缝，阴面长满了青苔，房顶上的草也逐渐稀疏。很显然，这房子逐渐趋向于塌倒。李靖很想为它干点什么，但是又不知从何下手。要知道李卫公虽然多才多艺，却不会做泥水匠，虽然掘土和泥的活计人从出世就会，但是他早把那些先天的良知良能忘掉了。现在他能干的事，除了装流氓唬人、画春宫、做出各种荒唐发明，就剩下一脑子的数学和几何学。首先，他证出了毕达哥拉斯定理，为此他挨了一顿板子；然后他又证出了费尔马定理，为此他又在洛阳城里待不住，不得不逃了出去。要说明后一件事，我感到头绪繁多，不知从何说起。首先应该说说费尔马定理应该是什么——用费尔马本人的话来说，是这样的：假设有 x、y、z 各代表一个未知数，另有一个已知的实数 N，设 z 的 N 次方等于 x、y 之 N 次方之和，当 N 大于 2 时，x、y、z 不得均为整数。但是李卫公绝不会这样表达——首先，说有 x、y、z 就太简单了，古人绝不会这样讲，最直截了当的说法也是"二友对弈，一人观局"。但这不是说真有张三李四在下棋,另有个王二麻子在看;而是以两个下棋者加一个观棋者代表 x、y、z。稍复杂的说法就要扯上紫微、太乙之类天文学术语,或者黄帝、素女、东方朔一类的历史人物。考虑到李卫公的证明写在春宫里,后一种可能性相当大。再说说那个 N,古人绝不会老老实实说它大于 2、3、4;肯定要用两仪、三才、四象一类的说法代替;更可能说它是太极之象、河洛之象等等。根据这些原理,李卫公画的一幅春宫,上面有黄帝和素女在床上干好事,床下有个小矮子在看,半空中又画了个太极图,就是费尔马定理的表述,但是证明在哪里,我还没找到。因为整数、有理数、无理数这些概念,古人说成什么的都有,所以假如李卫公证出了费尔马定理,把它写成个什么样子实在是很难猜的事。到现在我也没把它猜出来。

我说李卫公把费尔马定理写在了一本春宫小人书里,有些同行说,这是不可能的事,春宫里不可能包括一个数学定理。但是你又怎么能相信"老树开花廿一支"是在解不定方程?任何事都可以举一反三,由不定方程的解法是一支顺口溜,可以推断出有一个时期领导上不准大家解不定方程,但是有一个人解了出来,就把它编到了歌谣里。既然如此,李卫公年轻时,领导上也不准大家证费尔马定理,他证出来后,不把它写进春宫,又往哪里写？

李卫公证出了费尔马定理之后不久就从洛阳城里逃了出去，这是一件极不寻常的事。

这是因为从来就只有人想方设法往洛阳城里混，没有住在城里的人往城外跑。隋炀帝在位时，常在洛阳城外招募菜人，应募者可以从城外搬到城里住些日子，有吃有喝有房子住。等到他养得肥胖，皇帝大宴各国使节时，就给他脑后一棒，把他打晕，然后剥去衣服，洗得干干净净，在身上抹上番茄酱，端上桌去招待食人生番。端上桌时是活人，端下来就只剩一副骨架。有时候碰上那些酋长的胃口不好，只把内脏吃掉了，剩下空帮子却活过来，那就是最可怕的事。那个菜人从盘子里醒来，抬起头来一看，原来鼓鼓的肚皮只剩了个大窟窿，总要惨叫一声："怕的就是这个！"据我所知，每次皇帝招募菜人，应募者都极多，这都是为了在被吃掉之前能在洛阳城里住几天。这一点在我看来很难理解，因为洛阳不过是个烂泥塘罢了，而且相当招蚊子，但是有好多人并不这样看。对于他们来说，洛阳是宇宙的中心，是太阳升起的地方。洛阳是古往今来最伟大的大城。除此之外，李卫公在洛阳城里还有一间房子，它对他不仅是财产而已。它是他唯一的财产。这种财产最不容易下决心放弃。

第二章

因为本章里提到红拂申请自杀指标的事，作者想起了一件相似的事：本年度北京城里交通事故死亡指标是一百九十二人，本区只有十七人。

一

李卫公老年时生活在长安城里，这是他逃出洛阳城的后果。我这样说时，他那座钟就往后拨了好几十圈。人家说长安城藏风避气，有帝王之相，这就是说，长安城在地理上有异常的地方，城外八两重的东西进了城就有一斤重，而城里一斤重的出了城就只有八两了。这也是说，在城里做官领到的俸银，拿到城外去花就不值那么多钱了，而在城里买到的柴米油盐都好像没有应有的那么多。除此之外，在城里烧火，烟永远不往天上冒，而是刚冒出烟囱就沉到地上来。到了做饭的时候，长安城里总是烟雾弥漫，伸手不见五指，而且假如你有哮喘，就会被熏得透不过气来。因此就有一条法律，从日出到日落，长安城里严禁动烟火。而天黑以后或者天亮之前，人是待在房子里的，可以少受烟尘之害。长安城里的人从来都是天不亮就吃早饭，吃完了再去睡觉，天黑以后再吃晚饭。至于中午饭只好吃冷的了。久而久之，长安城里得胃病的人特别多。但是李卫公可以不受这种罪，因为他发明了一种特殊的设备，用人力踏动一个飞轮带动一条特制的毛巾去摩擦锅底，所产生的热量不但能把水烧开，而且可以炒菜。但是这种设备不是一般的人能用得起的，因为它庞大无比，而且要把一锅水烧开起码要把十条大汉累到精疲力尽。长安城还有一处古怪的地方，就是只长槐树，别的树十有八九种不活。因此到了春夏之交，城里到处是一片虫啃树叶的沙沙声，白绿相间的槐蚕就如一场倾盆大雨从空而降。长安城里的鸡鸭必须锁起来，不能由它们乱跑，否则必被胀死无疑。但是卫公家里的树从来就不长虫子，因为是蜡做的。偶尔有虫到他家里的树上吃几口，觉得味道不对就离去了。长安城里的水是咸的，喝久了这种水，长安的女人的嗓子都变成了粗哑的男低音，但是这也影响不到卫公，因为他家里喝城外运来的矿泉水，所以女人还是女人声。

尽管他在这里住得很舒服，卫公还是讨厌长安城。他觉得这座城市了无生气，城里的人也呆头呆脑。

　　长安城里的大道是黄土铺成的。从早晨到夜晚，总有些穿着黄褂子的人站在路边上，用铲子往路面上撒黄土，再用长把勺子洒上水，然后用碾子碾平。过了好多年，长安城被废弃了以后，那些大道还在那里，只不过变得像用旧了的皮带一样处处龟裂，土块也像瓦块一样坚硬。不但路面，长安城的每一寸地面都像镜子一样平，从这个城门到那个城门，每个角落都碾得平平整整，寸草不生。卫公每天早上骑马去上班，一骑到马背上他就睡着了，打着鼾。因为他在马背上东歪西倒，那匹马也东歪西倒，卫公往东歪马也往东歪，卫公往西倒马也往西倒，这样他才不会从马上掉下来。但是这也有一个坏处，就是他们并不总是往班上走。有些时候卫公从家里出来走了两三个钟头，不仅没走到班上，而且离上班的地方更远了。好在像他这样的官员并不需要按点上班，而且像他这样的官员有权力在街上横着走路。到了班上以后他又接着睡觉，但是像他这样的官员当然有权力在班上睡觉。久而久之，卫公就成了一个被人嘲笑的对象。人们提到他时，脸上不由自主地带上了昏睡的表情，并且不由自主地伸手去挖眼角，仿佛那里有眼屎。但是卫公对此视而不见，或者是真的没看见，佯作不知，或者真的不知道。因为这种种缘故，虽然大唐皇帝对卫公恩宠有加，但是谁也不敬畏卫公。大家只不过把他当作是一个睡不醒的老头罢了。

李靖住在长安城里时已经老了，而且已经交出了兵权，担任了闲职，但这并不是说他可以没事了。有时候皇帝会把打天下的老将全召进宫去，组织一个将军合唱团，自任指挥，为全城的贵妇演唱，卫公担任领唱。这一帮老弟兄全都老得牙关不住风，而且个个五音不全，所以演唱的效果就如一位刻薄命妇形容的：像一塘青蛙一样！后来又改为由小太监伴唱，大家站在那里摆个样子，效果又是令人毛骨悚然，因为一大伙白胡子老头站在那里发出清脆的男童声，非常怪诞。除此之外，还组织过将军舞蹈团，大家穿上高统马靴，手舞马刀跳骑兵舞，结果是程咬金当场发了心脏病，差一点死了。这不过是卫公老年要参加的各种社会活动中的两种。他还要写各种回忆录，到现在已经完成了军事回忆录、政治回忆录、科学回忆录。但是这些还不够，还要有他的自童年写起的自传。这件事的起因是大唐皇帝要修凌霄阁，这是一座古代意义上的摩天楼，在楼里陈列各位功臣的肖像和生平事迹。既然是生平事迹，当然要由本人提供。所以他每天上班以后就要写自传，因为他总是打瞌睡，所以老也写不完。皇上派人帮助他写，进度依然很慢，这还是因为他随时随地都会睡着。后来皇帝又把最漂亮、最有献身精神的女史派了去，进度依然很慢。这位女史还报告说，李卫公除了打瞌睡，就是发牢骚——"不让人安生"，再不然就是问："几点了？该下班了吧？"

李卫公老了以后，眼睛下面长出了两个泡，满脸都是皱纹，因为总是在伏案打瞌睡，所以眉毛平贴在了脸上，除此之外，别的地方没有什么大改变。尤其让人不敢相信的是他那么能打瞌睡，却一点没发胖。有关后一点，给他写传的女史认为有疑问，因为他睡得太死了，故而就不像真的睡着。为了刺激他的嗅觉神经，叫他保持醒着，她在身上洒了大量的麝香香水，以致在她走过的地方，公猫都要"喵"的一声怪叫，直立起来，然后就不按节气地叫起春来，而和卫公待在一个屋子里，他竟闻不见，照样伏案打瞌睡。对于这件事，只能有一个解释，就是卫公在装睡。为了制止卫公装睡，她又穿了极短的室内服，但卫公又视而不见，只是在瞌睡的间隙里提醒她道："裹着点斗篷，别着了凉。"后来她又给卫公做 head job，要把他弄醒，但是卫公还是打着鼾，而且他那个地方苦得叫人无法下嘴。原来卫公在小命根上涂了黄连水。卫公就是这样的刀枪不入，这使那个女史很痛苦。她丧失了自信心，以为自己长得不好看，哭了好几天。

二

　　李卫公在他过了六十岁生日后不久就死掉了。他的死因按现代的看法是心肌梗塞，和年老、营养过度有一定的关系；但是这种病在古代叫作马上风，并且说它和性交有直接的关系。这是因为古人善于养生，除了在干那件事时，简直没有什么得心肌梗塞的机会。其实假如红拂不讲的话，谁也不会知道李靖是死于马上风，但是红拂越活嘴越大，十七岁时是一张樱桃小口，活到四十岁，就长出一张性感的大嘴来。她什么事都往外讲。李卫公死后面色不变，而且金枪不倒。这件事的可怕之处在于，那天晚上红拂和卫公做爱，也不知是和活人干还是和死人干。红拂一讲起这件事瞳孔就要放大，手背上还要起鸡皮疙瘩（别的地方别人看不见，也不知起了没有）。说完了这件事，红拂就说：卫公死了，我活着也没有意思。别人以为她是说说而已，谁知她真的递上了申请，要求殉夫自杀。别人就劝她说，卫公死了，我们早晚也要死，你又何必着急呢。但是她不听。

　　我们说道：卫公死了，这就意味着从此可以不把他当作一个人，而把他当作一件事。一件事发生了以后，就再没有变化的余地。现在我们谈到卫公骑在马上东歪西倒,再不是谈那个人,而是谈那件事。换言之,李卫公这座时钟就停在了这个地方,但是我们还可以把时钟倒拨回来。傍晚时分,他就这样摇摇晃晃地走过家门口那条大街。那条街上一个人都没有,只有满满当当的绿荫。这就是说,当时已是盛夏,被槐蚕吃掉的叶子又长了起来;而住在那条街上的人远远听到卫公的鼾声就躲了起来,只有那匹马横着身子,跨着踢踏舞的步伐走过来,走到卫公的家门口就猛地立住,卫公从马上栽了下去,但是他家里的人手里拿着绳床在门口等着,一兜,把他接住,抬进家里去。与此同时,新碾过的地面非常之平,新抹过的墙面非常之直,到处平整得像镜面一样;卫公的鼾声一直不断。一切都像精心安排过一样。一件事发生过以后就是这样的,正如一个人死后所有柔软的地方都会消失,只剩下一具干巴巴的骨头架。

卫公活着的时候,说过他很讨厌长安城,这是因为这座城市方方正正,缺少生气。所有的房子都坐北朝南,房顶由陶土预制板铺成,所以完全是些方盒子。正午时分,所有房屋的阳面全都闪耀着阳光,所有房子的阴面全都有些闪亮的白方块,好像一些晾着的白床单——这是对面墙壁的反光。假如有人走过,还会把人影投到反光里。所有的人都在阴影里走路,因为不必要地走在阳光里是被禁止的，但是像卫公这样的人走在哪里都可以。不论大街小巷都是那么干净，除了槐树看不到一点绿色，因为长安城里没有一棵草。最使卫公不舒服的是这种景象是他造成的，因为长安城是他建造的。李卫公不仅建造了长安城，而且建立了长安城里的一切制度。这都是因为当年皇帝这样要求："李爱卿，你去为朕造一座都城。"自己去造一座城，然后自己住在里面，再没有什么比这更糟的了。自己屙一些屎，尿一些尿，然后自己在里面沐浴，只有猪才会这样干；而且假如我有一点了解猪的话，还可以说，它们对此并不喜欢。

　　用现在的标准来衡量长安城，我们要说它是个很安静的城市，因为城里禁止喧哗。连小贩都不准吆喝，所以他们总是举着招牌去拦阻行人。草驴可以进城，叫驴不准进城，所以对于驴来说，长安是个同性恋的场所。城里可以养公猫，但不准养母猫，这样它们总是跑到城外去叫春。长安城里女人多，男人少，这对于我很有诱惑力。无须乎说，李卫公这样设计长安城，是为他自己着想。但是后来他又后悔了，因为女人一多，女权就高涨。长安城里还有一种特别的景致，就像近代城市一样，到处立了电线杆子，空中架有通讯线路，上面有些小小的老鼠拉着小车，车里是信件。要让老鼠送信并不难，只要在它前面用竹竿挑上一小块腊肉，它就会爬到该去的地方。在晚上那些小车上都点了一支香，所以长安的夜空中蠕动着一些火光。这又是卫公的发明。这种设施用起来很方便，但是他从来不用，而且他连看一眼都烦。

李卫公死后，他就保存在别人的记忆里。这时候他变得支离破碎，好像一个打碎了的盘子。比方说，那个女史想起卫公，就是这个样子：盛夏时节，满屋绿荫的时候，卫公坐在椅子上打瞌睡，他那张松弛的脸就像降下来的风帆，下巴上叠了四重肉皮。但是卫公并不胖。人在坐着睡觉时，不会有什么好模样。他那间办公室用桐油泡过的砖铺地，然后又磨光，就像经过抛光的黄铜一样。有一线阳光透过了树叶，透过了半扇开着的窗子照在地面上，在那里留下了一片光洁的地方，连多年前抛光时留下的划痕都能看见。然后阳光又反射到天花板上，好像那里点了一簇蜡烛。后来有一只绿色的小蝉，我们管它叫"伏天"的，从窗口飞了进来，一路"伏天伏天"地叫着，落到了柱子上。长安城里蝉非常稀少，而且只有小蝉，没有大蝉。那个女史本来正在给卫公做 blow job，但她禁不住回头去看。等到她再回过头来时，正好看到卫公睁着一只眼睛看她——那模样好像是他天生只长了一只眼睛一样。后来他做了一个鬼脸，又闭上眼睛接着打鼾。这个场景正如一支英文歌里唱的：you do your way，I do mine. 这件事被她写进了《李卫公二三事》

里。事实上卫公对她来说,就只是这二三事。他什么都没有告诉她。除此之外,她还知道李卫公要命的地方刺了一只飞燕。她对这件事是这样看的:卫公年轻时的 sex symbol 是赵飞燕,但这又是个错误的解释。卫公年轻时是个流氓,流氓像小偷一样,必须有一双快腿,在那地方刺一只燕子是希望能跑得快的意思。我们大家都知道,燕子是飞得最快的鸟,但那个女史不知道。她生在长安城里,长安城里除了鸡鸭,没有别的鸟。

三

我是做科技史研究的。我的同事首先证明了中国人在周朝就证出了毕达哥拉斯定理,证据是什么算书里有那么一句:勾三股四弦五;所以这个定理就被称作勾股定理,纳入中国人名下。然后又有人证明了唐诗里有牛顿力学,宋词里有相对论,发表在各种学报上。现在我要证明是李卫公首先证出了费尔马定理,遇到的困难比他们大得多。首先是我必须先把费尔马定理证出来,其次我还要把这个定理解释到李卫公身上。当然,我也可以把它解释到我自己身上,叫作王二定理,但是这样一来就缺少了浪漫情调。最主要的困难是这个费尔马定理我根本就证不出来——最近三四百年来，所有的人都在证它，但是谁也没证出来。还有不少的人在证明费尔马定理不存在，也没有证出来。既然如此难证，那么李卫公把它证出来是为了什么？难道是吃饱了撑的吗？

要说明李卫公为什么要证明费尔马定理，就要说到当年在洛阳城的土耳其浴室的休息室里，李靖和大家坐在地板上聊天的情形。当时在座的有一个日本人，头剃得像卓别林的小胡子，身上穿着短短的蓝印花布和服，跪在地板上，他管李靖叫李样（桑）；还有一个巴尔干半岛来的人，长一张又宽又蠢的脸，鼻子上挂了一个金环，身上穿了一件浴袍，坐在一个软垫上；还有一个黄胡子的希腊人，拦腰束一条浴巾。李卫公自己什么都没有穿，盘腿坐在地上。他的身材相当健美，所以黑地里有好多贪婪的目光投到他身上——这个浴室是同性恋活动的场所。但是李卫公本人不是同性恋者，他到这里来，是因为浴室里有免费招待的大麻烟。那种烟盛在他们中间的一根铸铁烟管里，因为烟管十分沉重，所以下面有一个可以转动的支架，看上去就像一门火炮。人们转动烟管，轮流抽烟，看上去好像是轮流地饮弹自杀——但是这不重要。重要的是在吸烟的间隙里，那个希腊人用一支蜡笔，就着烟管上一支蜡烛的光，在地板上写下了费尔马定理，而且用打着嘟噜的汉语说，谁要是把它证了出来，谁就是世界上第一聪明的人。这些话就像一道流萤，飞进了李卫公黑暗的内心。证明了费尔马定理，就证明了自己是最聪明的人，这件事值得一干。后来他就证明了自己是世界上最聪明的人。我还可以指出，当他被按在地下，第十一下板子打在他臀部的铁板上，发出金属响声那一瞬间，他最聪明，等到第十二下板子落下，不仅他，而且全世界都没有刚才聪明。但是对他没有什么好处。作为一个中国人，不但必须有证明自己聪明的智慧，还得有证明自己傻的智慧，否则后患无穷。我把这件事写了出来，很可能证明了自己在后一个方面有所欠缺，给自己种下了祸根。

要说明我们干吗要到唐诗里去找牛顿力学，到宋词里去找相对论，就须提到我们在领导面前有所交待，要么证明我们有实用性，要么证明有观赏性，总之要有存在的价值。证明了相对论和牛顿力学都是中国人先发现的，弘扬了民族文化，就算有了观赏性。证明了别的，领导上也不爱看。

我现在还没有证出费尔马定理，但我已经把怎么发表它的办法想出来了，这个办法就是把它叫作李靖定理。有好多人有做出证明、发明理论的聪明，却没有发表它们的聪明。这件事的困难程度没有做过研究的人是难以想象的。假如一个定理有两三个世纪没有得到证明，你把它证出来时，三四十页肯定打不住，准会写成一本书。你还要找权威来肯定，然后才有发表的机会。但是权威起码也是七八十岁，活着都困难，哪来的精神看你这艰涩无比的论文？因此你只好怀才不遇，郁郁而终。假如把它叫"李靖定理"，说是李卫公的证明，发表就一定不成问题。实际上到底是谁证的，根本无关紧要。因为我在这方面表现得一点都不傻，所以我觉得没必要妄自菲薄。

对于我和卫公这样的人，有一种最大的误会。大家以为我们是自己选择了这样的生活方式——终日想入非非，五迷三道——所以我们是一群讨厌鬼。这种看法是错误的。我们这样，完全是天性使然。以我为例，假如我不想费尔马定理，就会去想别的东西，没准要去写小说，没准要去写诗，写出来的小说和诗准又是招人讨厌的东西，这种事连我们自己都无法控制。这也许是因为脑袋里长了瘤子。假如世界上充满了我们这样的人，就会充满一种叵测的气氛。这件事没有办法，只好就让它这样了。

李卫公是全世界最聪明的人，这一点在大唐人人都承认。大唐皇帝这样说：朕圣明，李爱卿聪明。故而假如有一个大唐的子民胆敢以为自己比卫公还聪明，人们就不仅要说他是个自大狂、神经病，还要把他送官府严办。皇上对李卫公优宠有加，常把红拂召进宫去叮嘱说：你要经常做鱼给李卿吃！鱼补脑。吃鱼吃得李卫公满身的腥味，饭后散步时常有大队的猫跟在身后。除此之外，还有很多让人头疼的事。因为大家都知道谁是世上最聪明的人，就把一切动脑子的事都推给李卫公去干。举例来说吧，连长安城里公共厕所都让李靖去设计。李卫公把厕所设计成了多角亭的样子，每个角里是一个隔间，有八角和六角两种，画好了图，交手下人督造。但是手下人没有他聪明，就把八角的做成了男厕所，六角的做成了女厕所。我们知道，长安城里女多男少，因此女厕所马上就不够用了。李卫公只好又设计了一种牌子，挂在每个隔间的门上，一面写着"乾"，一面写着"坤"，只要翻过来，就能把男厕所变成女厕所。这就叫作颠倒乾坤。为了区区的厕所，就要他操两次心，因此李卫公活得非常的累。为了逃避这些乱糟糟的事，他就开始装睡，做出一个得了老年痴呆症的假象。在家里和班上，他就是走路时也不睁眼。只是到了不熟悉的地方才睁开一只右眼，以防撞到树上。在这种情形下，他看上去好像一个准备开火的狙击手。假如有人看见了，他就可以解释说自己不但有老年痴呆症，而且患了早期的偏瘫，连左眼都睁不开了。只有在和红拂做爱时，他才把两只眼睛全睁开。他只相信红拂，相信她不会跑到皇上面前报告自己装病不忠。李卫公就是这样装傻，装了好几年，也没有被人揭穿。这件事的离奇处就在于，李卫公年轻时玩了命地证明自己是聪明人，老了又要装傻，前后矛盾。但这也是做一个中国人最有趣的地方。

四

李卫公装傻装病，最后终于穿了帮。出卖他的人，不是别人，就是他自己。最后他死掉时，不但是直撅撅的，而且两只眼睛都睁着。他应该先软掉再死，或者闭上眼睛再死，最好是又软又闭眼地死掉，但是当时已经来不及了，他死得非常之快。皇帝到卫公府上瞻仰他的遗容，看了就皱眉头，对身边上的人说：卫公不是患病，左眼睁不开吗？这说明皇上说自己圣明，可不是瞎吹的。他常派小太监到坊间去买些高丽纸印的日本推理小说，只看一页，就能把全部案情推断明白。就算没人报告卫公是死于马上风，他看到棺材里卫公腰上鼓鼓囊囊，也能够猜出他死于什么病。死于这种病的人旁边必然还有一个人。这就是说，李卫公不但出卖了自己，还出卖了红拂——红拂明知李靖装病也不奏报，也是对皇上不忠。从卫公府上出来，看了长安的街景，皇上说：李靖这小子，设计的城市真难看！这说明皇上已经不喜欢李靖了。所幸的是他已经死了，皇上没法给他使坏。但是红拂还活着，这种情形对她很是不利。李卫公装傻不成功，虽然没有害到自己，却害到了自己的老婆。这说明作为一个中国人，在装傻方面一刻也不可以放松，一直要装到自己已经死掉了，还不能掉以轻心。最好是在死后还能继续装傻。卫公的情形就是个极好的例子。

假如李卫公想在装傻方面完全成功，就不仅要在外面装傻，在家里装傻，而且在和红拂做爱时也要装傻，闭着眼流着涎水往她身上爬。这样从外部来看，谁也不知道他是真傻假傻；而且得了马上风死掉后，也是个傻样子。皇上来了一看，抚棺大恸：李卿李卿，勤劳国事，累得自己的脑子变成了豆腐渣！然后含泪下一道旨意，禁止天下人吃豆腐，只他自己例外。这样干的不好之处在于和闭着眼睛流着哈喇子的糟老头子做爱，红拂会觉得很不舒服。但她也不能拒绝，因为她是一品夫人。一品夫人就是必须和一品大员做爱的人，这是她的本职工作。一品大员就该是闭眼流涎水的人，否则就该有口臭。假如不闭眼，不流涎水，又不口臭，一品夫人这份薪水就太好拿了。这说明一品夫人应该有一点实用性。在这种情况下她能做到的一切只是用自己画眉的笔在卫公的眼皮上画一双眼睛，再给他戴上口罩。

因为我是做科技史研究的，所以我必须能够理解古人。根据我的理解，李卫公年轻的时候想要证明自己是聪明的，那种心境一定就如率领着一支军队面对一座富庶的城池，急于攻进去。而到他已经证明了自己很聪明，又想装傻时，就如孤身一人受到千军万马的围困，哪怕钻狗洞，装猪装狗也要逃出去。我也能够理解大唐皇帝，他的心境就如一个善变的美人——喜欢李靖时，就肉麻兮兮地说：李爱卿佳人也！也不管别人听了起不起鸡皮疙瘩。要是不喜欢李靖，就说：李靖这个杀千刀的！和女人撒娇不一样的是，他说谁杀千刀，谁就得被杀一千刀，杀完了这个人就变成薄薄的肉片，放到火锅里一涮就熟。

李卫公年轻时逃出了洛阳城，到老年时又建立了长安城。除了外表不一样之外，这两座城市很相像——比方说，都在严厉的控制之下，想入非非都属非法。这样卫公就像住在大洋里的珊瑚虫一样——这种低级动物住在坚固的石灰外壳里，假如你把它的外壳剥去了，它就会口吐石灰，再建造一个。假设有一种动物比我们高级很多，我们和它们的差异正如人和珊瑚虫的一样大，它们就会得出这样的结论：人这种动物就像是珊瑚虫，剥了他的外壳，他又会重造出来，最起码有一个叫作李靖的人已经这样干了。有一些珊瑚虫住在海洋生物学家的试管里，我想这些珊瑚虫对这件事并不理解。它们会以为试管也是很广阔的世界。而我们叫作"地球"的地方很可能就是一个试管。而我们自豪无比的五千年的文明很可能就是别人实验记录上的一页纸而已。那些该死的拿我们做实验的东西根本就不会相信我们也有智慧，正如我们不能理解珊瑚虫的智慧。这说明只要不是一个物种，就不能理解别人的智慧，所看到的只是一些古怪的行为。

现在可以谈谈李卫公年轻时证出费尔马定理的情形。假设是我证出了费尔马定理，而且是在乘轮船旅行时证了出来。然后轮船沉了，只剩我一个人逃到了小岛上。在这种情况下，我当然不忍心让我的心血埋没，就在一个短波发报机上把它胡乱发出去，根本就没想过会不会有人收到，更没想到会有什么回应。李卫公也是这样的。他被人打怕了，所以是用最隐讳的语言写出，并且写到了最不引人注目的地方，只求能把它印发出去，根本不想让人读懂（这就是我到现在仍不能读懂的原因）。但是这件事马上就有了回应，每个月的初五，他准会收到一张汇票。大隋朝的汇票和现在的大不一样，现在不论是West Union 的 money order，或者是中国人民邮政的绿字汇款单，都能看出是谁寄来的。而隋朝的汇票是用烙铁烙在一张皮革上的一些花纹，不仅看不出是谁寄来，也看不出汇了多少钱。我们知道的只是：假如那汇票是牛皮的，那就是五十两纹银，假如是马皮的，那就是一百两纹银。但这两种皮制成革以后很难分辨，所以唯一的办法是找一头牛和一匹马，根据这两个动物谁闻了汇票流眼泪来确定其价值。李靖收到的汇票是牛闻了就哭的那种，所以是五十两纹银，正好是他一个月的生活费。这种汇票上可以有四个字的附言，假如你是给新婚夫妇汇贺仪，就在兑汇处要求工作人员烙上百年好合的字样。假如人家死了人，你汇奠仪，就要求烙上节哀顺变，等等。李靖拿到的汇票上却是免开尊口四个大字，叫人十分摸不着头脑。而且自从他收到了第一张汇票，他身后就出现了两个公差，不管他到哪里，那两个人都跟在他背后，并且手执一半红一半黑的棒子。这种棒子人称水火棒，有人说红代表火，黑代表水，合在一起是阴阳调和、风调雨顺之意，但我怀疑是否有那么吉利。红是流血的颜色，黑是淤伤的颜色。水火在古代是大小便之意，水火棒就是打你个屎尿齐出之意。李靖和别人说话，只要超过了五句，公差就给对方当头一棒，当场把人家打开了瓢。这样就不再有人和李靖说话，这使他很寂寞。他去问那两个公差，这是为什么，人家也不回答。问急了就用脚尖在地上写几个字：奉上级指示。这件事发生在李卫公年轻的时候，是他证出并印发了费尔马定理的结果。这样他就证明了自己是盖世的聪明，并且以这种聪明换来了每月五十两银子的收入。照我看这些钱相当不少。只可惜领导上看上了你可不是光给你钱而已。李卫公对此缺少思想准备，所以后来捅了大娄子也就不足为奇。

李卫公背后跟上了两个公差之后，就不再愤世嫉俗，而是感到很憋闷，很不自在。他开始挖空心思地摆脱那两个盯梢的家伙，在这方面他还有一些办法。方法之一是他上了高拐，在街上猛跑，让那两个家伙架着短拐在后面气喘吁吁地跟着，跑上一段，就把他们甩下了。但是后来那两个家伙找来了一辆轻便的驴车，这一招就不灵了。两条腿怎么也跑不过四条腿呀。另一个办法是带助跑地跳过一座房子，然后就到了另一条街上。考虑到他踩着两丈的拐，这样的做法并不像表面上那样惊世骇俗，但是在另一条街上降落时，有可能把拐脚插进人家的天灵盖。你在马路上行进时，也不喜欢看到有些体重很大的人从空而降，所以卫公一干这种事，就变成了老鼠过街，人人喊打。后来他又发现了新的反盯梢方法，那就是手挽包袱去乘地铁，在一团漆黑中描眉画目，换上女人的服饰，装上假乳房，使那两个公差认不出。但是在黑地里做这些事很不容易，描斜了眉，画歪了嘴是常有的事，有时还会把假乳房装到背上，看起来像只骆驼。李卫公就是这样用尽心机，其目的只是想一个人清清静静地去喝一会酒。

五

李卫公死了以后，红拂也不想活了，她想自杀死掉，但是大唐朝制度严明，一切都要纳入计划，所以她每天都要往各种衙门跑，给自己办理殉夫的手续。官员们对她很客气，对她的打算也很赞成，但是还是要她等指标。她需要各种指标，首先，需要一个非正常死亡指标。这是因为长安城里每年只能有三百人非正常地死掉，死于车、兵、水、火的都在内，毒药也在内，只有病死老死不在内。这件事要由刑部衙门办理。管这件事的官儿查来查去，发现各种死法的人都已大大超过了指标，只有下月上吊死的人还有空额，所以就批准她上吊死掉。红拂对这种死法很反感，又皱眉毛又翻白眼。吓得那位官员连忙给她跪下来，说道：夫人，这件事一定要求你多多关照。假如你随随便便抹脖子死了，我们全科的俸银都要罚掉，大人孩子都要喝西北风了！拿到了准许上吊的批件后，又要到礼部去办手续，这是因为寡妇殉夫属于意识形态的范畴。礼部风气司的官员却说，这个季度殉夫的人太多了，使整个社会空气趋向悲观。所以起码要等到下一季度。为这件事又得和刑部扯皮。除此之外，还要在死掉之前注销各种注册、户籍、会员等等。这些事情多得简直办不完，而且不能托别人办。不管怎么说，她有车子，有身份，已经占了好大的便宜。最起码到了礼部可以在贵宾室喝着香片等候接待，用不着像那些小寡妇那样，在办公室门外站队，战战兢兢地听到里面怒吼连声：光想自己立贞节牌坊，就不想想给我们的工作带来多少麻烦！

红拂是个极富想象力的人，偶尔听到人家在呵斥别的寡妇，就要联想到自己身上去。虽然每个人都对她说，大唐朝的命妇申请殉节她是第一人，光这一点就很值得尊重，但是她还是觉得这些话是在说她。在礼部填写有关表格时，在"殉节动机"这栏里，她填上了"觉得活着太麻烦"。后来在别人的一再启发下，才填上了"思念卫公"。这样填了以后，她觉得活着更麻烦了。后来她又发现表格上有"殉节方式"一栏，就填上了"割腕"两个字。后来礼部官员看那张表时，就说刑部批您上吊，您怎能割腕呢。这份表只好重填，想要贴上张白纸条改过是不成的，因为这是命妇殉节，有关材料恐怕要呈皇上御览，有贴补的地方不行。可是那些表格少的也有三四十页，全都要用工楷填写，重填真是麻烦死了。

后来红拂才发现，想死掉也不容易，这些手续老也办不完，正是因为这些手续老也办不完，所以长安城里每个寡妇都在办殉节手续。这样可以寄托她们的哀思，同时也表示死了一个丈夫她不是无动于衷。有了这样的名声，将来再醮起来也方便。所有殉节的寡妇要去的衙门，墙上都贴满了征婚启事，而且有无数纨绔子弟在那里和排队的女人歪缠。有好多女人排了几次队，就和别的男人结婚了，真正坚持到底死掉了的，十个里也没有一个。而且就是那个死了的，别人还要说她是找不到对象绝望而死的。幸亏红拂有大唐第一美女之名，所以还没人说她是因为再嫁不出去才要寻死的，但是所有外面的人见到了她，总要说她有志气。家里的对她则有另外一种说法，比方说，她女儿就老说：妈，你都那么大年纪了，还出这种风头干吗？就和现在一个人报名去西藏时人家说他的一样。红拂被这种境遇逼得要发疯，但是手续还是办不完。有时候人家说，还要再研究一下。有时候人家说，已经报上去了。但是到上面去一问，却说没见到来文嘛——大概是送公文的老鼠碰上猫了。直到她忍无可忍，宣布说不办这些手续了，自己要去找根绳子吊死算了。这一下大家都着了慌，忙着给她四下催办。

这样在李卫公死了六个月之后，红拂的殉节手续总算是办妥了。

有关红拂想要自杀的事，还有必要补充几句。作为大唐朝的一品夫人，她很少出门去为指标奔忙。这一点和别人很不一样——假如你是个小贩，对指标就不会这么陌生，月初月尾你都在各种衙门里，为自己的摊位指标而奔波，故而长安城里的市场在月初月尾总是空空荡荡，连瓶酱油都买不到。假如你是个泥水匠，对指标这件事也不会太陌生，因为不管谁来请你盖房子，你都忘不了问一句：搞到盖房的指标了没有？但是她也有需要指标的时候，最起码在自杀时是要的。虽然她说过要不办手续径直吊死，但是并未准备实行。这是因为她不是没有责任感的人。这就是说，她也怕人家骂她。假如我生在唐朝，是个做小买卖的，就因为邻居吊死了个李卫公夫人就要把我捉起来打一顿，我也要破口大骂。作为一个贵妇人责任十分重大，最起码街坊邻居屁股的安危全系于她一身。等到手续办妥，尽到了对邻居的责任，红拂以为可以洗洗脸梳梳头就上吊了，家里却来了一大群人，其中为首的是个魏老婆子。这位老太太在宫里面工作，专门负责嫔妃上吊事宜。她来传达皇后娘娘的懿旨说，红拂这个小蹄子，干什么都是乱七八糟。魏大娘，你去替我指导指导。从那时起，红拂上吊的准备事项就在专家的领导下进行，和她自己没了关系。这件事已经列入了计划，拿到了指标，此后的事情虽然还很复杂，比方说，工部要行文到岭南，要当地砍一棵上等的楠木，来给红拂做棺材；国子监要把红拂写入明年魏征丞相的国情咨文内本年度社会风气继续好转一节；国史馆要把她修入正史；中书省要给她拟定谥号等等，这些都和她没有了关系。她只管等到一个良辰吉日死掉就可。而且这一点也和她没有什么关系：不到那个日子，她想死都死不了，到了那个日子，她想活也活不成了。这就是说，虽然红拂暂时还是活着的，但是我们已经可以把她当作一件事了。

六

有关红拂殉夫自杀的事，还有些可以补充的地方。她初萌死志时，觉得自己在如何死掉这方面缺少想象力，就跑去逛自杀用品商店。据我所知，现代所有的自杀方式，在大唐都有了。比方说，现代有用手枪自杀的，唐代也有，只不过是用单手操作的短弩，对准自己的太阳穴发射一支七寸长的弩箭。现代有用管道煤气自杀的，而在唐代是用铜皮制作的烧炭的炉子烧出煤气来，再经过水洗冷却，用管道导到口鼻里，保证你吸到纯净的一氧化碳。只有触电自杀很麻烦，必须在雷雨天放出铁线风筝去招引天上的雷电。不管怎么说，在大唐朝的长安城里，想要死掉的人可以得到一流的服务。自杀用品商店甚至拥有一支打井队伍，供那些决心投井而死，但又不想污染水源的人服务。但是在出动那支队伍之前，店里的自杀顾问总要劝你淹死在一个水晶槽子里。那个槽子里养了各种金鱼热带鱼，还有几只绿毛乌龟，在那里你可以与家人挥手告别，一面就近欣赏美丽的水族，一面从容步入阴曹地府，这种死法实在很高尚——当然，也花费不菲。红拂虽然当时正在丧偶的哀痛中，见了这样琳琅满目的商品，也不免精神为之一振。你知道吧，女人就是喜欢这种景象。众多的式样，众多的质地，众多的选择。这就叫消费。当时她说：我恨不得把各种死法全都来过。等到和店里的经理谈过之后，才知道此地众多诱人的死法里没有一种是属于她的。她是朝廷命妇，死法要由领导上安排。当时她一气之下就大放厥词，丧心病狂地攻击大唐朝的制度，顺便也把已死的卫公骂了一顿，因为这些制度都是卫公制定的。像这样的话当然不能让她白说了，早上十点钟她乱说了一顿，吃午饭时现场记录就装订成册，冠以《李卫公未亡人反动言论》的题目，呈到了皇上手里。皇上看了勃然大怒，几乎要下一道旨意，宣布李靖是前朝反动头子杨素的走狗，是埋进大唐心脏的一颗定时炸弹；这样就可以"办"李靖，顺理成章地宣布红拂是他的同谋，把她抓起来收拾一顿。幸亏皇后及时劝说道：急什么呢？红拂没死，还在我们手里。皇帝以为此言有理，就没有下那道旨意。否则的话，我们就不会知道世界上有过一个李卫公，更不会知道他证出了费尔马定理。中国历史上有好多人都被"办"过，然后就消失了，好像从来就没存在过一样。

现在可以说说红拂为什么对大唐的制度不满意。李卫公在大唐位极人臣，红拂的地位也极高，两口子的薪水加在一起什么都买得起，但是什么都不能买。举例言之，假如红拂需要一件内衣，她本可以去买一件纯棉的，或是真丝的，或是开司米，或是毛麻混纺的；虽然最终只能买一件，但是当她在纯棉、真丝、开司米、毛麻混纺中选择一件时，就等于把上述织物一齐占有。作为女人，生命的很大一部分是为了纯棉或真丝或开司米或毛麻混纺，但是她只能拥有一件粉红色的厚法兰绒睡袍，穿上好像卡通片里的粉红豹。这就不是买不买得起的问题。说实在的，假如不嫌金子太沉、太冰人，她完全可以买件金片内衣穿上。主要的问题是她不能买。按照大唐的制度，一品命妇只能够穿法兰绒的粉红睡袍。而这种睡袍也只能够有一种式样，这种式样又是卫公做的设计——谁让他是大唐第一聪明的人呢，所以他除了设计城市，设计制度，还要设计女人的内衣。这种睡袍长及足踵，有一个风帽，还有六个盛东西的口袋，正面有二十四个袢扣，既不好穿，更不好脱，总体上像个结构复杂的布口袋。套在这种口袋里，红拂一尺七的腰围和肥婆三尺三的腰围就没了区别。李卫公还活着的时候，每天晚上红拂都要穿着这种袍子把他臭骂一顿。而在那种时候，李靖总是只睁一只右眼躺在床上，为她解那些扣子，等到扣子解完，红拂骂完，他才把两只眼睛全睁开。李靖一死，红拂没有了可骂的人，觉得活着没有意思，就想寻死了。这个故事说明，想证明自己是聪明人是一件很要不得的事，不但会给自己招来麻烦，还会连累老婆。但是李卫公当年急于证明自己很聪明时，根本就没有想到这些。等到已经证明了自己聪明，就没有了后悔的余地。

七

李卫公住在洛阳城里，背后跟着两个公差时，感到很大的压力。这件事的起因是领导已经知道了他是个聪明人，对聪明人领导上总是要严加防范。然后他就把全部聪明放在了摆脱那两个公差上，取得了很大成功。有一天中午，他一个人跑到酒楼上喝闷酒，喝醉了之后和酒保打了起来。李卫公是一个流氓，身上藏有凶器，具体地说，是一根带有倒钩的铁链子，人称蜈蚣鞭那一种，一下打在对方的脸上，把整张脸全扯掉了。后来这个酒保伤好了，每天出门前都要用蜂蜡在脸上塑出五官。看起来还是蛮漂亮的，只是不能喝热汤。只要他把脸对着一盆热汤，整张脸都要软化、下坠，甚至流淌，坐在他对面的人则有可能被吓死。卫公干了这件坏事，大家都觉得不能原谅他。全体酒保、大厨，甚至老板娘都涌到楼上来打他，手里拿着菜刀、火叉、顶门杠；别的客人则向他投掷酱油壶。李卫公不能抵挡，就从窗户跳了出去，落到了邻居的房顶上。这一下更糟了，隋朝的房顶是一层单皮瓦放在椽子上，被他一踩稀里哗啦。房主在下面看得清清楚楚，一脚一个天窗。这种情形谁都不能忍受，所以那些人也跑了出去，拣起碎砖烂瓦就打他。有关这件事有需要补充的地方：不管哪朝哪代，总是砖比土坯值钱，瓦又比砖值钱。我们花了钱买了瓦铺在房顶上，可不是为了叫人踩碎的呀。

我年轻时在云南插队，有一阵子在副业队里，制过瓦。这种工作的烦难之处是要制出上等的泥巴。这种泥要能够在地上垛成矮墙而不倒塌，然后从泥垛上用弓割下一片泥，制成筒形，等它干了破成三片，就是瓦坯。这种坚韧的泥则是要用土和水经反复践踏制成的。这一步可以用老水牛来完成，但是必须制止它往泥里屙屎，不管多大的一摊泥，进了一泡牛屎就全完了。好在牛屙屎前要扬起尾巴，在这种时刻你必须猛扑过去，按住牛尾巴，把它拖出和泥的现场。而牛在大便时被人打断，脾气则会变得非常之坏，完全不肯合作。我常在干这种事时被它们甩出老远，甚至被甩到草房顶上。另一种办法是在干活之前找一块橡皮膏把它们的肛门贴住。但是干完了活非常累，往往会忘记把橡皮膏再揭下来。牛感到肚胀时（这往往是夜里十二点），它就来找我，撞开宿舍门，挑开蚊帐，来舔我的脸。我从睡梦中醒来，看到眼前一个硕大的牛头，就会想到自己平生所做的亏心事——它们准是我下到地狱，面对牛头马面的原因。我讲这些事是要说明瓦片来得不容易，应当珍惜。因而我要是生在大隋朝，一定也在追打卫公的行列里。卫公已经醉了，又被打得晕头转向，就在房顶上飞奔起来，所以追打他的人越来越多，后来还引起了一场骚乱。这件事表面上是因为李靖自暴自弃，酗酒过度造成的，其实却不是这样。这主要是因为一朝一代、一时一地容不下很多聪明人。举例言之，杨素是大隋朝的聪明人，他建立了隋朝的制度，建造了洛阳城，李卫公活在其中就觉得格格不入，早晚要在这里招灾惹祸。而杨素早就知道他要招灾惹祸。这是因为杨素也爱好几何学，发现了几种作图法，但是没有证明毕达哥拉斯定理。他也爱好数学，发明了以他的名字命名的"杨素级数"，但没有证出费尔马定理。因此李靖活着就有危险了。古代就是这么糟糕，总共就这几门学问，大家老撞车。相比之下，生活在近代是多么幸福。近代的领袖人物都喜欢哲学，那咱们就去搞别的学好了。偶尔有个把斯大林喜欢语言学，喜欢语言学的聪明人可以改行研究化学。现在杨素、李卫公、马克思都死了，我来研究数学并无妨碍。但我绝对不会去碰经济学、政治学，还有社会学，而把它们留给有身份的人。

以下的例子可以说明李卫公比杨素要聪明，但这种聪明是老年以后的事：杨素是个相当不错的数学家，自己编了以他的名字命名的《杨代数》《杨几何》，结果招致大隋皇帝的嫉妒，说他的数学书有政治问题，全部禁掉了，到现在一本也找不到。李卫公却把他的数学成就写进了大唐朝的历书，当然，用了一套极复杂的术语。比方说，说有一个变量 x 时就说是皇上、圣上等等；再有一个变量 y，就说母后、皇后；万岁是平方，万万岁是立方，万寿无疆是常数。故而一个 x 的多项式——2 倍的 x 平方加 x 立方加一个常数项就可以表达为"皇上万岁万岁万万岁万寿无疆"。假如这个多项式等于另一个变量 y，就写作"皇后、皇上万岁万岁万万岁万寿无疆"。当然这还要看上下文，否则连林彪也成了数学家。这样写成的数学书观赏性实用性齐备，当然没有政治问题，唯一的不便之处就是非常的难懂。我懂得他的一切把戏，又知道他的全部数学知识（费尔马定理除外），看他的书还是十分费劲。

李卫公年轻时是这样在洛阳城里招灾惹祸的——他喝醉了酒，在房顶上奔跑，引来了一大群人跟在他背后抛砖打瓦。这在看街的公差看来很像是聚众闹事的样子。当然，造成这件事的罪魁祸首是卫公，但是公差们不肯往房上看，所以把他漏过去了；他们只看到地下有成群的人在跑，就挥舞着棍子朝他们冲来。洛阳城里的百姓很是本分，见到官差冲过来也不跑，反而站在原地不动；见到棒子打过来也不躲，反而用脑门子去迎，然后就一人挨了一棍倒在地下。在这方面我可以举出一个例子来：假如我骑车闯了红灯，警察只要伸出一根手指一勾，我就老老实实地过去；他朝我大喝一声：你瞎呀！我就说：我瞎我瞎。他又说：瞎怎么骑车？我就说：刚才瞎了。就这样一问一答，直到他让我滚蛋为止。这件事到此本可告一段落——我们都已犯过错误，受过了惩罚，可以老老实实回家了，谁知又出了岔子。有人发现李靖这小子一下都没挨地跑掉了。于是大家就去和公差讲，然而公差决不承认有什么李靖在房上跑。如果承认了这一点，就是承认了大隋朝的官差办事不力，刑名不公正，进而动摇国基。但是当时有上百人看见了李靖喝得烂醉，在房上奔跑。两边争吵了起来，吵到了最后，有成千的人聚了起来，围着公差起哄。官府里派出了更多的官差去镇压，起哄的人很快就多到了上万人。没上街起哄的人在家里也不肯闲着，找出个破铁罐乱敲乱打，很快整个洛阳城就变得像个黑白铁作坊。这种声音红拂在石头墙后面也听见了，很想跑出去看看，但是当时她刚洗了头发。我们说过她的头发有三丈长，刚洗过之后，有二百多斤，故而她只能躺着不动，一动就会扭断脖子。这种声音李靖也听见了，当时他在酒坊街自己一个旧相好李二娘家里，两个人已经上了床，所以不便出去看。他的判断是外面月食了，在这种情况下大家总要使劲敲盆，直到月亮亮了为止。其实不敲盆月亮也会亮，实在是白费力气，还在铜盆上凿了好多坑。他们俩找了几块棉花把耳朵塞住了。幸亏他们没有出去看，假如出去了，未必能活着回来。当时街头的骚乱非常的厉害，官差镇压不了，当局已经出动了军队，千军万马正从洛阳的四个城门开进来。

八

我说过，大隋朝的人非常安分守己，但是也有起哄的时候，那时候大家围着官差乱嚷嚷。这种情形说明大家的头上都有点痒，需要挨上一棒。在大多数情况下，官差可以满足他们的愿望。但是那天晚上起哄的人太多了，官差打不过来，这就使起哄的人觉得嚷嚷不够过瘾，进而投掷砖头。这种情况说明需要有更多的官差和打人的棒子。一个壮年男子，假如棒子称手，可以一口气打破十个人的头。这说明在洛阳城里，差民之比不应低于一比十。在骚乱时，洛阳城里没有达到这个比例。

那一天傍晚时分，大隋的军队开进洛阳城来镇压骚乱，队伍整齐，军威雄壮。来的有装甲步兵、轻步兵、铁甲骑兵、工程兵、炮兵等兵种，太尉杨素骑在一匹大象上指挥。我们知道，那支军队是杨素亲手设计的，那一次是首次上阵。他先派炮兵上前，用弩炮轰击暴民。那种炮也是杨素设计的，别人的炮发射梭镖、炮石之类，弹道是直线，他以为不好，容易闪躲，所以他的炮发射的是一种铁制的飞去来。这种炮弹飞旋而出，不但威力惊人，而且会自动飞回炮位上，所以永远不缺乏弹药。几次齐射以后，大路两边的树全被砍倒了，飞去来全钻进路两边的房子里去了。弩炮没了炮弹，只好退回来。然后他派装甲步兵上前消灭敌人。大隋的装甲步兵也有与众不同处，本人并不穿盔甲，由两名助手举着盾牌挡护，看上去像个贝类。这样做的好处是他不受盔甲之累，不好处是当两名助手被飞来的砖头击中倒地时，他就失去了防护，好像正在蜕壳的爬虫，既可怜，又无害。杨素只好命令铁甲骑兵前去冲击，这种骑兵披着重铠，头顶钢盔，暴民投掷的砖头对他们构不成危害；而且三十匹马连成一排，冲起来威力强大。可惜的是城里的街道太窄，只要两边的马撞上了房子，中间的马就停住，马上的骑士全都摔到马前面去了。后来工兵又冲上去拆毁房子，平出了空场，但是暴民谁也不上空场上来，而是往后面的窄街里退。幸亏轻步兵抄了他们的后路，把他们撵到空场上来。铁甲骑兵就对准他们来了一次长矛冲锋。但是几经折腾，铁甲骑兵都累了，端不平手里的重矛枪，在全队飞奔的时候，那些矛尖往往扎到了地上，于是骑士就被矛柄的弹性弹得满天乱飞，砸死了一些暴民，也砸死了一些在家里睡觉的老百姓，还砸死了不少自己人。睡觉者的死亡实属冤枉，他们在家里睡得好好的，忽然轰的一声响，房顶被铁甲骑士砸穿，骑士头顶上的盔枪直扎心脏。那些活着的暴民见了这种场面，一面哈哈大笑，一面夺路而逃。杨素率千军万马折腾了半夜，没杀死几个暴民，反倒折损不少军马。这种重大的损失，完全是李靖导致的。但他自己还一点都不知道。第二天早上他从酒坊街回家，看到了很古怪的景象：路边上净是烧毁了的房子，大街上净是杀死了的人，整座洛阳城净是焦煳味、血腥味，还有满街的马粪味，真是可怕极了。举例而言，每棵大树上都有一根梭镖，上面穿了五六个人，好像一根穿好了还没下油锅的羊肉串一样，这种景象绝不能说是正常。有些人还没有死得太透，正在打哆嗦。卫公找到了一个看上去较有活力的家伙，朝他脸上连吹了好几口气，那人就醒了过来，说道：怎么这么臭（这一点倒不足怪，你要是大醉了一场，第二天早上嘴也会臭得像个粪坑）？然后看清了是李靖，就朝他脸上猛啐一口，啐得他掩面而逃。再往前走，就出现了赶着牛车的人，他们把死人往车上抬（要是像这样成串的人搬起来就较方便），遇上了死得不透的人就在他脑袋上敲一下。再往前走，有好多人手持蘸了石灰水的刷子，把烧得乌黑的废墟都刷白了。再往前走，就是一片白银世界，回头看也见不到一个死人，一点火烧的痕迹，一滴血。卫公眨了几下眼，以为见到了幻象，喝了很多酒之后，看见一些幻象也属正常（没喝酒有幻象也属正常），所以我们还是把它忘了吧。

那一天洛阳城里发生的事我们已经讲了一些,但从这些情形还不能解释第二天早上的景象,因为那只是前半夜的景象。杨素率军镇压暴民,前半夜很不顺利,到了午夜十二点,他又累又烦,就下一道命令:就地解散,明天早上集合。然后骑着大象回家睡觉去了。那些兵听到这个命令欢呼一声,扔下手里的长枪,脱下盔甲,只穿内衣,拿短刀,三个一群五个一伙,朝小胡同里散去了。然后整个洛阳就变得死寂一片,到底发生了什么我也说不清了。我只知道从午夜到天明的四五个小时里,洛阳城里的男人死掉了六分之一。又过了整整十个月,全城的婴儿出生率猛增,而且那些孩子都叫"大军""小兵"(以上男名)、"丽军""芳兵"(以上女名)一类的名字,以致后来重名的人极多。这说明这些孩子的出世和当兵的有一定关系。其中还有一些孩子皮肤总是冰凉的,不管天多么热,总是不出汗,就是那些铁甲骑兵的作品。除此之外,当夜还发生了无数起火灾。但是洛阳城极大,也有些大兵没到的地方,酒坊街就是其中之一。正是因为这一点,李卫公后来就懵懵懂懂,根本不知道昨晚上发生了什么。大家恶狠狠地瞪着他,他还敢瞪回去。回到了自己门口,发现不是只有两个公差,而是四个公差在等着他,而且都是生面孔。昨天盯他的那两位已经因为玩忽职守被拉出去砍掉了。以后他再逃掉一次,背后盯梢的公差就要多一倍，根据这个道理，只要他逃掉十六次，身后就会有六万名以上的公差，像一支浩浩荡荡的大军，无比壮观。这是这件事光明的一面。不光明的一面是他将会连累死掉几乎是同样数量的公差，砍下的脑袋十辆卡车也拉不完。不幸的是李卫公只看到了事情的光明的一面，看不到事情不光明的那一面。

李卫公年轻时在洛阳城里酗酒闹事，连累了半城的人，我却归咎于他心情不好，是领导上的问题。这种思想方法连我自己都觉得古怪，但我并不觉得它有什么不对。这是因为我和他一样是个中国的数学家。我现在证不出费尔马定理，也归因于领导上对我照顾得不够——工资不高，没有个漂亮的老婆，没有像样的住房，影响了我的情绪。你想想吧，李卫公证出了毕达哥拉斯定理，马上就往哪里寄？官府里。假如不是挨了一顿板子，证出了费尔马定理也会往官府里寄。我现在要是证出了这个定理，除了向学报投寄，恐怕也要复印几份，寄到上级机关。这件事好有一比：我们俩就像是浮士德，把灵魂卖给了魔鬼。做出了好东西给你，活得不顺心也怪你。当然，我也是有一点自知之明的，知道自己和卫公有一定差距。故此我可以想象那个魔鬼就坐在我的对面，狞笑着对我说：你连个费尔马定理都证不出，谁要你那糟兮兮的灵魂！你给我拿回去！（但是我不知道魔鬼为什么也爱好数学,这对我是个不解之谜。)这就是我不敢酗酒闹事的原因。我和我的同事都是这样的,工资很低,没有住房,但也只敢腹诽,不敢闹事,因为我们毕竟没有证出什么东西。但是卫公就不一样了,酗酒、闹事都是他有理。

九

我觉得我在很多方面可以理解李卫公。比方说,有一天,忽然所有的人都不和我讲话了,这是一个坏现象;每个月我可以收到相当多的汇款,这又是个好现象;还有好多警察跟在我屁股后面,这个现象的好坏难以判断。要从这些现象中推出我已经害死了半城的人,我就做不到。但是每次我摆脱了盯梢,背后盯梢的人就要加一倍,而且以前的熟面孔都不见了。在这种情况下,我还是想逃跑,因为酒坊街有我的老相好,漂亮的李二娘,我要跑去会她。但是这些新来的公差气色越来越不好,甚至显出了忍不住要打我的样子(实际上不只是要打,简直是恨不得吃我的肉,扒我的皮,但我还看不大出),我也会觉得有点不对头了。在这种情况下我要采取一点应变措施——因为盯梢者按几何级数增长,所以要谋而后动,更何况我还舍不得每月五十两银子——首先要做的事是锻炼身体。因为是在古代,干什么都要有把力气才行,跑得快相当于有一辆好汽车,手劲大相当于有把好手枪,能抡动一柄大铁锤相当于手里有了一支火箭筒,如此类推。这就是每天早上卫公都到城边上去跑步的原因,他跑步时,那三十二位盯梢的公差一字排开站在跑道边上,像一支仪仗队。跑完了步,卫公还要练练单杠,那班公差就用环形的队伍把他围起来。除了锻炼,还要注意营养,这一点卫公也想到了,除了多吃牛肉,他还买了好多山羊奶酪吃。那种东西难吃无比,但却是高蛋白,吃下去长肌肉。锻炼完了,应该洗桑拿浴来消除疲劳,这一点卫公也想到了,每天练完了他都去土耳其浴室。那班公差也跟着去,穿得衣帽整齐地坐在蒸汽浴室里,常常热得晕死过去。我能想到的卫公全想到了,只差这一点:我在那种情形下会找些类固醇来吃吃,这种药可以增强肌肉,虽是违禁药物,但我也不想参加奥运会。卫公没想到这一点,是当时买不到这类药。但是当时他比我现在年轻,身体底子也好,终于达到了极高的水平,完全可以竞选洛阳城的健美先生。做好了这一切,还是想去找李二娘,在此之前还是要把盯梢的甩掉。假如不能甩掉,和李二娘做爱时,这三十二个混账家伙就会拥进那间卧室,第一排卧倒,第二排跪倒,第三排站立，第四排找凳子，以这样的队形来充当观淫癖。这可不是杞人忧天，每次李卫公上厕所，这班家伙都跟进去，把所有的坑全蹲满了。李卫公这样锻炼身体和摆脱盯梢并不能说明他已经和领导上不是一条心，他只不过是多个心眼——我们马上就要知道，他的心眼天生就是特别的多。

等到洛阳城里闹过骚乱之后，红拂又跑到外面去玩，又看到了李卫公。但是没有机会和他说话，因为这时李靖已经不是一个人，而是一支浩浩荡荡的队伍了。他身后的公差已经多到了六十四个，说明了二进制的无穷魅力。当时洛阳城里正展开如何处治骚乱的罪魁李靖的全民大讨论，大家都必须提个方案来证明自己的善良——有人主张把李靖千刀万剐；有人主张把李靖五马分尸；有人主张把李靖烧成灰，和上泥做成砖头，砌到粪坑里；有人主张把他和五六口肥猪一道扔进绞肉机，做成包子馅，蒸出的包子全城一人分一个。领导上已经宣布，将来谁的方案被采用了，就可得一大笔奖金。所有的人都被要求提出方案，只有不可靠分子例外。这些不可靠分子是李卫公和他的狐朋狗友，其中还包括了酒坊街的李二娘。对这些不可靠分子，领导上也派人去打过招呼，所以他一点风声都没听到。走在街上时，他只觉得别人看他的眼色古怪，一点也没想到自己已经被看成了茅坑里的砖头和包子馅。说来可怜，当时他正在想一些微分学问题，这是因为他觉得证出了费尔马定理就得了每月五十两银子，这个买卖并不坏。假如开创了整个微积分，还不知能得些什么好处。假如拿我来打比方的话，就是这样：我在学报上写点小文章，从学校邮局取出稿费来，觉得这种生活还不坏——虽然没有自由，但还有点小刺激，所以走在路上原地起跳转体三百六十度，接着又往前走；丝毫也没看到系里的支书在朝我皱眉头，更丝毫想不到再过几天一大帮警察会拥到我住的地方把我拉到万人体育场批斗，然后再拉到卢沟桥一枪毙掉——像这样的事根本就不可能发生，这说明我生活的时代比隋炀帝时好多了——我们想不到这些，不是因为缺少想象力，而是因为我们不是托马斯·哈代。我们是数学家，故而我认为，卫公的价值不在砌厕所和做包子方面，但是这一点很难向别人解释。红拂看到这个未来的砖头面上毫无悲怆之意，不禁偷洒几点同情之泪。李靖看到了，心里就起了警惕之心。大天白日的，有人在朝我哭，这无论如何不是个好兆头。

第三章

在本章里作者首次使用了"人瑞"这个名词，用它来指一类人。比较流行的说法把这类人叫作"人才", "人瑞"和"人才"虽然只是一字之差，却代表了不同的价值取向。

进入本章以后，"上面"这个词出现的几率明显增多了。需要提醒读者的是：它并不完全是几何学概念。

一

现在该谈谈我的研究工作了。我最近的一项成果是发现了墨子发明了微积分，一下子把微积分发现的年代从十七世纪提早到了先秦。我的主要依据如下：墨子说，他兼爱无等差，爱着举世每一个人。这就是说，就总体而言，他的爱是一个无穷大。有人问他，举世有无数人，无法列举，你如何爱之？这就是问他，怎么来定义无穷大。他说，凡你能列举之人，我皆爱之；而你不能列举之人，我亦爱之。这就是说，无穷大，大于一切已知常数。他既能定义无穷大，也就能定义无穷小。两者都能定义，也就发明了微积分。我在《墨经》里发现了不少处缺文和错简，一一补上和修正之后，整本《墨经》就是一本完善的微积分教程，可以用来教大学生，只少一本习题集。我又发现用同样的方法可以把《论语》解释成一本习题集，只是这样一来，我国的两位伟大的思想家孔子和墨子与前苏联的两位数学教科书作者斯米尔诺夫和基米诺维奇的著述就是一模一样的了，也不知是谁抄袭了谁。这种情形说明绝不要轻易地相信我。我又把这个结果写成论文寄了出去，马上就登了出来，并且各报纷纷转载，说青年数学工作者王二的研究工作大有成效云云，吓得我好几天不敢出门，生怕遇上一个人啐我一口，说一声从来没见过像你这样无耻的人，所幸这样的事没有发生。其实我那篇稿子是三月下旬寄出去的，打算赶四月一号出版的四月号，谁知道阴差阳错，在五月号上登了出来。顺便说一句，我有个朋友是四月一号出生的，所以我总记着四月一日是愚人节。这件事告诉我说，对别人的幽默感切不可做过高的估计。

后来我把学报寄来的稿费取出来了，一共是二百三十元，说到这个数目的时候，我的心情比较好。这是因为假如有人真的发现了先秦有人懂微积分，绝不会只给这么点钱。但是到系里去了一趟，心情又坏透了，因为听说我那篇狗屁论文评上了校级先进成果，还要破格评我一个副教授。这种情形使我疑神疑鬼，怀疑有人在和我开一个大玩笑，或者是成心要出我的彩。

卫公去邮局兑汇。那邮局是个大房子，像所有的机构一样。但是它又不是什么要害部门，所以是土坯墙草顶，这房子非常大，草顶非常高，但是房上的草却不是太厚，以致阳光漏了下来，里面没有什么人（假如不是不可避免，谁乐意去看工作人员的面孔？），只有鸡在觅食，狗在乘凉。因为这个缘故，卫公率领大队人马走进去时，是真正的鸡飞狗跳。但是在柜台后面打盹的人并没有抬起头来——俗话说得好，谁怕谁呀。这柜台十分高，像卫公这样高大的人也看不到柜面。柜台顶上立着铁栅栏，还有几条铁链子拴在栅栏上，垂到外面。有些链子一端上还拴了些人的骸骨，看上去挺吓人的。卫公找到一根空的链子，搬来三块土坯垒起来，站在上面，才看到了柜台后面的人。他把汇票递进去，说道：劳驾，兑汇。那人看看汇票，又闻了闻，说道：是真的吗？使假汇票可是死罪！每次卫公都夯着胆子才敢说出"是真的"来。假如声音小了，那人还要瞪起眼来，喝道：你说什么？大声点！直到卫公拼着老命叫道：真的！！那人才从里面抛出一条铁链子来，说道：拴上。我去找别人看看。这才是真正惊心动魄的时刻，等卫公把链子围在脖子上，那人拿出一把大铜锁，把他像锁狗一样锁在了铁栅栏上，自己到后面鉴定汇票去了。

据我所知，大隋朝每一个兑汇的人都要像狗一样被锁在栅栏上，这是预防伪造票据的有力措施。假如你没使假票，人家自然会给你打开。但是李卫公站在那里心惊胆战，第一害怕身后的公差和他有仇，在这种情况下，那人只要把他脚下的土坯一脚踢开，卫公就会吊在空中乱踢腿；第二害怕那个兑汇的一会从后面奔出来，举着那片皮子大喝一声：你好大的胆，敢来蒙事——这是骡子皮！你要知道，卫公是个画家，可以分辨烙花的真假。但他没有做过皮鞋生意，不会分辨皮革。骡子有一半是马，另一半是驴，牛闻了不哭，马闻了只有一只眼掉眼泪，一下就看出是假的来。而牛皮和马皮都是专卖品，老百姓只能弄到驴皮和骡子皮，要伪造汇票只能用这两种皮。这下可把他坑惨了。马上派人到他家里去搜，从床下搜出了伪造汇票的工具，还有半张骡子皮。这是可以想象的，因为假如有人用这种办法来害他，当然会在这时溜进他家里去，往床底下塞骡子皮。这种把戏卫公完全能想象得出来：先给他寄几张真的汇票，然后再寄假的；与此同时，写匿名信揭发李靖这小子伪造汇票，这可以说明为什么现在李靖背后跟了不少公差。但是假如卫公被这么害死了的话，他一点也不佩服那个设计了骗局的人。因为他落入了这个骗局里，不是因为他缺少计谋，而是因为五十两纹银的魅力他无法抗拒。

最近有人证出了几百年没有证出的"地图四色问题"，但我一点不佩服，因为他们用了一架每秒钟运算上亿次的巨型机。我要是有上亿美元，也会买台巨型机。还有人验证了对于小于 100 的 N 和小于 10 的 6 次方之 x、y、z，费尔马定理均成立，但我也不佩服，因为也是用计算机做的。这算什么？显摆你有计算机。我佩服卫公，他只用了手指头、木头棍（筹算法）就证出了费尔马定理；要知道在隋朝末年纸可不便宜，所以用了笔算也算是仗着财大欺人。根据这个道理，我们随时准备受人欺骗而死，因为我们都会骗人；只要你骗得公平，不要仗着财势欺人。但是这回卫公没有受骗，那个兑汇的人从后面出来，满脸的不高兴，恶声恶气地说：汇票是真的。算你小子走运。拿家伙吧。卫公递进去一个包袱皮，那人胡乱包了五十两银子扔出来，喝道：滚吧。你怎么还不滚？卫公伸着脖子说：劳驾，给我开开锁。卫公兑汇票的事就是这样。这件事的意义是说明了卫公原来很本分,最起码他乐意被别人锁上。

二

卫公兑完了汇票从邮局里出来时,脖子上还有冷冰冰、沉甸甸的感觉。无论谁被人像狗一样拴了一次都会有一种屈辱的感觉,但是走到阳光里心情就好了。李靖当时还年轻,不会长久地为这些事而不痛快,只有到了中年才会觉得自己一辈子都像狗一样被人拴着,这样的生活有什么意思,不如早死——就此犯了精神崩溃。卫公有了钱,就想到酒糟铺路的酒坊街去见他的情妇,但是他一走动起来,响起一大片杂沓纷乱的脚步声,好像自己是一只硕大的蜈蚣,这种感觉实在是很不舒服。除了有一百三十只腿,还有一百三十只手,枝枝杈杈的很怕人。除此之外,他还像一条绦虫一样分了好多节,头已经跑进了小胡同,尾上的一节还在街上,劈手抢了小贩的一串羊肉串。假如他骤然站住,回过头去,就有整整一支黑衣队伍冲到他身边来,拥着他朝前滑动,显示了列车一样的惯性;而当他骤然起步飞跑时,就好像被拉长了一样;而且不管他到了哪里都是鸡飞狗跳。李卫公讨厌这种感觉,就回家了。进了他那间小草房,把门关上，但是依然割不断对身后那支队伍的感觉，它就像一条大蛇一样把小草房围了起来，再过了一会，四面墙外都响起了洒水声。这是因为那些公差对李靖十分仇恨，就在他墙脚下撒尿。不消说，这对他的房子是有损害的。这是因为它在一个死胡同的尽头，赶牛车进城的乡巴佬卖了柴草之后，就把牛圈在这里，自己去逛大街。而那些牛缺少盐分，就把尿湿了的墙土啃去。久而久之，四面墙的墙脚都被掏空了，假如不是卫公在里面用绳子捆住，那四堵墙早就朝外倒掉了。就是这样，四堵墙的接缝处也有一尺多宽了，不但鸟能飞进来，猫狗能溜进来，连人都可以挤进来了。这就是别人在他墙下尿尿的害处，但是也有一点好处，就是自从有人尿尿了以后，土墙的里面就会结出一层白霜来，这种东西就是土硝，有多种用处：首先，可以当盐用，但是吃这种盐就和喝尿没什么区别了；其次，和草木灰混合，溶解后再结晶，就可以得到硝石，用这种东西可以造爆竹。假如不是每个月已经有了五十两银子的收入，从人家尿在他墙外的尿里倒能得到一些收入。卫公躺在床上，看着小胡同里的景色，闻着透过了墙土渗进来的尿臊味（这种味道使他的房子里简直不能睁眼），自言自语道：这算个人住的地方吗？这种感觉就像我对我自己住处的感慨一样。

我和一个姓孙的女人住在一套房子里，她既不是我老婆，也不是我的情妇，而是我邻居。这种居住方式不叫同居，而叫合居。她在黑暗的过厅里放满了高跟鞋，每次我回家都要踢在鞋上，这时候她就在自己房里尖叫一声：我的鞋和你有什么仇？她还在卫生间里晾满了内衣，使我不敢把朋友带回家来，因为他们都知道我是个光棍汉。一旦她点少了一件，就敲我的门说是我给拿走了，好像我是个淫物狂一样。照我看，她的内衣根本就没什么收藏价值，因为她趣味很低。除此之外，她还不定时不定点地叫嚣说自己要洗澡，让我有尿先尿。自从我满了三岁，还没有人命令我撒尿。这时候我正在想费尔马定理怎么证，听了这种声音简直要发疯。根据史籍记载，李卫公可以一面和李二娘做爱，一面想数学题。这种能力实在非我所能及。他有一心二用，乃至三用四用七用八用之能。因此我认为他在一颗大脑袋里盛了好多个小脑子，如果把他的脑壳切开，所见就如把一个石榴切开一样。他可以用一颗脑子和李二娘做爱，用其他的脑子想数学题。不过这个脑子是哪一个却不是他自己能够控制的，所以干着干着脸就朝右歪去，右眼角朝下垂，右边的嘴角也流出涎水，这就是说，右边的脑子在起作用。过了一会，同样的情形又出现在左面，这是左边的脑子在起作用——这都不要紧。可怕的是他想着想着就想到后脑勺上去，这时候他怒发冲冠，双目翻白，手脚都朝后伸，好像是发了羊角风。这时候李二娘就伸手在他前额上敲一下，让他前面的脑子起作用。当然，这么一敲李卫公马上就要变成个对眼，但对眼也比翻白眼好看。在这方面我完全赞成李二娘的意见。李二娘的皮肤很白，所以她就用黑色的床单。除此之外，她还把房间漆成黑色的，挂上了白窗帘，这间卧室就此变成了一张黑白图片。李卫公也在这间房子里——这种情形说明他又害死了六十四个人。

李卫公是从下水道里溜出自己的房子的，由此我们知道了大隋朝的洛阳城里有下水道，并且相当的宽敞，可钻得过人。后来卫公设计长安城时，就没给它做下水道，改用渗井——这种设备的做法是在地上打一眼井，再用砖头瓦块把它填上，供往其中倒脏水之用。可以想象这种井会污染井水，后来长安城里就经常流行痢疾、霍乱等肠胃道传染病。还有一次他往自己的脸上缠了布条，假装一个麻风病患者，谁也没认出他，就从胡同里溜了出来，故而后来长安城里禁止麻风病患者往脸上缠布，大家都把烂得一塌糊涂的脸露出来，在晚上常常发生吓死小孩子的事。李卫公也多次利用地下铁道逃跑，因此长安城后来就不修地下铁道，在交通繁忙的街段采用空中索道。那些索道悬在一些旗杆上，乘索道的人先爬上三丈高的杆子，把自己捆在一个套在缆绳上的竹筒上，手攀缆绳开始滑动，看上去好像在耍杂技，但是万一缆绳断了从空中掉下来就会摔得像压扁了的臭虫，而缆绳断掉的事时有发生。据我所知那种索道只有小伙子敢乘，而且那是一种表现勇气的把戏，而不是一种方便的交通工具。总而言之，假如李卫公是在长安城里犯了事，背后跟上了公差，他就再也逃不掉了。这样也就不会害死很多人。

监视李靖的公差们发现李卫公又跑了——这是很容易发现的，只要从墙缝往里看一眼就能看见——就一哄而散，各自回家和妻儿道别、安排后事等等，然后就到衙门里去，等着被砍头。因为他们和刽子手是同事，所以挨刀子时还不忘记在自己的脖子上抹点润滑油，让他砍起来方便一点。与此同时，新一班一百二十八名公差出现在酒坊街，坐在各家的屋檐下黑压压的一大片。与此同时，李卫公一直在和李二娘做爱，一点也没有想到自己又害死了六十四个人。这些人被杀掉以后，脑袋都被送到各个城口悬挂，就在那里烂掉，每个进城的人一走到那里就打起伞来，以防自己头上掉落吃腐肉的蛆，像这样的事李卫公自己一点都不知道，他不知道这些事的原因是他一天到晚老在想数学题。假如他知道了，马上就会精神崩溃。

三

李卫公在酒坊街和李二娘在一起,这条街上铺了厚厚的一层酒糟,故而空气里有一股极浓的酱油味,浓到了人在行进时感到阻力的程度。这条街的两面有一些两层的土楼,李二娘就在其中一座二层的卧室的床上。她长得相当漂亮,只不过眼角已经有了鱼尾纹。和李靖做爱时,她用腿围着李靖的腰,脚在卫公身后绕在一起,看上去像个金属线头;双手按在他肩胛骨上,虽然在下面,却显出一种气势汹汹的样子。李靖问她听到什么有关他的消息没有,她说没有。这就是说,领导派人来打过招呼了。但是李靖觉得她有点不可信,这不光是因为前一天在街上看到了红拂朝他哭,还因为他一到了李二娘家里,李二娘就拉他上床,一本正经地干起这件事来。要是在以前,起码要聊几句天。据我所知,这件事还是让它自自然然地发生比较好,要是一本正经地去干,反而不对头。领导上让她以后照样和卫公上床,在床上听到什么要汇报,她就是这么做的。这说明她片面地理解了为上面服务。当然,上面也不会让她白干,每月初五她会收到一张汇票，然后前往邮局，被人像只狗一样拴在栅栏上。顺便说一句，每月初五是国家雇员发薪的日子。这一天大家领了钱，然后就各自按安排行事。比方说，李卫公领了五十两银子，就该老老实实地研究他的微积分，直到领导上研究好了拿他怎么办，就把他做成包子或者砖头。李二娘领了她的二十五两银子，就该老老实实地和李靖做爱，直到李靖做成了包子或砖头，领导上再来研究拿她怎么办。据我的估计，大概是要把她竖着用两辆牛车扯成两半，或者横着腰斩，因为她毕竟是大逆分子李靖的姘头。不到了真正办起来的时候，谁也不会去想领导上要拿我们怎么办。研究过这些事以后，我觉得当领导实在有趣，假如有可能的话，我也想当当领导。

我的邻居小孙眼角上也有了鱼尾纹，她三十五岁了，已经离了婚。照我看她还算漂亮，对我也算和蔼。有时我有些非分之想：领导上安排她和我住一套房子，没准已经有了安排。然后我又想，假设他们有了这种安排，下一步又是什么？这么一想就毛骨悚然，宁愿相信没有这些领导，把我的非非之想全部打消——我还是去想我的费尔马定理较好。因为我上过大学的数学系，现在又在大学里工作，所以领导上更有可能是这样安排的。

现在可以说说李二娘是怎么片面地理解为上面服务的——她拿腿圈住了李靖，半闭着眼睛，嘴里胡七乱八地嚷嚷。其实她并没有得意到非这么嚷嚷不可，但是她觉得还是嚷出来好。这是因为她觉得上面给了她每月二十五两银子，就是让她和李靖做爱，所以应该多卖点力气，刚刚参加工作的人总是这样的。假如上面给到每月一百两银子，她就能把李靖耳膜吵破；假如上面给到一千两银子，她就能把李靖的每根骨头都拆碎。假如是这样的话，就不用拿李靖来做包子了。因为如果是拿死人来做包子，吃下去就会屙肚子，甚至会一命呜呼，这样李靖就又能害死半城的人了。其实上面给她钱是让她汇报李靖说了些什么，但她把这一条放在很不重要的地方了。她没听李靖说了些什么，只顾自己乱嚷嚷。直到干完了以后才问道：你有什么要说的吗？李卫公说道：你今天吃错药了吧？李二娘听了勃然大怒，劈脸就抓，两人就在床上打起来了。李卫公翻白眼时说的话对李二娘原本就深奥，不大容易记住的，这一打记得的就更少了。好在杨素本人是个数学家，看了报告之后还能明白这是一种微分方程的解法。但是李二娘为了表示自己没有白拿上面的钱，就在报告的头上写道：三次达到了性高潮。杨素以为是方程右边有一个三次方项，这样就越搅越糊涂了。

我现在能够想象李二娘是什么样子的——她梳个马尾辫，穿一身白连衣裙，外罩黑色围裙，看上去不仅像一张黑白照片，而且洋溢着青春活力。像这样一个女人居然会当奸细，实在出乎我的意料。当然，李二娘不会这样想。她觉得自己在为上面工作，是很光荣的事。不管什么时候，上面总是上面，所以我对这一点也没有什么不同意见。顺便说一句，她和李靖做爱时那么卖力，不是因为得了二十五两银子，而是因为受到领导重视，觉得生命有了价值。打完了架，她又和李靖重归于好，并且冲了一碗藕粉给他喝，并且把他送到了门外，叫他以后常来。李靖出了门，马上就置身于一百二十八名公差之中。那些人把他从四面八方围了起来，形成一个方阵，他往东就一齐往东，他往西就一齐往西，所到之处烟尘滚滚。李卫公在其中就如一位指挥官，指挥着自己的连队，不时地发出口令——向左转、向右转之类，假如不喊的话，哪里都去不了。不管是谁，遇到了这种情形，都不会想到这是自己变成包子的前兆。与此相反，他只会把自己往好处想，觉得自己现在就当了官。他就这样到处转悠了一阵，显示他的威风，直到天黑了才回家，进了门才发现红拂在家里等着他。发现这个词是相当恰如其分的，因为那一晚上他始终没有看到红拂，只是闻见了她，用指尖触及了她，并且猜到了她就是那个在路上见过的样子古怪的妓女。红拂来告诉他领导上正在考虑拿他做包子、做砖头的事，以及这件事的前因后果。按说李靖当时自我感觉良好，应当不相信。不过作为一个优秀的数学家，分辨真伪是他的长处，所以他还是信了。

李卫公在洛阳城里惹了事时，不仅李二娘，所有和他有关的人都当了上面的线人，这些人里包括邻居的小孩子，隔壁长胡子的胖老太太，还有市场上的小贩；有些人领津贴，有些人不领津贴。这种情形使我想起了迪伦马特的一个剧本《老妇还乡》。在那个剧里，有一位老太太发了大财，就回故乡小镇去报复那个对她始乱终弃的家伙——她把全镇连地皮带人都买下来了，非要那个欠下孽账的家伙死掉不可。在那个镇子上，每个人都是她的线人，后来终于如愿以偿。李卫公在洛阳城里的情形和那个故事大不一样：首先，他直到最后一刻都蒙在鼓里。当然，他也看出了大家的阴沉脸色，以及目光相接时勉强的笑脸。但是对这种现象有好多种可行的解释——大伙一下子都得了痔疮，皇上驾崩了我还不知道，等等，最后一个解释才是我大事不好了。作为一个数学家，天性就是要穷尽一切可能性，所以最后一个解释卫公也想到了，甚至做了应急准备。但是穷尽了一切可能性就等于失去了一切可能性，因为实际上只有一种可能会发生，不能都发生。其次，洛阳城和迪伦马特的小镇不一样，这里的人火了以后虽然会上街闹事，但是心平气和时和领导上是一条心的。领导上叫我们当奸细、杀人、盗墓、抹上番茄酱爬上国宴的菜盘，叫干什么都会去干的。所以用不着收买，我们就是奸细、凶手、盗墓贼、菜人等等，只等领导上一声令下了。

四

每个人对自己是什么样子的都有一点好奇心。举例言之，我长得又瘦又高，面色憔悴，头发开始花白了，经常不按时令地在春秋天穿一双皮凉鞋，袜子上满是尘土，这些情形我完全知道。但是我不知别人背后是怎样看我，其中尤其重要的是女人怎样看我，是否以为我还有魅力。李卫公大概也是这样的吧，虽然他是数学天才，擅长推理，但是自己背后的事情总是推论不出来。据我所知，李卫公年轻时虽然是个流氓，但却是个好流氓，虽然有在市场上收保护费、酗酒闹事等不良行为，也有足够的善行来补过。比方说，冬天官府要每条街出徭役去挖护城河，他总是第一个去，邻居的小孩子不见了，他又第一个下水井去捞（大隋朝没有拐卖儿童的事，小孩子不见了准是掉进井里了）。而且这条街上有了一个流氓，小偷也不大敢来。除此之外，他还是这条街上的业余消防队员、民防队员等等,为公益事业出力不少。所以我想,当他知道了自己是人民公敌之后,准会觉得这些事干得有点亏。这是从我的切身经历里推论出来的。要知道我也是个工会小组长,负责收会费和发电影票。所以一听说今年涨工资的名单里没有我,就觉得这些事都白干了。

这样的经历我体验过多次,想必也能使你想起些什么:我到系里去,听到一个办公室的门后某些三姑六婆在议论一些什么,当你推门进去时,她们都不说了。但是从那种意味深长的眼神里可以看出她们说的是我。我马上就想到了愚人节的论文——别的事我是不大在意的。对这种事,我的反应是晚上做噩梦,手提机枪闯进办公室把这些女同事通通杀死。干完了这件邪恶的事以后,心里又后悔,因为这些女同事没有一个未曾给我介绍过对象。唯一能安慰我的是这里是中国,机枪之类的东西不容易搞到。根据这些体验,我以为李卫公听说自己害死了半城(夸大的说法,正确的说法是六分之一)的男人,感觉就是噩梦成真。因为他是个流氓,社会地位低下,常常感到自己在受歧视,做梦时肯定也屠城过。但这只是做梦,并不是真的在干。假如我的噩梦成了真,我也以为不是我的责任。更何况在梦里我只杀掉了比较老、比较多嘴和比较难看的女同事,把年轻漂亮的全留下了。

我已经说过，卫公原本是个本分人，天性乐观，他从来也没想到全城的人都在策划拿他做包子，而且一点都不露口风。这件事让他很生气，觉得应该重新估价眼前的世界和做人的态度。至于他害死了好多人，应该给他们抵命之类的事，他一点没想。不管怎么说，卫公不过是喝醉了在房顶上跑了跑，并不是有意要害死那些人。当时屋子里黑咕隆咚，红拂也看不清卫公的表情，只觉得他的手直往自己怀里伸，她就使劲推他，心里还有点后悔，觉得自己到这个地方来有点欠考虑。就在这个时候，忽然房子四面响起了很猛烈的水声，好像这间房子的四邻全是淋浴室一样。虽然她早就嗅出了这里有很浓厚的气味，还是问了一句：下雨了吗？这当然不是下雨，而是那一百二十八个公差在房子四周尿尿。李卫公觉得全身的血都往脸上冒，大吼了一声"你妈逼"！在黑地里摸到一根绳子头往下一拽，四堵土墙就朝外倒下去了。这个把戏使红拂很惊奇，觉得李卫公简直是要风得风，要雨得雨。但是不容她说些什么，头顶上的房顶就掉下来，把他们都罩住了，而且轰的一声巨响，尘土飞扬。李卫公一跃而起，破房顶而出。不过在这时候他还干了他这辈子最后一件善良的事——抓住了红拂的手腕，拉着她一道跑了。

　　我现在知道，李卫公三十岁以前在洛阳城里本分为人，这段时期里他很善良，但不够伟大。后来他逃出了洛阳城，就再也不善良，但是很伟大了。但是在他善良时，身上有伟大的成分。比方说，上面来的人员在他墙下尿尿，把墙都要尿倒了，他也没有说什么，只是很本分地用绳子把墙拴住，让它倒不下来——这是他善良的地方，是主流大方向。不善良的地方是他把绳子打了活结，抓着绳头一拽就开，好像随时准备砸死谁。后来他真的用土墙埋住了好多人，而且趁着尘土飞扬时拉着红拂逃跑，在灰土里见到人影就照他两腿之间猛踢一脚，让他把双手夹在腿中间满地打滚——李卫公原来是流氓，最善于干这一手，但以前没踢过公差。他就这样跑掉了，至于土墙砸没砸死人，他又踢没踢死人，都一点也不重要，因为他跑了以后那一批公差反正都活不了。除此之外，街坊四邻也都遭了杀头之祸，他害死人的数目就此有了大批的进账。

五

　　在我们生活的地方，因为有了"连坐"这种事，一切都复杂了。举例言之，我们系里有个女人生了第二胎（这是不许可的），因此就要罚全系的奖金，一直罚到了我身上；而我是个单身汉，却要为别人生孩子而掏钱——我怎么也想不起我干了什么与此有关的事。李卫公从他家里逃走，犯下了杀差造反的重罪，按照一人造反十户连坐的原理，就要把相邻的十户人家满门抄斩，这又给刽子手造成了很大的麻烦，因为他只有杀男人的鬼头大刀、杀女人的坤刀，却没有杀吃奶婴儿的刀。而挥起杀大人的鬼头大刀去杀婴儿是不行的，会被人讥为小题大做，还会有人说他太残忍，所以他只好自己掏钱打了一把小刀子，后来不是总用得着，只好廉价卖给了杀羊的屠夫，到下次杀小孩子时再找他借。这些脑袋都杀完以后，就送到四门去悬挂，但是这一回人头多得没地方挂，只好用绳子串起来，远远看去，好像城门上在晾蒜。而李卫公本人却很卑鄙地逃跑了。当时正是半夜，所以没有逃出城去，而是找地方躲起来了。

"连坐"这种想法本来是这么考虑的：每个人都是在别人中间生活，所以他们天生小心翼翼，生怕招致别人的仇恨。假如一个人惹祸会连累到一大批人，那他一定会更加小心。这种想法是好的，但是对卫公这样已经害死了上千人的家伙却是不起作用的。假如我是他，到了这种地步也只好豁出去了。

那天夜里李卫公逃走的时候拽着红拂，而她老想转回去看看刚才为什么会轰隆一声房倒屋塌，故而他们是用两只蚂蚁争夺一个饼干渣的方式逃离现场的。因为李卫公长得人高马大，又锻炼过身体，力气比红拂大很多，所以逃得相当之快，但是逃到城墙边上一片菜园子里时，他还是觉得腰酸腿疼，而且背上的肌肉也扭伤了。这里有个荒了的土地庙，他就把她拉到庙里去。红拂说，她实在想知道一下为什么李卫公的房子会忽然倒塌。他就告诉她说，那是因为四堵墙都朝外边倒下去了，坐在墙上的房顶没了支撑，就掉了下来。而那四堵墙早就想往外倒，他用绳子把它们系住。在房塌前，他把绳子解开，那些墙就如愿以偿。红拂说她还是不明白墙为什么非要往外倒不可。李靖说，那是因为外面有人老往它们身上尿尿，这就使得它们很想倒下去压死那些人。墙倒时那些家伙正在尿……红拂说：你说那沙沙的响声就是尿尿？我不信。李靖说：男人尿尿就是这样的，你没见过男人尿尿吧。她就说：你尿给我看看。李靖就到外面去，解开裤带，亮出他那杆大枪尿了一回。红拂咬着手指看完了说：真奇怪。下回你再尿尿叫我一声。李靖不禁轻蔑地想：她真是什么都不懂。李靖和红拂私奔的事就是这样。他们俩奔出来以后，他还傻头傻脑地问红拂道：你为什么和我私奔？她老老实实地答道：我也不知为什么。因此李卫公就觉得非常的莫名其妙。这一点后世的人也感到非常的莫名其妙，仿佛她应该继续在杨府待下去，让头发接着长。

据说头发长到了一定程度，就变得非常之硬，发带束不住，会向四面伸展开，然后像伞盖一样垂下来，红拂就变成了一棵观赏植物。指甲长到了一定程度，就会变成麻花状，这时候长指甲的人就会变成一架多工位的组合钻床。奶妈子喂奶久了，乳房也会长到像大棉花包那样大，里面盛满了流体，这时候她只好用一辆手推车来搬运自己；而且还要小心，万一有什么在她胸口刺了一下，她就会整个儿流光，在地下摊开一张皮。这些奇形怪状者加上九十岁还能穿针引线的老婆婆，一百二十岁还能使女人坐胎的老公公，都被称为"人瑞"，会被盛到一个大笼子里，放到洛阳街头去展览。他们坐在笼子里，背诵着领导上教的傻话。这被视为一种莫大的光荣，但按我的观点应该叫作折腾人。

从某种意义上讲，我也在变成一个"人瑞"的途中。假如我证出了费尔马定理，就会当上各种委员，到各种场合去表演端庄，一开大会就该坐到主席台上背诵傻话。这是因为我有能人所不能的本领，但是这种本领比较抽象。很少有人知道什么叫费尔马定理，更没有人知道它有什么用处，领导上所知道的只是没人能够证得出它来。

这完全不像一个女人长了两个各重一百公斤的乳房,每天能出两桶奶那样直观。虽然如此,我也不能拒绝领导上的关怀。正如地里有一根麦子长了两个穗子,它就不能拒绝自己被人连根拔起,被称为"嘉禾",裹上缎子,用快马送进京城呈给皇上御览。虽然假如你是那棵麦子就会知道,它不过是生而不幸为双头怪胎罢了。但是它能让领导上感到满足:你看,我们这里什么都有,包括各种怪物。我现在夜以继日地努力,正是要证明自己是个怪物。因为不能证明我是个怪物,我就什么也不是了。

第四章

本章首次提到了一个古国扶桑,有人说它是古代的日本。作者也乐意相信,但就怕日本人不肯承认有一个中国人做过他们的王,正如我们不承认成吉思汗是蒙古人,而非要说他是中国人一样。

一

人家说,虬髯公和红拂也有不正当的关系,这是因为虬髯公送给了红拂一双自己打的麻鞋。当然,这不是一般的麻鞋,甚至你拿到手里也看不出它是麻制的。红拂起初并不想接受这件礼物,因为这双鞋里含有太多的唾液,想起来有一点恶心。但她后来还是收下了,因为这东西有奇异之处,只要穿在脚上,就会觉得冷冰冰麻酥酥,好像赤足踩着了眼镜蛇,马上就想拔足狂奔,而且跑上几十里还是惊魂未定，一点也不觉得累。除此之外，虬髯公还送了她一对轻剑，用含混不清的声音告诉她说，这是他珍藏多年的宝物，送给——虬髯公的声音不清楚，是因为他总在嚼鞋子，不知不觉把舌头的一部分也嚼掉了——红拂做纪念品。因为这些原因，红拂觉得他对自己很好，甚至到了最后被吊在空中时还在想念他。假如她知道在杨府时虬髯公总在打她的小报告，就不会这么想了。每天虬髯公都要向杨素交一份例行报告，说说红拂今天干了些什么。每次她跑到外面去他都报告了，这种报告一次两次对红拂没有什么害处，积累到一定的数量——比方说，一百次——就会产生效果，领导上会派人把红拂用一床大被子裹起来，乱棍打死，然后埋在后花园里。到了大唐朝，人们把杨素的花园挖开来，发现那里就像红色高棉搞的那种万人坑。到了宋朝，又有人到长安去发掘，发现那里到处都是万人坑。所以像这样的事我们还是不要乱打听，知道多了以后就会觉得活着没有意思。除此之外，他送给红拂的那对剑也不是什么宝物，而是铁片做的，一点钢火也没有，只能拿来斩苍蝇。这对剑是这么来的：他给领导上打个报告说：需要一对剑，以便送给红拂作为感情投资，领导上就发下一对剑来。在这种情况下领导上自然不会给什么斩金断玉的神兵宝器，而要给一对切豆腐也费力的铁片。这样比较省钱，也比较安全。简言之，虬髯公住在她的楼下就是监视她的，但是这一点他从来没有告诉过她。这是领导上交办的任务，不能告诉别人。

根据史籍记载，虬髯公很爱红拂，但是红拂不爱他。失恋以后他就出国去，当了扶桑的国王。这件事说明想出国就得赶早，早了可以当国王或者发大财，迟了只能当数学或物理学博士。现在再去，就只能在餐馆里打工了。不过当扶桑国王对虬髯公可不是件好事，因为他最不喜欢吃鱼，而扶桑的御厨天天给他做生鱼片吃。假如有一顿他对生鱼的胃口不好，那些御厨马上就很冲动地跑到大殿上来切腹自杀，所以血淋淋的场面总是不能避免，不是眼前血淋淋，就是嘴里血淋淋。这时候他已经老了，长出了一个鲇鱼嘴，这和他松宽的两颊倒是很相配。我们说过吧，他是脸上毛孔很粗的黑胖子，很容易出汗。在杨素家里住着时，除了要打小报告之外，他对红拂倒是很好，很喜欢和她聊天，告诉她有关李靖的事——虬髯公的消息相当灵通，知道李靖闹事的始末，知道他是个数学天才，甚至知道李靖在酒坊街有一个相好，这说明领导上很信任虬髯公，虬髯公前途无量。本来红拂逃跑了他应该受到连累，但是领导上很信任他，就不一样了。红拂逃跑以后，杨府只是宣布注销她的乐籍，以后回来永不接纳，仿佛现在红拂已经后悔了，跪在杨府门前似的。而李靖跑掉以后，衙门里却派了二百五十六个公差到处去抓他，并且悬赏缉拿。结果总是拿不到，因为洛阳城大着哪。

假如杨素雇我当顾问的话，肯定很快就能找到李靖。这办法就是出一通告示，贴到所有地方，宣布赦免他的一切罪过，假如有可能的话，再任命他做一个小官，用官费给他出版数学书。他就会马上兴高采烈地跑出来。等他出来以后，想拿他怎么办都可以了。当然，我也会建议不拿李靖去做包子或者砖头，但是我说了人家听不听就不一定了。这种方法是从我自己的切身经历里推出来的。二十多年前我从这所大学毕业，当时我面色红润，嗓音洪亮，百米能跑到十二秒六；现在头有点白，眼有点花，二十秒内能不能跑出一百米都是大问题，脱了衣服照镜子发现自己有点驼背，还是漏斗胸，肋骨像是些螃蟹腿。在这二十多年里我始终为这个学校服务，头十年住在单身宿舍，一个房间里住四个人，睡上下铺。睡我上铺的是个大胖子，他经常很不自觉地放响屁，其声势穿透褥子和铺板直抵下层。后来又住了十年筒子楼，那里有些人很不自觉，上公共厕所屙了屎不冲。现在上厕所时则面对着一些乳罩和吊袜带，而这些东西和我没有一点关系。不管怎么说吧，我从来没有想过调到别的地方去，尽管在这二十多年的时间里有的是机会。假如这个例子不典型，那么我还到过一些贫困地方，那里的人男的穷到连睾丸都吊不住，女的像是一批大怪物，人家也没想到要背井离乡。事实上一种生活越是不像样子，就越是让人依恋，因为这是领导上的安排，自己受苦受难就是替领导分忧解难。根据这个原理，我认为李卫公在年轻时无限热爱那座泥水浸泡、雾气蒸腾的洛阳城，只要有一分可能就不逃跑。虽然他在其中常常吃了上顿没下顿。这件事一点都不深奥。稍有一点深奥的是李靖生在洛阳城，不管该城市多么的糟糕，但是它在李靖出世前就存在了，其结果是李靖有几分洛阳城，而不是洛阳城有几分李靖。而后来的长安的情形则恰恰相反。李靖从没想过要从洛阳城里逃出去。他只是被逼无奈。

二

我出生在北京城，故而我有几分北京城，虽然现在北京城和我出世时大不一样了。后来我考上了某个大学，故而我又有几分某大学。当然这大学和我初考进去时也是大不一样，当时校园里还有些地方有几分像草坪或是花园，现在则全然不像。现在到处都在盖房子，故而到处都像是堆料场。这也是没有法子的事，因为人多了，需要房子住。根据我的观察，北京城和某大学里的人都是一幅人头攒动的景象，所以我不像一个人，而像是一大群人。比方说，我在证费尔马定理，心里却老在想假如证了出来，一定能让同事大吃一惊。其实费尔马定理就是费尔马定理，跟同事又有什么关系？我为什么要惊吓他们？再比方说，我在学报上登了篇论文，心里就老在想不知小孙看到了没有。其实人家小孙是图书馆的文史部的，看数学学报干什么。我的脑子老像有一大群人在朝四面八方乱扯。李卫公和红拂跑到洛阳城的废土地庙里靠偷人家的菜过活时，他的脑子里也是这样。除此之外，他还老要自怨自艾，说：我干吗要去喝那些黄汤子呢？不喝也死不了的。我干吗要上别人房顶上去跑呢？人家打我两下就打两下吧——全是些不知所云的昏话。总而言之，他心绪纷乱，情绪低沉。

但是卫公毕竟是卫公，在这样的心情之下，干起缺德事来，分寸丝毫不乱。偷了人家的土豆、芋头，还知道把秧子栽回坑里去。人家来刨土豆，一看底下没结土豆，就以为是没长好。如果是偷南瓜，就用刀子把南瓜肉挖走，把瓜瓤装回去，再把外皮重新拼起来。人家收南瓜时，看到瓜大空心，就记在种子商的账上，下回再也不买他的种。如果他偷黄瓜茄子，总是把大的偷走，在原来的地方移上中个的，中个的地方移上小个的，园主一看，以为自己见了鬼：满园的瓜果越长越小，最后都长没了。如果他偷别人一棵白菜，准把剩下的全拔起来，栽到相邻的园里去，让两位园主相互厮打。这说明缺德也有天才，卫公就是这样的天才。这片菜园子总是没有人，偶尔有人来收拾一下，也不久待。除了大家都有别的事之外，还有一个原因，因为这里有股气味，十分的厚重。红拂问李靖这是什么味时，卫公说是菜园子味，后来又说是蔬菜味。其实那是大粪味，只不过是经过发酵长了蛆的大粪，味道很特别——臭味虽然不够猛烈，但是十分滞重并且令人恶心。人们拿这种物质来浇菜。但是他不想这样告诉红拂，恐怕她知道了这些，就再也不肯吃这些蔬菜了。

在洛阳城的那个废土地庙后面有一口浅水井，井水绿油油的不大干净，里面还有无数的青蛙，当你走近它时，那些青蛙纷纷跳下水去，井里就扑通扑通地乱响。李卫公拿了一个棉花团浸了自己的尿，拴在一根线上放到井里捉青蛙，然后又从井里打水烧来喝。后来他又把这种水盛在一个大碗里叫红拂来喝。开头红拂想要提醒他一句：这水里有他的尿。但是又想到自己已经把头发铰了跑出来，这件事已经没有挽回的余地，就把水接过来，恶狠狠地盯了它半天，然后猛地喝了一大口。出乎意料地发现这种水倒没有很厉害的臊味——这件事叫我想起我在农村时淘井的事来，我们吃水的井底下其实臭得很厉害，谁都不愿意淘井，因为它可以使你对生活失去信心——除此之外，红拂还下定了决心，不为和李靖私奔的事而后悔，所以在任何时候都要往好处想。比方说，虽然现在要喝这种不干净的水，但是起码不用拖着三丈长的头发走来走去，实在轻松多了。三丈长的头发虽然好看，但是它要从头皮上吸收营养，所以就会使人头脑昏昏沉沉，并且落下耳鸣的毛病。人家还说，蓄了一辈子长发的人死掉以后，你把她的脑壳破开，一下子找不到脑子——脑子已经缩到花生米那么大，附在后脑壳的某个地方，其他地方是空的。这种情形在那人活着的时候敲她的脑壳就能听出来，所以红拂在杨府里经常敲自己的脑壳，只是因留长发留得耳鸣，故而听不出空了没有。但是公平地讲，头发也有很多好处。因为它是活的东西，所以冬暖夏凉，比任何卧具都要好，在蓄长发的时候，红拂既不需要睡衣，也不要鸭绒被或者凉席，只要裹在头发里就可以睡着了，但是偏偏有那些东西。现在没有了头发，迫切需要睡衣、被子、席子，但又没有，只有泥地上的一堆茅草。

我们还没有说到李靖和红拂做爱的情形，李卫公以为红拂既然和他私奔，这件事就属自然。但是他首次向红拂提出时，她瞪了他好半天，然后才用喝水时那种毅然决然的神情说：好吧。然后就把衣服都脱掉，说：这件事我可是一点都不懂。等干完了以后，她坐起来说：这件事一点都不好玩。假如虬髯公知道她是这样草率地行了苟且之事，一定会气坏了。

有关这件事，红拂后来是这么说的：我从杨府里跑出来找卫公，本来是想找点有意思的事干干，谁知一见了面他就用那个肉棍子扎我——这件事有什么意思呀！这段话说明红拂对性生活的态度始终不积极，她私奔的理由只是追求有趣。在此之前她已经知道了卫公是个怪人，证明了费尔马定理，并且害死了半城的人，因此她就认定了卫公一定是个很有趣的人，跑来找他。这件事叫我想起了十五年前发生的事，那一年是一九七七年，我在一个小工厂里当工人。有一位数学界的前辈陈景润在哥德巴赫猜想的证明方面取得了进展，而且陈前辈当时是光棍一条。我的女同事们知道了这个消息，就纷纷写信追求他。她们的理由是陈景润证出了数学定理，他是多么有趣呀。其实纯数学，尤其是数论，乃是世界上最无趣的事。一个人如果不是悲观绝望到了极点——比方说，像我现在一样，就绝不会去碰那种东西。这个例子是要说明，要分辨一个人是否有趣，绝不能拿他的数学造诣做判据。事实上卫公、我、陈前辈都不是最无趣的人，但是这纯属偶然。我知道很多数学家都无趣之极，但是我本人也是数学家,不能吃里扒外地把他们的名字举出来。

我们知道虬髯公在杨素府里很受领导上信任,这只是一部分情况。其实他本人也是个小领导,而且有责任心。因为这个原因,他只好整天坐在地上,除了嚼草鞋之外什么都不能干;这和今天的领导只好坐在那里,除了公文什么也不能看是一样的。这件事就叫作上班。一早一晚不上班的时候,他就干点以身作则的事:打扫卫生,修整花园,等等,扫地时一直扫到红拂的房间里去。这件事的动机是不言而喻的:他是个老光棍;而红拂在自己房间里总是穿得很少,甚至什么都不穿。但是他一走进红拂的房间,就有一种强大的力量把他的脸扭到门口方向,不管怎么转身,脸部的方向总是不改,好像他的鼻子是指北针,门口就是北一样。不要以为像他这样的大剑客会轻易扭断了脖子,也不要以为任何人的脖子可以长久地扭下去。事实上,只要一出了红拂的房门,他的头就会一连转上好几圈,直到转回原位。还有一点要补充的地方,不是他自己要扭脖子,而是脖子自己扭了过去。对于这件事,红拂是这么评价的:假如虬髯公不是假正经的话,那他就是造大粪的机器。后来这种脾气使他在扶桑大吃苦头,因为他的后妃到他寝室里过夜时，为了郑重，总是把所有的好衣服全穿上。从傍晚到午夜，他像剥洋葱一样一层层往下剥和服，因为要做到郑重其事，所以半夜都剥不光。从午夜到天明他把脱下来的又重新套上，好像在包装瓷器，准备出口欧洲，而扶桑女人为了矜持，一点忙都不肯帮。像他这样后妃成群的人还要用手淫来救急，叫人真不敢相信。假如我是他的话，就在床头放一把大剪刀。当然，像我这样的人也只能做工会小组长，当不了扶桑国王。如果不扯那么远，就该说到，红拂不穿衣服是什么模样，他一点都没看见。假如我写道：当时红拂的乳头是鲜红色的，好像两个血管痣，或者说，像两小粒刚摘下来的鲜草莓，看上去很好吃；红拂的阴毛乌黑油亮，仿佛经过梳理。虬髯公就会对我的书闭上眼睛，大叫一声：淫秽！

虬髯公后来说他是爱红拂的，不过不是用眼睛来爱，是用鼻子爱。他喜欢闻红拂的气味。但我不知他到底是爱红拂还是爱香水。他还说他爱红拂的声音，也就是说，用耳朵去爱，这也很高尚，不过那是假嗓子。我用手捏住脖子也能发出这种音响，不知他会不会爱上我。每回扫过地以后，他把红拂脱落的头发都拣起来，洗干净，收藏起来，就像个拣钢镚的老财迷一样。等到红拂剪掉自己的头发逃出了杨府，那些头发堆在地上逐渐失去了光泽，他看了又觉得可惜，就把它们都缠到身上，让它得到人体的滋润，却把自己缠得像个乱线团。他还拣到了红拂扔掉的两双旧袜子，洗干净之后揣在怀里。我觉得他是个不折不扣的变态分子。除此之外，他在红拂面前嚼鞋子也是故意的，他觉得这样显得勤劳朴实，能给红拂一个好印象，但是红拂却觉得他很贪吃，还觉得他能把整个的猪头放进嘴里去。根据我的经验，只要你在女朋友面前吃一次猪头肉，恋爱一定会失败。类似的食品还有鸡屁股、猪肠子、有点臭了的炸带鱼、整根拍扁的黄瓜等等。很不幸的是这些食品我都爱得要命。这就是我总在打光棍的原因。但是这些事扯得太远了。红拂逃走以后，虬髯公终于能够不扭脖子地走进她房间里。那时这间房子里好像炸了一颗炸弹一样，因为红拂临走时收拾了一下，但不是收拾房子，而是收拾行装。虬髯公看了这个景象很伤心，不仅是伤心以后再也见不到红拂，而且也伤心红拂居然逃出了杨府。在他看来，杨府非常好。假如不是得了精神病，就不该离开这里。

三

李卫公不见了以后，满城的公差都在找李靖，尤其是那二百五十六个即将被砍头的公差——其余的也很急，因为按这种速度很快就要轮到他们——有人想到了李二娘这条线索,于是就闯到李二娘家里去,逼问她李靖上哪儿了。李二娘说不知道,那些公差就动手逼供,就地取材地找了四根筷子夹在她左手的指缝里,用力一捏。李二娘的那只手马上变得像只在地上被人踩了一脚的小鸡,在这种情况下她当然是晕过去了。醒过来一看,自己的右手也在那些人的挟持之下,就说:能让我拿手绢擦擦眼泪吗?擦完了泪,她又要求去小便一下。等这件事做好了之后,她回来坐在椅子上,把手指伸到筷子中间,深吸口气,做好了惨叫的准备,就说:捏吧。那些公差看她这个模样,以为她不知道李靖在哪里,就不再问她,全都离去了,临走还给她带上了门。其实李二娘完全知道李靖在哪里,但是一开始她觉得李靖是她的老相好,假如未经拷打就说出去未免是不够意思。等到经过拷打了以后,她又觉得很疼,因此仇恨这些公差,更不肯说出来。这就是说,虽然她愿意出卖李靖,却没法子出卖他。正确的做法是先打她一顿,然后去道歉,然后再打。就如先把一个人打成右派,然后给他平反;然后再打成他个什么东西,再平反;不管什么东西都经不住这样折腾。李二娘知道李靖准是藏在菜地里,因为过去他们常到那地方去玩。那地方原来是片沼泽地,后来虽然把积水排干了,蚊子还是特别的多,虽然不是每只蚊子都咬人,但是扑到脸上也很讨厌。他们俩在菜园子中间的小路上遛弯时,李靖常常纵身跃过篱笆,到里面采一朵黄澄澄的南瓜花出来,一本正经地献给她。那种花像破纸片一样,很难看,有好多讨厌的花粉,而且是偷来的。但是假如豆角不开花,在菜园子里就不可能有更好的花了,所以李二娘把它戴到头上,然后它就在那里变成了烂糟糟的一团,好像一团屎。她还能准确地知道李靖是藏在那个破庙里,因为有时候李靖把她带到那座破庙里过夜。这种想法和有饭不在家里吃跑出去野餐是一样的。她对烂纸头一样的南瓜花,对破庙里那些扎人的茅草都恨得要命,就像她痛恨李靖一样。李二娘是个二十六岁的寡妇,到了这个岁数,人就该理所应当地痛恨一切。李二娘只是不痛恨上面,因为大家都应该尊敬领导。但是上面来的人闯到她家里来,把她的手捏坏,所以她连上面都恨起来了。那些公差走了以后,她跑到后面的作坊里去,把手插进酒糟里止痛。对于没有见过酒糟的人我要解释说,这种东西的样子就像是牛粪,因为正在发酵中,它的气味臭不可闻,但总是热烘烘的,可以起到热敷止疼的作用,但是与此同时,酒糟的气味也染到她身上,藏在衣服里面和头发里。现在我们提到一位造酒的风流寡妇,总要想到她满身酒香。其实不然,她们全都是满身糟臭,好像从酱油缸里钻出来的一样。

李二娘在街上走动时，身后留下一道气味的长廊，走到她身后的人闻了总要失口嚷道：酒坊街的！李二娘听了以后气得发疯，大叫起来：我是酒坊街的，干你什么事？

洛阳城里破土地庙边上的菜地有老大的一片，简直有半个洛阳城大。除非到了家里没有菜或者该收拾园子的那几天，谁都想不到有这么个地方。那里沟渠纵横，渠边上长着柳树，有半数以上死掉了，树皮绽开，掉下来成堆锯末似的虫子屎，日暮时分，不管是活柳树还是死柳树，都在天上留下黑色的剪影。除此之外，水边上还长满了茅草，那种草是三棱的，异常坚硬，把它割下来苫房顶是再好也没有了。李靖看到这种草，就想到应该割上几担去补补自己的房子——但是已经晚了，他的房子已经不存在了。因为这个原因，李靖就挑了几担胶泥，把破土地庙抹得平平整整。这件事说明，修整自己的家是人们的天性。我住的房子里，厨房是黑油油的，过厅里鞋子纵横，而且有一股馊臭的气味。这叫我感觉心情郁结。于是我就努力收拾了一次，从灶台上刮下了半斤多油泥。这种东西实在弃之可惜，因为里面含有大量的食用油，但是留着也没有什么用。然后我又把自己的房门打开（这是给过厅照明的唯一方法，因为它没有自己的窗户，而灯泡又坏了），收拾过厅，先是清洁了地面，然后去对付那些鞋。我想把它们配好对整齐地放起来，但是遇到了很大的困难，因为左脚的鞋很明显是比右脚的多。这种情形只有在小孙长了两只左脚时才有可能，但这和我平时的观察又不一致。就在这时候，门打开了。小孙睡眼惺忪地走了出来，找了张椅子坐下来说：你折腾什么呀，真讨厌！我也很想对她说她那个样子很难看，但是没有讲出口来。因为我知道这样说得罪人。后来她发现我在拣她的鞋子，又显示出一点惭愧的样子，不过还是说：这房子还不知道能住几天呢，瞎折腾些什么？这种话我一听就头疼。不过最后她还是受到了我的带动，把厕所里的便器刷出来——未刷时，那东西呈旧茶缸子的色泽，刷了以后就有五六成新。

李卫公在菜地里又发明了把地面抹得像镜面一样平的方法，他把白膏泥调稀了灌到屋里去，让它慢慢沉淀，地面就变得异常平整，人走到上面都有倒影。然后他又把四壁抹好，用河沟里拣来的卵石抛光。这间房子就此变得像正午时分的沙漠一样亮堂，散发着水和石灰的气味。后来他在这间房子里以红拂为模特儿画了好多裸体画，这些画里不包含数学定理，也没有政治寓意，画的也不是领袖人物。所以每一张都是伟大的杰作。这些画都没有流传下来，因为画上的人物既美丽又性感。而根据我们国家的美术理论，画上的人物绝不能美丽，更不能性感。这件事实在可惜，因为这是卫公一生艺术成就的精华，而且他作这些画的态度是非常认真的。举例言之，假如他觉得在一幅画上红拂的眼睛不够黑，就往她眼睛里滴眼药水，使她瞳孔散大；如果觉得太黑了，就用另一种眼药水使她瞳孔缩小，以致她经常什么都看不见。假如在一幅画里红拂乳头的位置稍低，他就用一根翎毛去挑逗，使它翘起来；假如位置太高，就往上面哈气使它松弛。这种调整是如此的频繁，以致她说：要长茧子了。

四

洛阳城里有一片低洼地，里面全是菜园子，李卫公犯了事的时候躲在里面。后来他建造的长安城里就没有低洼地，城墙里面的地面是黄土铺成夯实的一个平面，公差在半寸之内，夏天下起了猛雨，积水都不知自己往哪边流才对，经常平地积起一尺多深，但是等雨停了之后，整个长安城里没有一个水洼，而且城里也没有杂草，故而夏天城里一只蚊子都没有。据说生在长安城里的人身上不长汗毛，也没有阴毛和腋毛。这一点一定让欧美女人羡慕不已。长安城里没有一只狗、一只青蛙，天黑以后连鸟也不来，故而是寂静无声，十分瘆人。李卫公怕皇帝不喜欢，就设计了一种机器青蛙和一种机器蝉，命令每家都要各买十只，天黑以后上足了发条放出去。因为上面写有自己的名字，所以别人拣了以后一定会送回来（留在手里没有用处，只是累得自己多上几个发条罢了）。那种青蛙就呱呱地怪叫着到处乱跳，假如在你家的后墙下别住了跳不动，就会吵得你一夜睡不成觉，因为它的全部发条动力都用来叫，可以把你耳朵吵聋。在这种情形下，唯一的办法是出门去把它找到，这时它的行走部分往往已经发生故障，再也跳不动了，但你可以用三重棉被把它裹起来，放到箱子里，等天亮再做处理；或者是扔到邻居的院子里，让他去解决这个问题。机器蝉放出去以后会一面吱吱叫，一面沿一条极不规则的轨道飞行，因为怕它撞坏，所以机器蝉的外壳是铁铸的，所以对走夜路的人相当危险，撞一下就会头破血流。防止这种危险的方法是天黑以后不出门。李卫公还设计过一种机器萤火虫，在试用阶段就造成了几起火灾；设计了一种机器看家狗，但是在试用时发现它谁都咬，尤其是喜欢咬主人，所以这两种发明就没有投入生产，虽然不是没有改进的余地。他还发明了一种机器母猫，会叫春，会搔首弄姿，但体内有个夹子，一旦公猫受到诱惑去和它做爱，就咔嗒一声把它阉掉。这件发明做成功以后，他就把它放出去，自己躲在屋里，用望远镜远远地监视，一旦有公猫上了当，就拍手大笑。做这些发明时，卫公只有五十多岁，精力旺盛，经常干对不起红拂的事，身上常有各种香水味，脖子后面和耳根子后面常有唇膏印子。红拂指出来的时候，他就觍笑着去洗脖子。后来他忽然就蔫了，只睁一只眼。这就叫老年吧。

李卫公老了以后装傻，是因为他对一切都失去了兴趣。这时候他觉得拼命去解决数学问题实属无聊，因为就算你不去解那些问题，后世的人也会把它们解出来；做那些古怪发明也实属无聊，因为你不去做那些发明，别人也会把它们做出来。唯一有趣的事就是睡觉。这种想法和我某些时候的想法很相像。我说的这些时候就是我想费尔马定理想累了的时候——我已经证明了四十八个引理，每个引理都有二十页厚，而且都证得非常漂亮。这说明我的证明能力非常强。可惜的是这四十八个引理都和费尔马定理没有一点关系——在这种时候我就躺倒睡觉，一睡就是四十八小时。无须说明，我睡觉和李卫公睡觉是不同的，他是在证明了一切以后睡觉，我是在证明一切以前睡觉。但我不是利用一切机会睡觉，他却总在睡。年轻人和老人的区别就在这里吧。人在年轻时充满了做事的冲动，无休无止地变革一切，等到这些冲动骤然消失，他就老了。

根据红拂的回忆，李卫公一生活力最旺的时刻是他躲在菜地里的时候。从傍晚到午夜，他都在用各种姿势和红拂做爱。而红拂的精力没有他充沛，所以经常干着干着就睡着了。午夜时分他跑出去挖河，表面上的理由是河道里有积水滋生蚊子，实际上是剩余精力无处发泄。天还不亮他又跑回来继续干那件事。这种情形使红拂从青年到中年一做爱就要睡觉。假如条件许可的话，她总要在背后垫上五六个鸭绒枕，然后就是黑甜一梦。醒来以后如果发现卫公对她进行了肛交，就打他一嘴巴。事实上自打她逃出了杨素的府邸，就觉得自己已经进入了梦乡。和精力充沛的人在一起就会是这样。在这方面我有切身体会，我们的系主任就是这么个精力充沛的人。他是个黑胖子，每天系里系外狂奔乱跑，假如在办公楼门口遇上我，就在我背上猛击一掌（那力道简直是要打死我），说道：小王，看了你的论文，写得好哇，再写几篇。然后就扬长而去，把我剩在楼道里，目瞪口呆，脸从上到下，一直红到了肚脐眼。这时候我总想，等他发了论文，我也如法炮制："领导，看了你的论文，写得好！"然后一掌打得他鲜血狂喷。当然，我得事先练练铁砂掌，现在无此功力。他开了四门大课，又带了二十多个研究生，这还嫌不够，星期二、五还要召开全系会，从学生考试作弊到厕所跑水说个不停，全是他一个人说。

我到了会场上就伏案打瞌睡，睡着睡着，觉得有人掐我。睁眼一看，是位四五十岁的女同事。她带着怜悯嫌恶的神情说，看来你该带个围嘴。原来我的涎水把裤子都打湿了，好像尿了裤子。假如脸朝天就无此情况，但是领导就会看见在会场上有人头仰在椅背上，四肢摊开，大张着嘴，两眼翻白。不管怎么说，现在我还是尊重领导的，不想这么干。红拂是在背后垫上枕头，两腿跷得高高的，然后就睡着了，我则是头往前一趴就睡着了。这两种情形在表面上有很大的区别，实际上却是一样的。等我睡着了，随便你干什么。

因为红拂的缘故，我对爱睡觉的人很有好感。我本人就是个爱睡觉的人，假如不是要证费尔马定理，我恨不得整天都睡。而小孙就是个爱睡觉的人，我经常听见她高叫一声：好困哪！然后她就蓬头垢面，把身子裹在一件睡袍里，跑出来去厕所。我痛恨合居这种生活方式，它使人连睡都不好意思；我还很想回答一句：你睡吧，怕什么。但是没有说出来，因为那话不一定是对我说的。转瞬之间水箱轰鸣，她从厕所里出来奔回去接着睡了。我很同情小孙，作为一位女士，她肯定没有在哪儿都睡的勇气。我不但在全校、全系、教研室的会上酣睡，而且在歌咏比赛上也睡着了。那一天是五一节，校工会组织歌咏比赛，要求教职工全体参加。我和大家一样，换上了白衬衫蓝裤子。就在后台等上场的当儿,我倚着墙睡着了,结果就没有上去唱歌。这对我是一件好事,我的位置是在最后一排中央,站在三级木台上。万一在那里睡着了,从上面一头撞下来,不但我自己性命难保,还要危及校长。因为我准会撞到第一排中央,他就在那里坐着。根据这种切身体会,我认为杨素家里也老开会,有一位老虔婆老在那里做报告,从节约眉笔到晚上别忘了洗屁股,什么都要讲到。红拂就在那里睡着了。但是睡觉也不敢闭眼睛,因为在杨府里犯了错误,就会被乱棍打死葬进万人坑。因此与其说是在睡,不如说是愣怔。相比之下,能够生活在今天是多么幸福啊,我们可以相当安全地睡了。在这方面我的觉悟很高,就是在熟睡中被头头们提溜起来训上一顿也不回嘴,因为我深知我们的处境已经大大改善了。"文化革命"里我插队时,遇到了一位军代表,他专在半夜一两点吹哨紧急集合,让大家敬祝毛主席万寿无疆。谁要是敞着扣子,就会受批判。所以我们都是穿戴整齐,头上戴帽子,脚下穿球鞋地睡觉,看上去像是等待告别的遗体。这位军代表是包茎,结婚以前动手术切开,感染了,龟头肿得像拳头那么大。有同学在厕所看见了,我们就酌酒相庆。我喝了一斤多白酒,几乎醉死了,以后什么酒都不敢沾了。

五

我自觉得是精力不够充沛的人，和红拂是一样的。对于我们这样的人来说，能够睡觉是一种幸福。伴随着睡眠到来的是漫长真实的梦，根据我的统计，一个小时的睡眠可以做出二十个小时的梦，所以睡觉可以大大地延长生命。另外一方面，醒着也没什么有意思的事可干，除了胡扯淡，就是开会。所以后来红拂说，躲在菜园子里的时候是她一生最幸福的时期，那个时期真实和梦境都混为一体——死柳树的黑色剪影，篱笆上蓝色的喇叭花，洼地里的积水，表面上蒙满了飞虫，偶尔飞进房里来的大如车轮的白蝴蝶，等等。她还在三十多度的纬度上看到了北极光，这是地理学家无法想象的。她拿出一个皮面大本子给别人看——那些别人都是些达官贵人的小姐、不良少女之类——里面是卫公在土地庙里给她画的裸体像，因为画的是她，她就以为是自己画的了，这是个不小的疏忽。她还告诉她们说，大幅的都丢了，真是可惜呀。那些女孩传阅那本画册，画册里有一幅红拂的身体全是些棱面。有人就说：这是立体主义吧。红拂大笑着说：什么立体主义！这是睡茅草硌的！还有人神秘兮兮地问道：红拂阿姨，当时性生活一定很和谐吧？

她马上就警觉起来，说道：不能告诉你们，你们是未成年人。别人劝了她一阵，她才说：卫公家伙很大。再过了一会，她就什么都说了，而且还格格地笑了一阵。既然如此，还不如当初不警觉。警觉了以后再讲这些，腐蚀青少年的罪名就更加铁板钉钉。

和我们相比，虬髯公是精力充沛的人，所以他就当了大领导——扶桑国王，把腰板挺得笔直，一天到晚主持会议：臣子们的御前会、后妃会、王子会、公主会，每周还要接见乡下来的老人，忙得不可开交。不管家里家外，事无巨细，他都要过问。所有的人都说他是好国王，只有后妃们对他不满意，因为他身上缠着红拂的头发，像个大蚕茧，而且睡觉也不肯解下来。那些女人给他起了个外号，叫大棕包。有时有人气不忿，想要切腹自杀，他又一本正经地召见、劝解。劝解无效又一本正经地安排一切：自杀穿的衣服、切腹用的刀等等。等到一切都安排好了，那个女孩子走进指定的房间，在四角点上蜡烛，就在人家找准了肚脐眼要下刀子的时候，他又一头撞进去说：务请铺好席子，拜托了！血水流到了地板上要招蚂蚁。假如不是扶桑少女，准会一刀捅到他喉咙里去。但她只是鞠上一躬，说道：哈依！有一点我们都要承认：扶桑人比我们抗折腾。

红拂从杨府里逃走之后，虽然领导上并没有责备虬髯公，但他觉得自己有责任。这件事其实是合情合理的，你想想看，假如杨府逃了一个歌妓，领导上出赏缉拿，岂不显得领导贪恋女色，很没有水平？另外，悬赏缉拿又会使歌妓们觉得自己很稀罕。而另一方面，假如红拂逃了就让她逃了那也是不行的，这样所有的人都会逃光。解决这个矛盾的方法就是要有不需要领导上讲话，就会出来做事的人，而虬髯公就是这样的人。他还知道红拂是和李靖跑了，因为跑以前红拂老是打听李靖。因此他就请了长假，到酒坊街、土耳其浴室一类李靖过去常去的地方打听。而打听这种活儿虬髯公干起来最为熟练，他像一切剑客大侠一样，总是天一黑就换上夜行衣，到所有的人窗下偷听，一听见里面性交的人属通奸性质，就闯进去把他们砍成四半。而官府来验尸时，一看是四半，马上就知道是剑客所为，不再追究了。

有关虬髯公的所作所为，有一点需要补充的地方。虽然他口口声声说道红拂是他的红颜知己，他永远爱她，其实这是个神话。而要解释这个神话，起码要提到以下三个方面：第一，他和红拂之间既没有肌肤相亲，又没有海誓山盟，假如他真的终身不渝地爱上了她，那就是柏拉图式的爱情，很高尚。第二，他说自己只爱红拂，这样可以吊吊后妃们的胃口，至于害死了多少女孩子他倒是不在乎。第三，他当扶桑国王虽然是合法的，工作也是无可挑剔，但毕竟是外国人。扶桑的爱国志士们喝醉了酒，总要大吼大叫：咱们堂堂扶桑，难道没人了吗，让外国人当国王？然后就去刺杀他。虬髯公虽然多次遇险，但总是毫发无伤。他几乎是刀枪不入，因为身上缠了一寸多厚的人头发。身为扶桑王，满身缠这些拣来的东西，弄得又馊又臭，又长痱子又长虱子，总要有点高尚的理由吧。红拂就是这个理由，因为头发就是她的，虽然她后来不要了。解释了这些，就该说到有一阵子虬髯公想把红拂抓回杨府，以便乱棍打死葬入万人坑，并为此到处奔忙。当然，虬髯公又是一个善良的人。他确实决定了在红拂被逮回去行将被乱棍打死时给她讲讲情。但是我们都知道，像这种讲情连狗屁都不顶。像这类狗屁一样的说情话我听得多了。比方说，在分房会上有人这样讲：分房首先考虑某主任——然后是某教授——当然了，像王二那种与人合居的情形我们也该适当考虑一下。别人都考虑过了，拿什么来给我适当考虑？我听了这种话，总是说道：不要考虑不要考虑，我住得挺好的，邻居是女的，还很漂亮。他们听说我这样的男光棍和一个漂亮单身女人住一套房子，当然很是痛心，但是房子紧张，也无法可想。我讲这些话其实一点用没有的，但是对狗屁就是要顶它一下，最起码要让狗肛门出气不畅。

我说小孙很漂亮，这也是一种神话，最起码不能够一概而论。有时候漂亮，有时候不漂亮。她刚刚睡醒时，坐在过厅里的椅子上，失魂落魄，脸上的光泽就如死人一样灰暗，披头散发，看上去就如一棵正在落叶的榆树。她伸长了脖子两眼发直，又有点故作深沉的模样。但是你要是问她怎么了，她就说：睡觉睡累了。这种说法也有一点道理：比之坐在会场上不动脑子的信口雌黄，睡觉是比较累。但是要与证数学定理相比就太轻松。这个女人坐在过厅里时，身上穿一件人造丝的睡袍——那种料子假装不起皱，其实皱起来一塌糊涂——露出很大一片胸膛。她乳房上面有好几道皱纹，这种现象说明她趴着睡觉，压到了那里。作为一个女人，连自己的乳房都不认真对待，肯定是不可信任。我想她们领导上也是这么想的，所以在图书馆里她虽然也算是个老资格，但始终不受重用。

六

我们从书上可以知道中国历史上有很多名人，还能知道他们之间的交情如何、谁是谁的人等等，就是不知道他们吃什么东西，那些东西是怎么做出来的。据我所知，红拂和李靖躲在菜地里时，吃的是熬芋头和煮茄子。芋头不是北方产的小芋头，蒸熟了绵软那种；而是南方的独头大芋头，二三十斤一个，越熬越硬，最后就变成一锅白汤加上几块碎砖头的模样。而茄子不是北方的大圆茄子，嫩时紫得发黑；而是南方的长条茄子，有黄有绿，只是顶上带一点紫色，煮了以后软绵绵糟兮兮，吃到了嘴里也不知是什么东西。这两种东西在烹调时有很大的简便性，既不需要油，也不需要盐，只需要若干柴火。我们插队时没东西吃，领导上就让我们吃这些东西，还说这都是现在才能吃到的美食。但是我越吃越觉得难吃，吃芋头觉得它太硬，噎得透不过气来；而吃茄子感觉相反，只觉得嘴里有一堆软软的东西往下钻，好像嗓子里进了爬虫，毛骨悚然。我绝不是个胆小鬼，所以当时吃下了很多煮茄子，但是后来绝不去碰这种草本的果实。但是红拂的情形和我有很大不同，她以前吃过的一切和这两种物质有本质的不同，所以也就不知如何来评价。她一边吃一边看李靖的脸色，心里想：只要他一皱眉，我就说难吃；只要他一咂嘴我就说好吃。但是卫公始终毫无表情，所以她也不知道如何发表意见。后来她就想：发表什么意见干啥，我就跟着瞎吃算了。这说明她对这些事一无所知，这样的好处是不存偏见，坏处是显得呆板。吃完了饭，李靖又拿吃剩的芋头汤刷墙，红拂也跟着刷。她觉得这件事比较有意思，就说：你别管，我都刷了。根据这种叙述，红拂说她躲在菜地里时最为幸福，也是一种神话。那里不过是一大片洼地，里面充满了"菜园子"味，闻惯了的人一定会说很难闻。但是红拂没有闻惯——杨府里到处是麝香味、檀香味，浓烈得能熏死苍蝇。人吸多了那种气味，也会觉得头晕眼花，鼻塞气重——她闻到了这种气味，倒觉得鼻子通畅，神清气爽。那里还有好多蚊子，但是不大叮她。据那些蚊子反映，红拂的血味道古怪，和以前吸到过的血大不一样，再说她的皮肤太紧凑，叮起来有困难。早上她醒来时，一团冷冰冰的白色雾气闯到房子里面来，还有一个几乎是陌生的男子用扑过来的姿势睡在她怀里，头发粗糙得像马鬃一样。他浑身冰凉，肌肉坚实，用手指轻轻一捏，感觉捏了一匹马。他身上还有一股种马的气味。这种感觉莫可名状，所以她想：这就是幸福吧。这种将信将疑、捉摸不定的情绪持续了很久，直到李靖当了卫公，建好了长安城，还是没有改变。而卫公每天早上醒来时，看到自己躺在一个如花似玉的女人怀里，也要想上半天才能记起来发生了什么事情。他终日劳作，但并不太知道自己都干了些什么。这是因为他脑子太多，一个脑子干的事，另一个一点都不知道。与此同时，那二百五十六个公差像发了疯一样满城找李靖，却总找不到。过了十天的期限,他们的脑袋也被砍掉,然后送到四门去悬挂。因为这一回人数较多,领导上派了四个刽子手,还派来了四辆牛车,供运输人头之用。为了把头分得平均,在砍头以前先把他们分成了四队,脸上分别写上了"东""西""南""北",好像一些麻将牌。砍完了以后把他们堆在牛车上运走,这时候那些人头诧异怎么会有如此多的人挤在自己脸上,就彼此瞠目而视。李卫公从自己家里逃走后的事情就是这样的。

第五章

一

李卫公躲在菜园子里，好几百个公差也找不到他，洛阳城因此出了毛病，虽然还不能说是病入膏肓。公差们找不到李靖，是因为他们用不着菜园子，想吃菜尽管到小摊上拿。而且公差这行业是世袭的，故而他们不但用不着菜园，对这个概念也很陌生。怎么也想不到洛阳城里还有一大片用竹篱笆隔成方块的地方，里面飘着菜园子味。而别的人就算想到了李靖在菜地里也不会告诉他们，巴不得他们都死光。这种情形不但在公差中引起了悲观情绪，而且在刽子手中间引起了大恐慌，因为假如找不到李靖，到了秋天他们每人一次要砍掉好几千个人头，这是无论如何也做不到的。所以他们就自动集合起来改进工艺，自己出资造了一台木头的砍头机。这台机器的目的是加快砍头的效率，不是提高砍头的质量，所以无论从外观到原理和法国人后来发明的都不一样。它有三层楼高，立在城中心衙门门口的广场上。假如计入顶上的风车，就有六层楼高，用风力的原因是要节省人力。这机器设计严谨，构造复杂。因为太复杂了，所以可靠性有一些问题。拿肥猪做试验时，有时候砍下的猪头大家争到打破头，因为那不仅是猪头，而是猪的前半身；有时候砍完了的猪还能一溜烟地跑回家去，从此以后瓮声瓮气地讲话，因为鼻子被削去了。有时正在砍头，风却停了，做试验的猪发出一百多分贝的叫啸，过路的公差听了以后两脚发软走不动路。而拿死囚做试验时，平时最乖的死囚见了这台机器都要拼死挣扎，并且都表现出了惊人的力量，非有二十个人不足以把他按进机器里，在机器上写上了"快捷，舒适，新潮"的标语也不管什么用。当然，这台机器还在改进之中。除此之外，还有人建议在市中心到四门之间挖掘运河，以便浮运人头，领导正在考虑之中。那一年对洛阳城里的猪和公差可不是个好年头，就像一九五七年对聪明的中国人不是什么好年头一样。

那一年李卫公正在离开洛阳自己的家前去建立长安城的中途，这是一个重大事件，在咱们这里，每件重大事件将要发生，总要伴着一些鸡飞狗跳的现象。比方说，本系就要有一位同仁到美国去参加一个年会，或者又要多出一位正教授。这是最重大的事件，肯定会使每个人都互相仇恨。比较重大的事件有：自从年初以来，我们的副主任就脸红脖子粗地找人干仗，真是可怕极了；最近她总算是退休了，我们可以有一位没到更年期的副主任了。这类事件在别的地方可能算是比较小，可以没有预兆地发生，但在我们这里就是大事，因为没有再大的事了。现在我身边也有一些鸡飞狗跳的现象，都是因为我开会打呼噜引起的。这是否说明我就要证出费尔马定理呢？

后来这伙公差总算是找到李靖了，但这不能说明这一批公差比他们已被砍头的同事高明，因为不是他们自己找到的。他们只是跟踪了李二娘，这个小娘们身上穿了一件深色的印花绸衫，左手包了一块白布，右手提了一个大漆的食盒（那种东西有好多屉，看上去像个有把手的档案柜），迎着风走在前面，风姿绰约，假如不是顺风飘过来的酒糟味，简直可以说是绝代佳人了。他们跟在她身后，很容易就找到了菜地里的土地庙。按说李二娘也实在太笨，因为她只要回回头，就能看到背后跟了张牙舞爪的一大群人。但是她没有回头，这是因为有一个黑胖子早上跑到她家里来说，李靖和一个叫红拂的漂亮女孩一路跑了，这个女孩是他的女朋友。李二娘听了心里乱糟糟的，赶紧收拾了点吃的，拿着就往土地庙里跑。这一点和我是一样的。假如有人来告诉我说，城里有个人证出了费尔马定理，我也会马上骑上我的破自行车往城里跑，路上还要买条烟做礼物，根本顾不上回头看。我必须马上看他一眼，以便证实此定理是否真被人证出来了。假如我看见一个软绵绵的人待在一间黑屋子里，说起话来低声下气，但是逻辑清楚，就会觉得大难临头，天旋地转，简直回不了家。要是见到一个怪诞的家伙，狂得不知东西南北，就可以定下神来骑车回家，一路上可惜我那条烟。这是因为我就算证不出费尔马定理，也能看出谁能把它证出来。李二娘对李靖还有旧情未断，故而她急于看看红拂长得什么模样，就把公差们引到了土地庙里。而那些公差去跟踪李二娘，也是因为有个黑胖子跑来告诉他们说，李二娘今天准要去找李靖。这个黑胖子就是虬髯公。虽然他这样帮忙，也没有救了那些公差的命。因为他们虽然找到了他，但却没有逮住他。李卫公不但跑了，而且跑出了洛阳城。因此这批公差就成了洛阳城中心那座砍头磨坊的第一批正式牺牲品。

据我所知，那座砍头磨坊后来一直立在洛阳城中央，在不用或者想用而没有风的时候四面用帆布和竹席遮挡，看起来像一部冬季开工的钻机。这是洛阳城出了毛病的象征。假如它不出毛病，用几个刽子手就够了。而这个毛病的起因，仅仅是其中有个叫李靖的家伙在想入非非。后世的人很充分地吸取了这个教训——以后列朝列代，想入非非都是严格禁止的。

二

现在可以谈谈李靖是怎么从公差手里逃掉的了。那天下午大伙跟踪李二娘到了土地庙里，就把那座庙围了个水泄不通。这时候公差对李靖丝毫也不敢掉以轻心，所以每人都带了一件可以发射的兵器：会用弓的带了弓，会用弩的带了弩，什么都不会用的也用包袱皮包了一大堆鹅卵石，扛在背上压弯了腰。他们就这样包围了土地庙，好像一大群猫张牙舞爪地围住一只小耗子。有一件事可以证明李靖相当警觉，李二娘一进了那座土地庙，他马上就在门口探头探脑。公差弟兄一见到李靖的头，就禁不住猛烈开火，但他又把头缩回去了。矢石如雨，都打在破门板上，转眼之间把两扇门都打散了架，好像一个栅栏。然后大伙就喊：里面的人出来投降，手抱在脑袋后面！也有人喊，投降出来里面的人，脑袋抱在手后面的，那都是紧张之故。虽然是一堆乌七八糟的乱嚷嚷，但还听得出是什么意思。当时李靖除了出来投降别无出路，因为那五百人一拥而上足可以把土地庙推倒，还能把筑成土地庙的每一块土坯踩碎，把修建土地庙的每一根木料都拣回家当柴火，只在地下剩一堆干土，到了那个时候，李靖自然也不会还是一个问题。所以他长叹了一声，抱住了后脑勺，回过头去看了看吓白了脸蹲坐在地下的李二娘，还有直挺挺站着面无血色的红拂——红拂虽然面无血色，但是挑着眉毛，双目炯炯有光，咬着下嘴唇，整个脸表示出一定程度的倔强——然后他就走出了土地庙去投降。这时候他心里什么都没有想。他只知道待在庙里没有出路，所以他就出去了。

　　李卫公抱着脑袋出来投降时，红拂跟在他后面，也抱着脑袋。公差们不知道庙里原有二女一男，所以看到出来了两个人就心满意足。至于进庙的李二娘身材小巧玲珑，长一个娃娃脸；出来的红拂亭亭玉立，秀发披肩，身上没有酒糟味却有香水味等不同之处，其实有不少人看出来了，只可惜没人想到不是一个人。大家都以为这座庙有点灵异之处，应该把老婆带来，让她也走进去。李卫公出来投降时，一副万念俱灰的样子，大家看了也很放心，全站了出来，围过去要给他套链子，这一来四周的人就少了。正在这当儿，庙里忽然有声音，大家又一分神。李靖趁此机会一膝盖撞倒了一个人，就往草棵里钻。钻进去他自己都大感意外，原来这些日子他日夜操劳，在草棵墙根等等不显眼的地方都挖了沟，仿佛准备好了要钻沟逃跑的样子。公差弟兄们见到他逃跑当然就追，却又纷纷陷进了坑里。原来他又在附近一带挖了好多的坑，坑里灌上了散发着菜园子味的物质，表面上撒了浮土。这又仿佛是存心布置了一些陷人坑。他做了这么多布置，却一点都没告诉红拂。这当然不是有意的，他长了一大把脑子，这个脑子干的事，那个脑子都不知道，事情一忙，行事就乱七八糟。他拔腿逃走时，这么多脑子又没有一个想到要拉红拂一把。好在红拂和他在一起过了这些日子，对他的品行也有点了解。李卫公一启动，她就跟上，像跑接力时交棒一样，把手腕往他手里一塞，娇叱一声：给！在这种情况下，他当然不好意思不拉住。红拂还用另一只手往后一揽，想把李二娘也拽上，但是没想到李二娘根本就没跟出来。李卫公逃走时的冲力非常大，根本就不容她回头看，就把她拉跑了。好在李二娘也用不到她操心，人家在破庙里自杀了。

那一年夏天，有一天刮着很好的风。全洛阳的人都到城中间来看那架风车砍人头。当然这件事不是说开始就能开始得了的，有好多准备工作要做：首先必须给机器上足了油，否则它就会嘎嘎乱响，正在撒尿的男人听见这种声音就会连打寒噤尿不出来——女人的情形不了解，推想也是一样的。其次要把风车上的六面大帆升起来。我们国家的风车都是卧式的，和欧洲的不一样，一个大圆盘上立了几根桅杆，架在离地好几丈的地方，看起来像地上的帆船。卧式风车的好处是省材料，坏处是效率不高。一起了帆就猛转起来，把升帆的人从上面甩了下来，赢得了观众的一阵喝彩，至于那六个升帆的人当然是摔死了。这台机器的不足之处是缺少开关或者刹车制动一类的设备，只能靠升帆启动，降帆停车；故而每次开动都要牺牲六个升帆的人，停车时往往也要死人，因为你看着风停了，上去降帆，没准就会来一下阵风，故而杀人的批量一定要大，否则得不偿失。除了这一点不足，转得还是蛮好的，木齿轮在做圆周运动，滑块做直线运动，于是就把第一个公差推了进去，结果砍出来一堆烂咸鱼似的东西，连脑袋都找不着了——当然，该脑袋并未消失，而是搅进了齿轮，后来在远处一棵树上找到了——只好随便拣一块挂在城门口示众，让过路的看着就纳闷，猜不出是什么东西。后来那机器出了毛病，齿轮做椭圆运动，滑块的轨迹做波浪形，把人轧成内燃机曲轴的样子。总而言之，那天的情况惨烈无比，以致过了好长时间，洛阳城里的公差一听见刮风就打寒战。有人建议上面出点钱，在该磨坊周围加一圈绳网，免得砍下来的人头总找不着，再把机器做好一点，以免它分不清什么是砍，什么是碾，但是领导上说用不着，这样可以激励公差们尽心于公事。出了这样的事，大家都怪虬髯公。他能够找到李靖，却不帮着捉拿。他觉得百口莫辩，也逃出洛阳城了。后来在扶桑，假如有人问起这件事，假如你是同情公差的，他就说：我爱红拂呀！我不能出手捉她。假如你是同情红拂的，他就说：那么多公差无辜丧命，你不痛心吗？总要给他们一个机会吧。假如你两边都同情，他就说：我又爱红拂，又同情公差，只好这样办了。做人难呀。不管你怎么提出问题，他都有办法解释。当领导的人就是这样的。

三

有关洛阳城里的事，我们可以这样来解释：这座城市出了毛病，起初有毛病的只是李靖。本来他还不足以构成大害，后来又遇到了红拂，这种毛病就变得不可收拾。本来安分守己的李二娘居然会跑到菜地里给他们送饭，足见受到了传染。任何毛病都会给领导上制造麻烦，故而当领导上的就讨厌任何有毛病的人。我还有点自知之明，知道自己也是有毛病的人，从来不怪领导讨厌我。除此之外，我还是挺自觉的，除了证证定理，一点出格的事都不敢干；当了四十多年光棍，从来没犯色戒。

红拂第一眼看到李二娘，发现她是一副不尴不尬的表情。与此同时，她自己也有点不尴不尬的感觉。但是只过了不到一秒钟，那表情就变成了一副瞠目结舌的样子。这时候无数弩箭和石头正在撞击门板，李靖退回庙里来，说道：糟糕，被围上了。红拂就慌慌张张地问：他们怎么找到这儿的？李靖就说：废话，当然是跟着她来的。这时候李二娘瞳孔马上大起来，两只眼睛都变得像黑玻璃球，皮肤变得像蜡做的，汗全没了。红拂结巴着说：怎么办？李靖说：出去，看咱俩的造化。他就出去了。红拂也跟着出去了。后来他们逃掉，而李二娘却死了。后来红拂想起这件事，就觉得很痛苦。直到她被吊在半空中时，眼前出现了李二娘那双黑洞洞的眼睛，心里还有点慌乱。她心里想：我真不想见到她！假如两个女的追一个男的，见了面就是这样的。

我是个光棍，这就是说，我在女人眼里没有魅力。但这不是说我永远没有机会。现在这年头，不管是学历史、学哲学，还是学人类学、社会学，假如一点数学知识都没有，就会遇到困难。假如连计算机也玩不动的话，麻烦就更大了。假如此人是男的，还可以从头去学。女孩子就非求人不可了。我虽然尚未证出费尔马定理，应付一般的问题还绰绰有余。而且我也求得动。这就是说，我也算有了一点实用性，为此应当感谢冯·诺依曼和图林。这些女孩子一开始并不觉得像我这样一个头发白了一半而且瘦干干的男人有什么危险，可很快就会感到我的果断坚毅。举例言之，前一段我帮历史系一个研究生干活，在计算机房一坐就是一下午。到了晚饭时分，那女孩就说：王老师，我请你吃饭！而我斩钉截铁地答道：不用！同时眼睛盯着荧光屏。她又说：那我给你打点饭？我又简短地答道：包子。这使她很快就觉得叫我王老师不合适，改称一个亲热的"哎"字。后来她又提出到我家里去看看。我想这和我有房子住有一定关系，并不是每个单身男人都有一间房子住的，还有不少人在下铺上睡，闻上铺的屁。那女孩不错，夏天的晚上在校园穿一条白色的运动短裤，露出的腿相当美好。我现在把她的脸都忘了，腿还记得。我已经想好了，当她进到我的小屋里，就用米兰·昆德拉小说里人物的口吻对她说话。那人说的是："Take off your clothes." 我说起来就简短得多："脱！！"当然，这样讲了以后也许会挨一耳光。但是挨嘴巴这种事就怕没准备，有了准备就不怕。冷不防挨一下，会出脑震荡，有了准备顶多就是脸上肿肿罢了。但是我没有挨嘴巴，我甚至没有机会说这样的话。我们回家时小孙在家，她把我的事搅黄了。这个娘们从自己房间里衣冠不整地冲了出来，倒茶倒水，简直像个有窥春癖的老头子一样，但是她出来得太早，因为在这个阶段还没什么可看的。弄得人家不尴不尬，最后几乎是逃走了。后来我告诉这个女孩子，那姓孙的不过是我的邻居，她就不尴不尬地笑着说：其实你和她挺般配。这是怎么一回事，我始终不大明白。

像这样的不尴不尬我也体会过。我们有个校内刊物《数理化》，一听这名字你就知道是好几个系合办的，每季度出一期，印上几百份，除了在校内散发，还和外校交换。最后还要剩一大批，分到各系卖废纸，算是一小笔收入吧。我负责数学栏的编辑，无非是每三个月花半天看看稿，丝毫也不觉得麻烦。但是领导上又派了一个人来，让我们俩共同负责。现在我一见到那人就感到难堪，甚至觉得自己活着实属多余。到底是像红拂一样上吊，还是跑到别的地方去，我还没有想好。

那位酒坊街的李二娘活了二十六岁，然后就用一片小镜子割了脖子。那个镜子是铜铸的，已经用旧了，为了保持光亮经常要磨，所以磨得非常的薄，边上比刀子还要快。当时老娘们打起架来总是右手持镜，左手前伸，做要割别人鼻子之势；然而终其一世，很少有人真的割掉了别人的鼻子。李二娘也没有割下过别人的鼻子，割破的只是自己的大动脉，然后血就喷得土地庙里到处都是。血喷出来时，李二娘非常害怕，叫了一声。就是这声惨叫分了大家的神，被李靖逃走了。说来也很奇怪，对于在场的人来说，这声惨叫最该分掉李靖的神，因为只有他能听出是谁的声音并且知道发生了什么事。但是他却没有。后来别人发现，听说或看到别人死掉时，李靖总是格外镇定，不管死掉的是谁。这就是将帅的胸襟，因为不管是在战场上或者别的地方，死掉一个人就是发生了一些变化，需要集中精力来对付。像这种有将帅胸襟的人一般的公差当然是逮不着的，所以他就逃得无影无踪，追的人倒有一大半掉进了粪坑，满身粪地回来，到土地庙里搜索时，看到李二娘蜷在墙角，已经死硬邦了。大伙在气愤之下，就用棍子揍了她几下，踢了她几脚，然后到外面征了一辆牛车，把她装上，就往回走。走到半路上，这些人渐渐想起自己的脑袋也将不保，就陆续散去了。最后只剩了那头牛记着要把李二娘拉到酒坊街。但是到了以后，酒坊街的人又要把它打出来。这是因为谁也想不到车厢里那个衣衫破碎满脸污垢的死人就是李二娘。那头牛就拉着那辆车在城里漫游，不知道拉到哪里去了，后来想找都找不回来，李二娘的尸身就此不见了。这件事后来让领导上很是气恼，因为李二娘犯了知情不举之罪，虽然死了也该枭首示众的。后来只好找了个饿死的叫化子，把他脑袋切了下来，把耳朵上扎了两个窟窿挂上耳环，挂到了城头上。

这位李二娘就这样死掉了。就是她活着的时候，也不大引人注目。她最喜欢干的一件事就是在井台上贩卖小道消息，凡是她知道的事都卖出去，一分钱也不要。就是因为她那张碎嘴，酒坊街的每个女人都知道了李卫公在干那件事时不透气，干完了才呼吸。李卫公像河马一样气长，可以憋半个多钟头也不会把自己憋死，所以这件事红拂一辈子都不知道。这说明她有很强的观察力。有一阵子领导上想利用她这个特长，把她列入了领取上面津贴的线人名单，那时候她受到了领导的重视，受命进入了新阶段，但不久又觉得她太笨，把她撤了下来，所以又退回了老阶段。这也算不了什么大事，因为在我们每个人的一生中，都会有那么一两次领导上想提拔我们，后来一看烂泥扶不上墙，就把咱们放下了。最后一次领导上想到她，是想要她的脑袋。后来找不到，也拿个别人的凑数，也就算了。只有李靖会想起她来。他到她家里去时，她会把大门关上，脱得光光的，赤脚在家里走来走去，别人不一定是这样。这孩子虽然身材矮小，但是精力充沛，最喜欢采用女上位来干那件事，张牙舞爪地往李靖身上爬。她的乳房不大，但是很结实，是她身体的组成部分。不像有的女人，那部分美则美矣，但好像要从身上游离出去。她的卧室里的窗户下面放了一排长椅子，下午时分她把木头窗扇推开，躺在底下晒太阳。有时候她胆子很大，有时候胆子很小。胆子大的时候人家把她左手的指骨都捏碎了也不知道怕，胆子小的时候就把自己的动脉割断了。其实活在这个时代，最好把自己的胆子忘掉。后来李卫公想到她时，总能够看到她在眼前走来走去，那对小乳房跳动不已，他就叹一口气，摇摇头，赶紧把这事也忘掉。但红拂就不是这样。她老记得那位李二娘提着些吃的东西，在太阳底下走了一头汗，到破庙里看她，看见了以后就把小嘴瘪了起来，仿佛马上就要说出一句刻薄话，但是庙外面的人没容她说出来，因此红拂连李二娘的声音是什么样都没有听到。李二娘这座时钟到此就弦尽摆停了。在庙外开始逃跑之前，红拂的确是听见庙里"噢"的一声，不过她当时以为是猫叫。后来知道了那是李二娘在惨叫。从这声叫唤里可想象不出李二娘讲话是怎样的。

四

虬髯公看不上李靖，我们系的副主任也看不上我。

那孩子只有二十八九岁，细皮嫩肉，梳个小平头，圆圆的脸蛋，屁股甚为丰满。他所以能当上副系主任，是因为他是留美博士，而且出身于名牌学校。因为有了这些本钱，所以他比正主任还要猖狂。但是我也看不上他，除了懂些洋文，他比我强不到哪儿去。比方说费尔马，他也证不出。而且他的古文底子甚差，典籍也不通，这方面比我差得远。有一天我到系里去，听见他和别人说：咱们系怎么净是些怪物——比方说王二。扯到这里，猛一眼看见了我，就满脸通红地住了嘴。我请他接着讲，给出几个人来和我做伴，他却抵死不肯说，把我一个人晾在那里。这话我当然不能让他随便讲了，所以马上散布小道消息说他只有一个睾丸，而且那个睾丸也只有鹌鹑蛋大小。其实我根本不知道他睾丸是一个两个还是三个，每个有多大，只是信嘴胡说。但是很快就传得连女学生都知道他只有一个蛋，这正是我的目的。我想他看不上我的原因是我形容枯槁，失魂落魄，这和虬髯公看不上李靖的原因不一样。虬髯公是大剑客，可以斩掉蠓虫的脑袋，李卫公简直什么都不是，就会踢别人睾丸。虽然在致人死命方面这两者难分高下，但毕竟不在一个层面上。红拂跟李靖跑掉了，虬髯公觉得受不了。这就叫嫉妒吧。其实他可以找到李靖，把他砍成一百块，但是他不好意思。于是他只能想方设法地给李靖捣鬼。我们的副系主任也可以打发我去卖咸鱼，但他也不好意思，尤其是我说了他只有一个蛋之后。其实我们的安危就取决于领导上不好意思，还有他实际上有两个睾丸。如果他真的派我去卖咸鱼，就证实了他只有一个睾丸，谅他也不敢。假如他只有一个睾丸，那么不管他毕业于加州伯克利，还是其他的学校，都要被人看不起。我编造这个谣言之前，早把这些都考虑在内了。

我和副系主任的纠纷已经闹过有一个多月了，现在想起来，觉得这件事不能怪他，更不能怪我，主要是有一种思维定式在害人。思维定式这个字眼是从时文中学来的，传统的说法就叫成见——我也有点喜欢用新名词。他以为大学的数学系里所有的教学科研人员都该像他那样面颊丰满（我说的面颊包括脖子上面的和腰部以下的），五短身材，毕业于加州伯克利，所以看到像我这样两腮尖尖，又瘦又高，毕业留校的家伙就感到古怪。这也怪不得他，吃惯了米饭的人让他吃一顿馒头都要叫苦不迭。现在的问题是我就是这个馒头，对准了那个厌恶面食的南方人暴跳如雷——我怎么啦？我哪点不好吃？养得白白胖胖的来喂你，你还推三阻四！这显然不是个馒头应有的态度。好的馒头应该给人家一段适应的时间。与此同时，我自己的脑子里也有一些思维定式。比方说，我很想结婚，但又以为我老婆应当是青春佳丽，在新婚之夜必须是处女。为什么就不能考虑年龄大一点，结过婚的女士呢？新婚之夜是处女，以后也不会总是处女。刚结婚时是青春佳丽，以后也不会总是青春佳丽。这种定式把人的思路限死了。

我说过红拂和卫公出奔之初，卫公对她不大热情，这就是因为卫公脑子里有定式或者成见在作怪。红拂的身材像个时装模特儿，三丈长的头发剪掉后还剩了三尺多长，与李二娘的短头发相比，仍然长得不可思议；而且红拂对性生活很陌生，干这件事总需要别人来摆姿势。而卫公和李二娘搞惯了，总觉得女人应该是短头发，矮矮的身材，在这件事上应该很热情；等到李二娘死了之后，这种成见才消失了。在这方面，红拂倒是没有太多的成见。首先，她是个女人；其次，她当过歌妓。所以假如她有成见的话，就是一个馒头的成见。一个馒头只要自己正在被吃掉，就没有什么怨言可发。当然，和良家妇女相比，她的成见就太多了。小时候我们家里是姥姥做饭，一旦家里没了起子，她就蒸些半透明的死面疙瘩——那时候还没有袋装的酵母粉。那东西吃下去倒是顶饿的，只是很不好吃。我以为古代的良家妇女就像些死面疙瘩。假如发面馒头还能有些想法的话，死面疙瘩准是没有的。

五

我讲这个故事虽然和中国大陆、大唐朝等等有密切的关系，但并不是全部只能在这里发生。这就像数学上所说的：有一些算术法则在整数域上成立，推广到其他数域也不见得完全不行，就算不能够百分之百成立，起码也能成立个百分之一多些。数学方面的例子太过专门，我就不举了。我们可以设想这个故事发生在法国巴黎，我还是一个数学教师，这没什么不可以的。据我所知，他们的数学和咱们这里是一样的。我年轻时插过队，可以改成我年轻时当兵服过役。后来我回城当了工人，也可以说成我在餐馆端过盘子。年轻人的遭遇在世界各地都是一样的。至于我仪容不够英俊，领导上嫌我不是加州伯克利，可以说成我是前苏联跑出来的犹太难民，只有张喀山大学的文凭，鹰钩鼻子大舌头，头顶秃秃的，剩下的头发分成三小绺，两撮长在太阳穴上，一撮在后脑勺上。为了抵偿数量的稀少，我把它留得极长，一遇上风就要像飘带一样飞扬。具有这样的形象，再加上没有证出费尔马，不肯给别人代课，那些高傲的高卢人怎能看得上我？一定是想方设法炒我的鱿鱼。至于大唐皇上，我们可以说他是路易某某。李卫公，咱们可以说是某个红衣主教。虬髯公后来到一个古怪地方当了国王，当然是去了英吉利。

这个人物他们不喜欢，巴不得栽给英国人。只有关于红拂的故事必须全部删掉。因为他们会抗议道：我们对待妇女的态度不是这样，少拿你们东方的事来给我们栽赃！但是这也不要紧，因为到现在为止这故事已经成立了百分之五十五强。

这个故事要是放在中华文化圈里，成立的就更多了。李靖、红拂、虬髯公是我们共有的，不成问题。港澳台也都有数学系，那里也有人混得不得意。唯一不成立的就是我和这姓孙的住一套公寓。孤男寡女住一套房子，成什么话？邻里间必定议论纷纷，还会有三姑六婆之辈在电梯里问小孙什么时候抱娃娃。她不堪羞辱，就搬走了。只剩我一个人住一套宽敞的房子，多好哇！

李靖和红拂逃出洛阳城时，正是傍晚时分。头顶上是整整的一大片云，像个大锅盖。这种锅盖是木头制的，盖在铁锅里，上面满是泥垢，乌黑乌黑。而云下又被夕阳涂上了一些红色，故而从头顶到天际，都是漫长完整的黑红两色。他们俩站在洛阳城外的土坡上，背后是豆青色的城墙，眼前是洛阳城外的大道，路上车辙里的积水现在宁静了，带有一份闲暇地反射着晚霞。那条路实在是糟糕，在平原上毫无拘束地伸展着，有些地方宽，有些地方窄，无论到了哪里，都有无数条车辙纠缠着。

它对步行的人是一个考验，所以所有人的足迹都出现在离大路尽可能远的草地上或者田里。天就要黑了，走夜路不是件愉快的事，但是必须走。李卫公叹了一口气，朝前走了。走了一会，他伸出手来，拉住红拂的手。他们把洛阳扔到身后了。他们走了以后，洛阳城里还在继续捉拿李靖，又杀掉好多公差。最后洛阳城里剩下的公差走投无路，起来造反作乱，占领了整个洛阳城，而大隋朝的军队又把洛阳城包围起来，经过好几年的围攻才冲进城里去，把所有的人全杀掉了。虽然大隋还有别的城市，但是洛阳一毁，它的气运就完了。

李卫公离开了洛阳城，在黑地里走路时，感到自己非常的孤单。要不是身边有一个几乎是陌生的女人，他就要倒在草地上大哭一场。假设有一个贝类离开了自己生长的壳，在海水里游了起来，感觉就会是这样子的。他心里放不下洛阳城，放不下那些泥泞的街道，泥和屎筑成的城墙，更放不下他那间散发着陈尿臊味的老房子，虽然这些东西乍看起来简直是一文不值。这就像一个破破烂烂的家，堆满了乱七八糟的家具，充满了油腻的气味，长满了蟑螂一类的昆虫，但是你已经住惯了，闭着眼睛走进去也不会撞到腿。从小到大我有过几个家，每一个都是低矮的平房，茅坑式的厕所，好唠叨而且凶恶的邻居，但是每个家都在我的心上。住在老家里，人就不会孤单，也不会老，只是会与草木同腐，和老房子一起倒塌。这样的事不能像学数学一样去学习、理解、推导，只能去感受。只要你见到了我，稍一感受，就能发现我生在北京城，在几条小胡同里住过。

红拂离开了洛阳城，走在黑地里，闻到了草地上的牛屎味、草上的露珠味，精神为之一振。菜地里的土地庙她已经住腻了，正想到别的地方去。那座土坯筑成、墙皮剥落的小庙正在她心里变成杨府的后花园，那地方我们已经说过，是石头筑成的，反射着阳光，惨白一片，在她看来是死气沉沉的。她时刻准备从一个死气沉沉的地方逃出去，就如植物的种子随风飘走，换个地方开始生长。我也想变成头顶秃光光的犹太教授，忍受一下法国人的傲慢；或者到香港什么大学里去当个长了啤酒肚的教授，不尴不尬地讲几句带粤语味的英文。我甚至很想变成红拂，穿着被露水打湿了的百褶裙在草地上走路，透过自己的发香闻到李卫公身上浓烈的汗臭味。不管是什么人，都会感到时光在身上流动，受到这种启迪之后，自己也想像风中的芦花、水里的浮萍一样流动。但是我把这种流动深藏在心底，不让它表现出来。在表面上，我像虬髯公一样木讷、可以信任。我也不想当什么领导。作为一个普通数学教师，这样就足够了吧。

第六章

本章作者提到了他年轻时当司务长的事。正如"司务长"这个名称所提示的那样,那时候他常常拉着一匹老马,在乡间的小路上行走,给大家采办伙食。假如不是满脸苦相,骨瘦如柴,那个时候他有点像好兵帅克的模样。他和帅克还有一点重要的区别,就是假如没有了啤酒,帅克会干渴而死,而只要河沟里还有水,王二就不会渴死。

一

本书的这个部分是关于我自己的,可以拿它和李靖、红拂的事做个比较。我住在一座高层建筑里,这座楼是绿色的,楼前面有一小片枯黄的草坪,草坪边上还有些怪头怪脑的器具。假如你乐意相信的话,那是给小孩子玩耍的滑梯和木马，但是小孩子切不可坐上去，否则就会弄上一屁股土，假如他的屁股还完整的话——我这么说，是因为滑梯上有好多翘着的竹片，那些竹片都很锋利。这座楼还有黑暗的楼道和亮着荧光灯的电梯，这个电梯常常把我提升到第十七层，然后我就在破自行车和包装纸箱里夺路而行。这种经历常常使我自以为是毕加索或者是别的什么画家，在画廊里展出我画面杂沓的画。在楼道里我经常闻到炸辣椒或者是烧黄花鱼的味道，但是和我住的那套房子没有什么关系。我们的厨房里灶台上积了厚厚的土，因为已经是夏天，用不着烧开水。我喝自来水，和我同住的小孙也喝这种水，虽然听说北京的水很硬，喝生水要得结石症。有时候她裹在一件睡袍里，两眼发直地坐在过厅里，有时候则穿着西服裙子和白衬衣，脚上穿着高跟鞋。这取决于她是不是要出门。我就住在这么个地方，晚上点一盏八瓦的日光灯，想着怎么证明费尔马定理，不知不觉就活到了四十一岁。这个地方和泥水满街的洛阳城，和黄土碾成的长安城没什么两样，都是合情合理的一个地方。

我说过，我在和小孙合居。合居仿佛是一种暗示，指出我们俩之间要发生性关系。凭良心说，我对这种卑鄙的暗示不能安之若素。它使我想入非非，夜不能寐。虬髯公和红拂合居时就比我强，虽然是五十步与百步之分，但是毕竟是强。小孙是个高个女人，有时候梳马尾辫，有时候梳披肩发，这些都无关紧要，反正是那些头发。假如她要出门去，就穿上白衬衫、西服裙子，这样腰就显得比较细。虽然她个子已经很高了，但还穿着高跟鞋，这样姿势比较好看一点。现在她留了刘海，这样脸显得短一点。对于这些事我知之甚详，因为我就是她的穿衣镜，她经常打扮完了跑到我房里叫我看怎么样，但是从来不听我的意见。照我看她怎么打扮还能看出是原来那个人，就建议她把头发染红，眉毛染蓝，这样保证她亲妈也认不出来。但是领导上不会同意她这个样子来上班，他们会叫她把头发和眉毛全刮掉，活像一颗大鸡蛋。总而言之，她要出门时总是一种合情合理的打扮。假如什么都不穿，也不知是什么样。

我最近和小孙搞到一起了，这个女人除了眼角有些鱼尾纹之外，长得很漂亮。锁骨上方长了一颗痣，是肉色的，和她的乳头是同一种质地。这件事没有什么出人意料的地方，在我看来甚至是顺理成章。别人看这件事，可能觉得不够合情合理，这是因为我不是个合情合理的人。在这个方面，我也是有自知之明的。夏天到来的时候，我经常隔着她半透明的衬衣研究她的乳罩，看到出了神，就会把昆德拉教的话喊出嘴来。头一回听见我喊这个，她又哭又闹，还说要找我们领导；后来就不哭了，只是罚我去刷厕所。其实我没有什么坏意思,只是魂不守舍,什么都能讲出嘴来罢了。

我刷马桶时用硫酸配上重铬酸钾,这是洗试管的配方,然后又用洗衣粉刷,每回都把它洗成全屋最光彩夺目的东西。别人到我们家里来,看到了乌黑油亮的厨房以后再进了厕所,总是要大吃一惊。来了客人我总要引他们到卫生间去看看。最近她再听见我这样叫,就不再叫我刷厕所,也不说要找我们领导,只是笑着说道:"下回吧。"我已经说过,昆德拉教的那句话是一个"脱"字。她说下回吧,就是说,下回脱给我看。但下回还有下回,如此循环递归,永无止境。我也没想让她把这个字当真,因为我也不知道这话是从脑子的哪一部分里冒出来的。不过自从她不让我刷厕所,我们俩是越来越友好了。每回她那边来了客人,都引到我这里来看看,介绍道:王二,数学家。他在证费尔马定理,还会写小说。我这边来了客人,她也来探头探脑,尤其来了女客。有一回有个同学到家里来找我,他嗓音高亢优美,属于男童声的范畴。小孙来窥探了几次,还是不满意。等客人走了跑到我房里来往床底下看。我问她犯了什么毛病,她说,听着你房里有个女人,怎么没看见?你们把她藏在哪里了?

我平常不锁门,小孙可以随便进我房间。假如她的客人是抽烟的，就上这边来拿烟和烟灰缸。我桌子上总放一盒烟和烟灰缸，虽然我自己不怎么抽。除此之外，还放着两份手稿，一份是费尔马定理的证明，另一份就是你现在看到的《红拂夜奔》。第一份谅她也看不懂，第二份她大概全都看了。经过了这件事，她就常常闯进我屋里来，在这份手稿上乱写乱画。她用一种紫墨水，是用红、蓝墨水各百分之五十兑出来的。假如你能够看见这份稿子，就会发现它像脂砚斋版的《红楼梦》，夹满了眉批。举例来说，有关她使人不尴不尬的那一节被她批了三十五个"狗屁"，本节的"四十一岁"前，又被她批了"你埋怨谁"。在后面说她有两个乳房那一段，被她批上了"难道长三个吗"，我没有这个意思，但是假如长出了三个，我也不反对。质量虽然重要，数量也是很重要的。

我们搞在一起这件事是这么发生的：有一天下午，她把我叫到她房里，着三不着两地说了好多话。你要知道我们在一起住的时间太久了，不管说什么都引不起我的注意。我只是注意到她衣帽整齐，还穿上了高跟鞋。除此之外，我还看到她脸上有薄施脂粉的痕迹。这似乎说明她就要出门。也许她要我替她浇花，或者叫我替她照顾些别的事情。在这种情况下，我常常是听都不听就答应下来——之所以不听，是因为我马上就会忘掉，所以听了也没用——我只是透过半透明的衬衫看她的内衣,那是一件白底的乳罩,上面还有一些花,就像某种搪瓷器皿一样。当时是下午,她那间房子有点夕照,阳光晃我眼睛。而且她额头上有些刘海,那些头发略微有一点发黄。她的脸红扑扑的,下巴和脖子上有些汗点。这也不足为怪,假如你找到一个温度表看看,就会发现有三十五度,光这个温度就能使一些人晕倒,其实没这么热,要把阳光直射考虑在内。我就这么直盯盯看着她,就信口把昆德拉教我的话嚷了出来——讲完了心里当然很害怕。说实在的,我根本就不知她说了些什么,这么不知上下文的乱插话简直是在找死。所以现在我就等她伸手一指,马上就奔出去找硫酸。说实在的,马桶也该刷了。但是这回她没有指,安安静静地站在那里,神态威严,好像一个雇佣兵队长。后来那间房子就暗了下来,原来是她把窗帘拉上了。后来她就把衣服全脱掉——她胸口长了两个乳房,样子还不坏,好像树上结了两个果子;小腹上有些阴毛,乌黑油亮,仿佛染过似的。整个情形就是这样的。这是我一生遇见的唯一一件不合情理的事。

有关我自己,还有好多可以补充的地方。我这个人生来十分老相,现在拿出十七岁时的照片来比较,除了头发白了些,脸上变化不大。换言之,十七岁时我就一脸的褶子，又瘦又高。插队的时候大家嫌伙食不好，领导就派我去做司务长，大概是觉得我老成吧。这个工作困难的地方是大伙都是北方人，一定要吃馒头。拿大米换白面不困难，找蒸笼和蒸锅也不难，难就难在发面。假如面团没发时是多大，发了以后还是多大，蒸出来一定是死面疙瘩。有人把这种馒头打回去切了做刀削面来吃，切起来都有困难。我想象一等贵妇就是这个样子，白天板着脸，晚上躺在床上像具棺材板。领导上一般也是这个模样。面要是发好了，按起来有弹性，蒸出来白白的很好吃。红拂虽然戎马半生，但是评了贵妇以后却既活跃又守本分，李卫公对她也很满意，二等贵妇大抵都是这样。最糟的面团发得胀出了面缸口，表面上炸开了好多气泡，软塌塌的一碰就粘手。这种面团蒸出的馒头又馊又臭，同学们见了就拿它当手榴弹，朝我猛扔。后来我有了经验，每次把面发大了就在开饭之前躲到树林里去，等他们吃完了饭再出来。三等贵妇和这种馒头相像的地方在于她们都有非常怪的脾气，来自于更年期综合征、神经官能症和妄想症，就像馊馒头味。她们的丈夫总是在外面躲着不回家。作为女人，她们的终身事业都已失败，就如我被从科研岗位精简下来卖了咸鱼。这不意味着我丧失了科研能力，只意味着我在领导上那里丧失了好吃的味道。后来领导上发现我不可靠，就把我撤掉换了别人，但是别人干得比我还糟糕。

我年轻时当司务长，伙房里养了一匹驮马，是云南产的小个子驮马。那马和我的交情甚好，见了面就舔我的手。拉交情的诀窍很简单，就是人能吃到些什么就给它吃什么，不管是白菜还是黄瓜，它都很爱吃，只是不肯吃茄子。我牵它去买菜时，总是骑在它身上，它也不反对。只是见了路边有沟就下去走。因为它的个子矮，下了沟我的腿就拖在沟沿上，我们俩合并使用六条腿奋力行进，看上去像一种奇异的昆虫。走到有树荫的地方我就躺倒睡觉，让它自己去吃草。这是一匹马帮上淘汰的老马，当然年龄比我还是要小一点。我把它当兄弟看待，并且常拿我们的命运做些比较。它的情形比较特别，有个人做哥们儿，所以没有代表性。就以一般马帮里的驮马和我们来做比较，结果对我们也不是太有利。那种马早上吃草，其他时候喂料。对于它来说青草不是什么难吃的东西，相当于新鲜芦笋或者脆炒豆芽。至于料豆，相当于我们的馒头和面包。这种伙食本身没有什么可抱怨的，主要问题是能不能吃饱。我所见过的马多数不是太肥胖，但也过得去。可是你见过年轻时我们什么样吗？假如你给十八岁的男子每月十七公斤大米，不给任何别的东西，再让他们去干农活，就休想见到一个胖子。驮马总是在运东西，这相当于让我们背上五十公斤的重物在北京和天津间奔走。这对于年轻时插过队或者服过役的人来说，也不算什么骇人听闻的事。在生活的一个最重要的方面，我们绝对不如它们，就是春天到来的时候，我们那里的马不论公母都不圈，全部放到野地里去，它们在那里想干什么就干什么，用不着送玫瑰花，也用不着到单位开证明，改户口本。而我呢，在四十一岁前没有过性生活。圣人云，人有异于禽兽。这就是提醒我们，对生活不要提出过多的要求。我在年轻时见过不少自杀了的人，就从来没见过一匹马走着走着一头跳进山涧里，这就是原因之所在吧。这些话的意思是说，我和我的马在草地上休息，假如一觉醒来发现我匍匐在地变成了一匹马，而它变成了司务长，我绝不会感到悲伤，而感到悲伤的恐怕会是它。

我想到这匹马的事是觉得女人对我的态度没有母马对它的态度好。当然，我也不是期望她们像母马那样慷慨大方，因为我也没有公马那样善良，谁要骑在我背上，我准把他扔下去。所以要看一眼就必须大费周章，这也算合情合理。何况人家小孙也不是让我光看看，还有下文。我这个人一贯会漏掉上文，用她的话来说，就是"你这家伙总是恍恍惚惚的，怎么没个拍花子的把你拍走"，但是我对自己很有信心，就像一辆旧自行车，放到哪里都不会丢。简而言之，在这件事发生之前我对她大喝了一声："脱！"说了那句话之后我很怕会挨一嘴巴。所幸她愣了一会，红着脸说了这么一句：现在天太早吧？有了这种头绪，我就能发挥我言语简洁的魅力了——不早——口气像是一种命令，看来她很喜欢听。后来她去把窗帘拉上了。但是事后这些话从我的脑子里马上溜掉，不留一点痕迹。像我这么一个四十来岁的老光棍初次干起这种事来，表现当然是乏善可陈，虽然我也尽了最大的努力。干那件事时，我听见一种"托托"的声音，回头一看，是她在拿脚指头打榧子。

我和小孙合居的结果就是这样的，这件事说明了我们都经不起诱惑。事实上我没有诱惑她，她也没有诱惑我，我们俩都受了合居的诱惑。但是这也说明了我们俩都欲望高涨，到了一触即发的程度。不知为什么，领导上总以为让大家处于这种状态下比较好。当然，我也能替领导上想出些道理来：假如人饿得要死，渴得要死，"色"得要死，就会觉得馍窝头好吃，马尿好喝，老母猪看上去比较顺眼。因为大家都这样想，我们水平较低的现状就能一片光明。"文化革命"里有个笑话，说相声大师侯宝林给华罗庚前辈出了一道题：如何用三根火柴摆出两个三角形？解法大概你已经知道了——先摆出一个三角形，然后把你的右眼按得歪离眼眶去看这个三角形。假如领导上真是这样考虑的，那就和侯大师想到一块去了。

后来小孙对我解释罚我刷厕所的事，是这样说的：要看可以，不准鬼鬼祟祟，把人都看歪了。后来她只要不穿衣服，就要用正面对着我，好像我是一台照相的座机一样。这使我想起了座机只有一个镜头，所以左眼越睁越大，右眼越来越小，脖子也歪了起来。与此同时，正襟危坐，好像已经上了底片的样子。我说怎么有些现代画家画的女人体是歪歪斜斜的，原来他们已经染上了窥春癖的恶习。

小孙对我写的我们俩干事的一段不满意，她说，人家卫公还给红拂画了一本画册，你就这么简单几笔，实在是不对头。所以我重新来过。那天非常的热，她那间房子又有点夕照。我坐到她房间里时，阳光刚刚照到窗子上，玻璃外面有好多金黄色的尘土，这叫我想到好久没下雨了。她坐在床上，太阳穴上有一片凉席印子，眼睛还有点红。这说明她刚睡醒。但是不能说她衣帽不整，上身穿了一件白色的衬衣，下面穿了一件西服裙子，脸上还有施过脂粉的痕迹。以前她要和我说话时可不是这个样子，所以我影影绰绰觉得有件什么事要发生，就恍恍惚惚的。虽然没听见她说些什么话，但也想到自己要出大毛病了。后来才知道，这个毛病就是我从司务长变了一匹马。这种变化假如是在我二十岁前发生，我一定极为欢欣鼓舞，但是我已到了四十多岁，在欢欣的程度上就有很大不同。

小孙告诉说，她找我谈这事之前考虑了很久，觉得我们这样住着，彼此却不理睬，实属矫情。她和我说的就是这些话，假如我听见了一定会表示同意，但是我没有听见。要是别的女人见到我这个样子，一定打我一个嘴巴就算了。但是她和我住了这么久，了解我，明白想和数学家做爱就得有这种精神准备，所以就没有打我，只是带着三分绝望，三分无奈，还有四分不理解看着我。但是事实证明只要是对一个活人说话就不会白说，不管他是在睡觉还是在发呆。她说话时，我想到的事和她讲的话就不是一点关系都没有。我把这些材料推荐给心理学家使用。总而言之，迷糊劲一过去，我就说："脱！"这话单听是不大对头，但是考虑到她说的话，也算合榫。然后我的左面颊就开始抽搐，显然是那一部分以为要挨打。不过它只是虚惊了一场，我的建议她接受了。

晚上我和小孙享受非法的性生活之前，她躺在我的膝盖上，而我平坐在床上。这是我们俩当时姿势的要点，其他的情况还有：我背倚在墙上，她的头和腿放在床上，整个身子向上形成一个弓形，我一低头就正好看到她的肚脐眼。可以想象李卫公和红拂逃到洛阳郊外，在没人的地方也是以这种姿势开始非法的性生活。过不了很长时间（在梦里是一年，现实中二三十年），红拂就要变成一个瘪嘴老婆子，卫公就要变成一个驼背老头子，那时我们现在做的事就做不成了，以后能干的事就是吃饭和屙屎，了此残生。现在的问题是除了这件事还要干点什么，或者什么都不干。我告诉小孙，我一定要把费尔马定理证出来，否则死不瞑目。她问我这东西有什么用处，我告诉她毫无用处，只是能使后来的人可以不再死不瞑目。这种说法也靠不大住，因为可以让人死不瞑目的东西可不只是费尔马，而是多着哪。其实我只是中了魔道，非把这件事干成不可。她说她喜欢，和中了魔的人性交格外地有快感。李卫公对红拂讲的可不是费尔马，因为他已经把这个定理证出来了。他说的是自己将来要建造一座城市，和洛阳城怎么怎么不一样——整个一个乌托邦。红拂听了他的鬼话，觉得他疯得厉害，所以兴高采烈，快感如潮。但是连卫公自己都不知道过了仅仅十几年，这座乌托邦就建成了。他和红拂住在里面，感觉无比的糟糕。李卫公脑子里是整个的长安城，包括大街小巷，每一棵树，每一口井，还有砖头砌的马路牙子。他要下令让多少人上街扫地，多少人出来除草，还要关心今天有多少粮车进城，多少粮车在路上。简单地说，他成了一台大型计算机，存放了很多数据，并且依据这些数据做出判断。真是个倒霉鬼。

小孙躺在我的膝盖上，身体的正面拉得很长，乳房变成了竖的椭圆形，甚至菱形，连肚皮也变得细长。我很怕她的腰椎会出毛病，造成偏瘫，等等。她让我少操心。她还说她练过艺术体操，教练认为她的脊椎是全身最好的部分。后来她转过身来让我看，她的脊椎果然不凡，我好像看见了一条鲟鱼的背。把性这件事考虑在内的话，人几乎是任何机器不能取代的，不管它是 IBM 还是 HP 公司的产品。当然，不把这件事考虑在内，取代人就容易了。李卫公设计的长安城里，下流客栈里放了些木制的女人供脚夫们使用，但是鲜有人问津，因为外形虽然是无可挑剔，却总是出故障，一坏就把人卡在里面，疼得鼻涕眼泪直流。急忙找老板娘要钥匙，打开一看已经像进了夹子的耗子一样，血肉模糊。除此之外，那些脚夫还敲着木头人问：能生孩子吗？一听说不能生孩子，兴趣就小了。后来这个发明还是卖给了皇上。皇上制造了一大批，发给了远征军，让他们在撤退的路上抛撒，这种东西用现代的军事术语叫作"饵雷"，夹坏了大量的突厥人、鲜卑人、高丽人，并且让他们断子绝孙。这件事说明了卫公虽然机巧无双，离开了大唐皇帝就将一事无成。

但这些都是晚上的事，白天还有一次呢。白天是第一次：她把窗帘拉上以后，屋里就变得暗起来。她把裙子解开，裙子掉到地上，形成了一个暗色的圆圈，而她是白色的，好像正从圆圈里钻出来。后来她把衬衣脱掉，脸朝墙，跪到床上去。这些时间非常之慢，我又在恍惚之中。后来她朝我嚷道：你也不能一点忙都不帮！我就过去帮她把乳罩挂钩摘下来，然后眯起一只眼到前面去看。你要知道，我从来没有近视过，故而老花得非常之早，现在已经有三百度了，离近了一点都看不清楚。但是看不清就往前凑是我一生的积习，绝不会因为现在老花了就有所改变。其结果是我什么都没看见，从始至终都是稀里糊涂。看来我是得配副老花镜了。但这件事看得见看不见都是无所谓的。除了某些特别的感觉，总的来说，干那件事和爬一棵特别光滑的树没什么两样。

爬树这种事以前我经常干，比方说，当司务长时，和我的马兄弟在一棵大青树下睡觉，醒来我就爬树，而且把全身的衣服脱得光光的，只穿一双袜子。然后站在一根很暴露的大枝杈上狂呼万岁，这时候我那个东西直挺挺的，仿佛在行纳粹礼，周围几里地都能看见。但是那个地方很荒凉，周围几里之内都没人。一直吼到它礼毕，我才下树回家。我就是这样勤劳公务——上十里地外买趟酱油能去两天两夜。再加上给大家吃酸馒头，所以后来不让我当司务长，我也没的可说。当然，小孙这棵树绝非任何大青树、野梨树、白皮松等等可比，爬起来是极为过瘾的。后来我就这样告诉她。她说：谢谢你把我看成一棵树，你自己当时的样子也很好，睁大了眼睛上上下下地看，乳头插到你眼睛里还没看见。我觉得自己简直是在给你治眼病。——这些话叫我想起了在工厂里当工人的时候，假如烧电焊时忘了戴眼镜得了电光性结膜炎，就会痛痒难当。这时唯一的办法就是认一位哺乳中的少妇当干妈，让她挤点奶到眼睛里去。我就有过一位干妈，年龄比我小好多，但是奶头却大很多——后来我站起身来，就什么都能看见了。她的腰很细，乳房很完整，脸上红扑扑的，等等。和隔着衣服时猜的差不多。到此为止，我一生所见的第一件不合情理的事就算发生了。

二

后来我和小孙干那件事时，总是在她的房子里。她的房间比较大，还有一张双人床。点上十五瓦的台灯，屋里虽然暗，但是比白天看得还清楚一点。在干事之前她总要用手捏捏我的那东西，然后就若有所思。我想这个毛病是买菜时挑黄瓜练出来的，她们用手指代替硬度计。我那个东西在这种时候还是蛮像样子的：又粗又长，而且相当硬邦，在各方面都像根哈瓦那雪茄，但也耐不住指甲掐。由这种体验可以知道黄瓜们对长指甲的女人的看法。我问她在想什么，开头她不肯告诉我，后来又说：讲了以后你不要介意——从你的外表来看，这东西不该是这样子的。我说我外表怎么了？她说你外表相当委靡。这件事我还是不明白，但是她不想再继续下去，就说：别扯这个了。饭烧熟了就吃，别等它凉了。这是个优雅的比方，说明她还有点淑女风度。等到事情干完之后，我才想到已经中了她一暗箭。她是说我外表是一副阳痿相。既然我是一副阳痿相，她还要和我干这件事，就是一件怪事了。对于这个问题，她笑了一下说：我看你整天愣愣怔怔，觉得挺逗的（但是后来她又觉得我这样不逗了）。她还说，我看你呆头呆脑，不知在想什么，想知道一下。一个女人想要知道男人的秘密，只能用色相来引诱，甚至要把两腿分得开开的，把他的脑袋往乳房中间按（小孙在此批道：谁按你了？由此我才知道她没按过我）。这个说法听起来荒唐，其实相当可信。《圣经》上说：得人如得鱼。得人就是知道一个人吧，这事是很有趣。有的人只要看看就能知道了，这就是条臭带鱼。有的人只有和他性交才能知道，这就是条金枪鱼。我就是后一种人。后来她就管我叫金枪鱼，看来我对这

181

些事的感觉是对的。与此有关的是我这辈子遇到的第二件不合情理的事——我把那件硬邦邦的、像黄瓜一样的东西插到她体内去。

李卫公和红拂逃出了洛阳城,当晚宿在一个土坡上,一棵大树下面,因为天已经黑了,看不出是什么树。他们就在那棵树下做爱。红拂躺在李靖怀里,在一团漆黑之中,她雪白的身体越伸越长,好像一条正在流淌的牛奶河。她开始用亲热一点的口气和李靖说话,比方说,李郎,谈谈你的长安城。这声音逐渐远去了。这是否说明他们中间有了一点爱情呢?虬髯公一直在跟踪他们,躲在不远处的草丛里,听了这样的话,嫉妒得要发疯。但是听见这些话又感到一星半点的满足,好像在看有床上镜头的电影一样。我和小孙也在干这件事,在干之前,她对我说,这回你别发愣了,好吗?但是这件事也不是我能做得了主的,后来她就捏我的鼻子。我对她假惺惺地说道:我爱你。她回答道:少废话!等到干完了她又问我:刚才你说的话是真的吗?这时我早就忘了讲过哪些话。她勃然大怒,转过身去拿屁股对着我。这也不坏,她有非常好看的臀部,这个部分有点像馒头。也不知为什么,一说到女人,我就要想到馒头。如果我用手触触她那里,就会得到一句恶狠狠的呵斥:没事别乱按!这说明她正没好气,也说明她的脾气非常之坏。后来她给我买了一副三百度的老花镜，恶狠狠地摔给我说：戴上，看清楚一点！真是奇怪的逻辑——我看不见于她又有何损。

我和小孙做过爱以后，有时也考虑一下是否要结婚的问题。这件事以前是不用考虑的，我的意思是说，一定要登记结婚，因为过去干这件事很有油水。六十年代可以得些布票，七十年代可以得张买大衣柜的票，八十年代可以得几天婚假。而且登记不要钱。现在则没有什么油水，只能够得到些免费的避孕套，登记还要好多钱。小孙去要避孕套，还要详细地告诉别人我的尺寸，这等于把我暴露在光天化日之下，因此不如去买。对别人来说，可以在分房上得个有利地位，对我们就不是这样。我们要是两口子住这套房子已经超标准了。本来还可以得到生一个孩子的指标，但是小孙已经和前夫生了一个孩子，所以未必能得到。更何况我对生孩子也没有什么兴趣，虽然看到自己的精液盛在花钱买来的避孕套里冲进了抽水马桶也觉得怪可惜的。作为一个中国人，我天生会可惜东西。但是这样东西可惜不得。我知道一份精液里有十亿个孩子，假如都生了出来，并且都管我要饽饽，我还活不活？除了可惜我自己，我还可惜这个世界，假如有十亿我的孩子来到了这个世界上，哪怕他们像蚯蚓一样掘土为食，也会把到处都扒得不成样子。因此我一想到要生孩子，就浑身起疹子。对我来说，只有满足了两个条件的事我才干：首先是无害，其次是有趣。所以我只能去证明数学定理。而卫公建立的长安城在两个方面都适得其反，既有害又无趣。在此还有必要引用一下小孙对这一段的评点，她在我有关结婚的论述底下批道："别不要脸了，谁要和你结婚？"她的所有评点中，就是这句最让我高兴。因为我也很害怕结婚。

现在应该解释的是我为什么老是愣愣怔怔，这是因为我老觉得自己遇见的事不合情理，故而对它充满了怀疑。比方说，我上班时遇上了开会，想道：开这些屁会干什么？难道有人乐意开会？事实上谁也不想开会，但是非开不可。不知道你怎么想，反正我觉得这不可理解，就发起愣来。但是哪天我去班上碰上没开会，又会发愣：怎么搞的，回回开会，今天却不开了。结果是为了开会的事要发两回愣。至于我自己直撅撅的事也是这样的。以前是诧异它没事直起来干吗，现在是诧异它直起来以后居然有了事情。总而言之，对我此生遇到的一切事，只能用一句话来概括，叫作"学无止境"。

白天我给小孙解乳罩，那东西"嘭"的一声弹起来，像两个风帆一样飘在前面，就像要远航一样。这件事使我联想起揭高压锅的盖子，假如里面有压力的话，也是"嘭"的一声，搞不好还会撞到鼻子。后来她像个青蛙一样趴在紫色的床罩上。紫色池塘里的白色青蛙。我也像青蛙一样爬到她身上，然后那个硬邦邦的东西就把我们连起来了。这东西很重要。

我和小孙在漆黑的房子里做爱时，感觉到自己就像热带雨林里一根大树枝，她是一只白色的树獭，在漆黑的夜里，她在我身下爬动，大概是要横渡一道小河吧。或者我是一只大猴子，正在树枝上爬动，她是一只小猴子，挂在我的肚子上，有一根特殊的脐带把我们连起来。这根脐带就是她像掐黄瓜一样掐过的那东西。这种景象就如一张黑白底版一样。在我们周围有无数的叶子在响。在黑暗里看不见叶子，大概都有锅盖那么大吧。还有些雨点落下来，打在叶子上发出些金属的声响。这种时候小孙就说：老这样，不要停。可惜好景不长，一会我就想到费尔马那里去，雨林和猴子全不见了。后来她就敲我的脑袋，说道：你真讨厌！费尔马不是早证出来了吗？我说证出来不等于写了出来，想要写成像样的论文，还要费些脑筋。再说这也不碍你什么事。她说她宁要大马猴，也不要数学公式。这样身上像是堆了一大堆的数学符号，好像碎玻璃，站起来一抖，稀里哗啦。这真是怪诞的想象，费尔马可以使我变成硅酸盐。要是在白天干这种事，我就能看见红土山丘，自己也咴咴地叫唤，好像是变成了我的马兄弟。人这种动物干这种事时实在呆板，躺在那里一动都不能动；而马则是在跑动中完成，难怪小马一生下来就会跑。时隔二十多年，我的马兄弟大概也死了，顶多剩下几块皮，也被制成了革，做成了皮鞋。不管在这种时候我看到的是什么，闻到的气味总是一样的，是含有酵母的生面味道，甜甜酸酸的很好闻。这大概就是她的味道吧。闻到这种气味，我就觉得那个地方热辣辣的，一些黏黏的东西流了出来。这件难以置信的事就算发生过了。

三

等到我证明了费尔马定理（这件事马上就要讲到，它是我这辈子遇到的第三件不合情理的事）后，在和小孙干事时，就把老花镜戴上。其实这是故作郑重状，因为老花眼隔得远时是能看见的。这时候我心里正在得意，想到我已经成为了人瑞，还有因此我生活将要发生的变化。这时她把两手平伸开握住床栏，全身构成一个白色的 Y 字形。我还想吻她一下，但是她把头躲开了，说道：你小心眼镜！我把眼镜摘了她还是不让吻，还说，你不要装神弄鬼。这种说法十足是不讲道理，活在这个世界上不装神弄鬼怎么成。我的问题不是装神弄鬼，而是装不像。据我所知，别人和女人做爱前，总要说些"我爱你"之类的鬼话，然后再亲吻她几下。这种事想必她是喜欢的，要是不喜欢，何必要和我好呢。她说：放屁，谁和你好。我说要是不和我好，何必要干这种事。她说这是因为没有别的事可干。我说那好，咱们就干吧。她说混账，你现在在干的是什么？我们俩当时精赤条条，正在性交，但我把这件事给忘了。我总是这样的，所以不足为奇。奇怪的是这个女人总是和我拌嘴，却不妨碍达到性高潮。当然我也有贡献，我虽然愣愣怔怔，五迷三道，干得却是相当生猛。事后我对她说：你不要怪我。心不在焉，胡思乱想，这是我的生活方式。这时候我倒是相当正经。她说：谁怪你了？口气也相当温婉，我们俩就搂在一起。过了一会，她说：你有什么话就说吧。我说没什么话。她说：回你房里去，我要睡了。我站起来就走，走了一半，忽然想了起来，说道：对了，我爱你。她说：滚蛋！拿上你的衣服！从这天晚上的事，你就知道我为什么当了四十一年的光棍。小孙老说我有病，让我去安定医院（这是北京最大的精神病院，用作一切精神病院的代称）看看。但我坚信我没有病。我只是保持了年轻时的光荣传统。

我年轻时在生产队里干农活，烈日如火，肚子也没吃饱，就难免要两眼发直。那时候不光是我一个人这样，人人都是两眼发直。还有后来上了大学，听政治课时系里要求双肘在桌面上，双眼直视老师。这个时候大家也都是心不在焉，有以下事实为证——下课铃一响，我后心上就挨了狠狠的一拳，打我的小子说：王二，昨天那道题我做出来了！然后他就讲给我听，用的纯是数学用语，不带一点政治课的内容。事实证明，在我们年轻时，只有心不在焉、三心二意才能够生活。我只是把这种品行保持到了中年罢了。我把这些事讲给她听，她却不肯相信，说道：我比你小不了几岁，你经过的事我差不多也经过。我怎么没有你这些毛病？因此我又解释道，这毛病是在数学系里养成的。我们班有个女同学结婚后给她丈夫下挂面，把拖鞋下到锅里面。她漂亮极了，像天仙一样，但是后来找了个糟老头子。我们班上也有些英俊的小伙子，但是谁都不找本系同学结婚，因为两个糊涂蛋生活在一起，就有生命危险。

我们提到卫公建立的长安城时，给它一个负面评价，其实它也不是一点优美之处都没有的。尤其是在早上阳光斜射的时候，这座黄土碾成的大城被露水滋润，呈现出浓烟的黄色，房屋墙壁棱线分明。这也是槐花香味最浓的时候。偶尔会有几个姑娘曲线毕露，婀娜多姿地到井边去取水。但这只是昙花一现的景象。等到太阳刚升起来，大街又充满了嚣张的人群和粗粝的嗓音，还有踢踢踏踏的脚步声，尘土飞扬。幸而这时小巷还有一些安静和清凉。但是过一会小贩就要侵入小巷，挨家挨户地敲门，卖咸鱼、卖柴火、卖招苍蝇的臭黄酱、卖豆面饽饽，到处是吵人的讨价还价声。现在只好退回家里去。但只清静了一会，一个小孩子又嚷了起来，絮絮叨叨，没完没了，要吃饽饽。很快就有五六个童稚的嗓子加入了这个大合唱。然后一个粗哑的女声就骂道：操你妈（该孩子的妈就是她，难道要和自己搞同性恋吗？）才吃了早饭又要吃饽饽！再过一会又说：我没钱，找你爸爸要钱！没有钱，这伙小崽子就会把当爹的耳膜吵破，衣襟扯碎，而住在小胡同里的人，钱可不能够这样花。好吧，就让他去和那些缠人的小崽子纠缠吧。但此时你不胜诧异地发现，该爸爸就是你呀！我说过，我一个小时能做二十个小时的梦，所以一睡着了就在时空里漫游，一不留神就可能跑到大唐朝去，在那里变成一大窝小崽子的爸爸。我以为这比做梦变成了一只猫被车轮子轧了尾巴还要糟，所以在梦里和女人做爱，我都忘不了戴避孕套，甚至有幸梦成了大唐皇帝本人时也是这样。皇后对我说：圣上，你这是干啥？咱们又不是养不起。我就答道：梓童，咱们还是防着点好。万一过一会你变成个蓬头垢面的老婆子（这在梦里是常有的事，与此同时我往往也要变成一个穷兮兮的糟老头），咱们就养不起了。

因为这种事，常挨皇后的大嘴巴。人活在世界上会做各种各样的梦，梦里一切事都有可能发生。但是对我而言，最常做的一个梦就是我是王二，坐在家里冥思苦想，要把费尔马定理证出来。我把这个梦叫作真实。我想，这样说是正确的吧。这说明我生活在长安城里也要发愣，或者是人活在世上不发愣根本就不成。不管是长安城还是洛阳城，哪里都有合情合理的地方。但是正如我们都知道的，最为合情合理的就是我们眼前的世界。

有关豆面饽饽，我有一点要补充的地方。小的时候，姥姥常给我做这种东西吃。其实把它叫作豆面饽饽是一种夸大其词的说法，它是用玉米粉掺入少许黄豆粉，贴在底部有水的铁锅里烤成，另一个名称叫作贴饼子。虽然不难吃，但也不是什么山珍海味。唐朝没有玉米，所以是用小米粉，这一来就不好吃，尤其是用连壳碾的小米粉来做，相当拉嗓子。但是比之高粱粉制成的各种食物，就算是相当好吃。大唐朝种植的是矮秆的杂交高粱，这是穷人的标准食物。过了一千多年，又在华北平原上大量种植供农民食用，那种物质在煮好以后是灰白色毫无光泽的一堆，质地及气味都属怪诞，如果拿去喂猪，猪也是一边掉泪一边把它吃下去。考虑到这种情况，假如有小孩子向我要豆面饽饽，我就给他。当然，给不起的情形例外。在这种情形下就只能给孩子一嘴巴，虽然简便易行，但是惨无人道——这从一个侧面说明了戴避孕套的必要性。我们的四大发明里居然没有避孕套一项，李卫公也没把它发明出来，我们只是发明了打死人的火药、擦屁股的纸、印刷红头文件的印刷术，还有指南针——没有它咱们也能找着路。咱们这叫发明了些啥。

我和小孙干这种事从来都戴套——越是非法性交，这种东西就越不可少。它可以把这件事的意义变成只是玩玩而已。就在玩着的时候我忽然想到了费尔马定理的证明——这纯属偶然。数学和性没有一点关系。绝不能由此得出一个结论道：当你想数学题想不出来时，就该和女人发生性关系。

小孙对我说，我最讨厌的就是你那个费尔马定理。你居然在这种时候把它证了出来，真叫人恶心。我想一个数学定理没有任何令人恶心之处，她讨厌的是我那种一心二用的方式。我想这个定理都想了半辈子了，随时随地都要想，简直就像感冒了就要打喷嚏一样。你总不能要求一个感冒了的男人在性交之前用胶纸条把鼻子粘上吧。而且只有现代才有胶纸条，古代只有贴膏药。膏药贴上就揭不掉，揭下了纸背，剩下的是乌黑的一团，好像得了恶性黑瘤。这就未免得不偿失了。

四

我把费尔马定理写成了论文,亲自送到了学报,送到一位大学同学手里。在此之前我还送给几位教授看过,他们笑呵呵地说:证出了费尔马?好哇好哇,放下吧——好像我在行贿,要放下的是钱一样。这些老家伙谁要是看了一页,太阳肯定要从西面出来。我同学告诉我说,这论文他一定要看,因为我证得也不容易。然后又告诉我说,他在这里待不了多长时间了。这是因为他很快就要到一家计算机公司里去干事,以便多挣些钱。我一听,就知道他纯粹是在扯淡,他根本不会看这论文。这定理我证了十年,他要想看懂,起码要全心全意看一两个星期。三心二意永远也看不懂。所以我告诉他说,这论文我还要改,就把它拿回来了。我走的时候已经和他搞得相当的不愉快。那位同学说:你搞这些东西有什么用处?他的意思是说,我证明费尔马定理,这件事不够有害。因为有用就是有害。举例而言,我的那个东西,假如戴了避孕套,那就什么用也没有,但是也无害。假如不戴套子,就十分有用,但也十足有害。像这样的例子比比皆是。我在大太阳底下走了半天回家,几乎中了暑,而且想到我十年的心血,得到的居然是这种对待,一怒之下点火要把论文烧掉。小孙看见了猛扑过来,把火熄掉。这件事叫我感到一丝快慰——毕竟还有人珍视我的劳动。后来她翻开那份从火里强抢出来的稿子看了看，又递给我说：接着烧吧——我还以为你在烧小说哪。这件事使我愤怒异常，我把所有的数学书都扔了，发誓以后把数学全忘掉。但这件事又有不合情理的地方——我在数学系供职，把数学全忘了怎么混饭吃？

晚上小孙对我说，你以后就写写小说吧，别弄数学了。数学又费脑子，又没意思，而且派不上什么用场。我告诉她说，她的意见有偏颇之处。她不懂数学，又识中国字。假如反过来，必定要说，别写小说了，就搞数学好了。要学会繁难的中国字，绝不比学数学用力少。更何况读小说还需要文学鉴赏力，不仅仅是识字。事实上任何事都得费费脑子才能有意思。只有最后一句话还有些道理，就是无论纯数学还是小说，都没有什么用处。一泡屎屙出来还可以肥田，而数学定理和小说在这个方面简直连一泡屎都顶不上。当年在卫公的长安城里就有这样的规定：有敢证数学定理和写小说的，一律杖三十。其实杖三十的不光是数学和小说，还包括一切无用的想法。所以每个十字路口都有人在监督，见到有两眼发直的人走过来就把他拦住问道：你想什么来着？如果你是死了妈，或者是对眼，天生两眼发直，就要街坊开出的证明。没证明一律要打。犯这种错误的净是男人，所以衙门里打男人的衙役算重体力劳动，每月供应五十斤带皮的谷子，比打女人的多了十斤。

至于李卫公夫妇吃多少斤定量倒是不难考证，他们两口子的定量都在五千石以上，每人一个月的粮食，一百口大肥猪吃一年都吃不完。每个月初用一百辆粮车拉到卫公家里来，他睁着一只眼出去点收之后，就全卖到粮店里去了。他配给自己这么多粮食不是因为他是个大饭桶，而是他是全城最有用的人。直到不久之前，我还吃三十二斤粮食定量。这说明我很不受重视，比打女人屁股的人还没有用处。但是我对这一点并不在乎。我只在乎自己是不是很有趣。小孙说，对对，有趣，有趣！哇！她用腿死命地夹我，并且乱撕我的头发。我当然知道这是怎么回事，但我认为她是乱打岔。我有趣可不是只在那个地方。也许我该找个女数学家做老婆，她一听说我证出了费尔马定理，就性欲勃发，跑到卫生间换上性感内衣。不过女数学家可不太多，偶尔有几个长得也不好看。现在我搜索枯肠，只想起了一个女数学家，叫作某某某某娅，不是波兰人就是俄国人，贡献在概率论方面。她要是还活着，没有一百也有九十了，所以不能指望她。假如不是这姓孙的勾引我，我可以谁都不指望。现在已经不能后悔了。女人这东西就如海洛因，染上了就放不开。

我因为投递费尔马定理的证明和小孙闹翻了，她一见到我就说：你和你那个一百多岁的俄国老太太做爱去，我不勾引你！然后就在我面前把自己的房门摔上了。你知道，我是个勤勤恳恳、任劳任怨的人，虽然自己心情很坏，又受了她的刺激，但还是恍恍惚惚地把厕所刷了。过了一会，忽然想到厨房也很脏，就去刷了锅台。这些事证明了我心地善良，但是姓孙的却在门后笑。后来她打开房门，说：混账！还不快滚进来。有一件事我很满意，就是无论厕所还是锅台，后来我都没再刷。而且我还发现她的腰很细，在一片昏暗的灯光下就像一座白白的小窄桥，我从上面从容地走了过去。她的腿又细又长，非常好看，跷起来时绷直了脚尖，好像芭蕾舞女，非常的优美。这跟她练过艺术体操有一定关系。我这样说，是因为我很坏，从小就没守过规矩，长大了又没有干好过任何事。我死了以后肯定要进地狱，但是还没有死。根据一切标准，都该把我的屁股打烂，它也没有烂。不但如此，我还在和一个相当美丽的女人做爱，她因为我喜欢数学而仇恨我，但我还是骑在了她身上。我对世界都充满了恶意，但我未受惩罚。我占了很大的便宜。小孙说，你正在满足我的需要，占便宜的是我。但她是装神弄鬼。事毕她哭了起来。本来我应该想到：我把她气哭了，我又占了便宜。但是我又想：不能够这样心肝全无。我在黑暗里陪她坐了一会，然后说：好吧，别哭了。我再去刷厕所。但是她一把揪住我说：难道你非要把我气死吗？我说：不把你气死该怎样呢？她说：搂着我躺一会。这件事我会做，于是就这样躺下了。躺下以后她又哭了一会，然后不哭了，问我说：从什么时候开始你就是个二百五？我说：十岁。想了一会又说：三岁。她猛地翻过身来骑住我，抄起一条长筒袜子勒住我的脖子，喝道：说你爱我，不然勒死你。我说：我是个二百五。她说：不管你是不是二百五。我就说了。与此同时，有个毛扎扎的东西顶在我后心上。这也没有什么，反正现在是阴盛阳衰。有一件事我必须说明白，我说自己是个坏蛋是往我脸上贴金——我坏起来没心没肺，根本是个操蛋鬼。我成天失魂落魄，做坏事也做得很糟。我在床上抱住她——双人床很大，就是让两个人躺的，她身上很光滑，就是让人抱的——心满意足，进入了梦乡。

我说的这整件事都有不合常理的地方，所谓的不合常理，就是它不合现实世界的常规。在现实世界里有个数学家王二在证费尔马定理，证了十年没证出来，这是合乎常规的。假如他证了出来，无法发表也合乎常规。气得昏头涨脑地回家，把论文手稿烧了，这也合乎常轨。最后有个漂亮女邻居和他做爱，安慰了他，这就是不合常情。合乎常情的说法是他在绝望中手淫甚至自杀。还有一件不合常情之处，就是那论文的手稿我有两份，烧了的是复写稿。从小孙那面来说，像她那样的单身女人，所到之处都有常理在，但那是她的事，我不大清楚。回到家里，邻居住了一个操蛋鬼，这是她不合常理的最后机会。用她自己的话来说，就是："我没什么可挑的了。"好在我们俩又吵又闹，已经使这件事尽量地合情合理了。

有关情理，还有一点补充。假设我们俩两情相悦，欲望如火，但是始终克制，不逾矩，直到某位领导或者某位长者注意到了这一点，站出来给我们撮合——这样就像一台合情合理的电视剧。但是也可能没有这样的领导和长者出来撮合，这样的剧情不合情理，却能让我们倒一辈子的霉。对于情理这样的东西，我们不可以太天真。

五

最近我出了好几次差，比方说，去开学刊会。我兼着《数理化》的数学编辑，这种事是推不掉的。走到火车站里，闻见一股尿臊气，大家横七竖八地躺了一片，这股气味就是从人身上冒出来的。古怪的是厕所里没有这样的味,只是觉得杀眼睛。车厢里热得厉害,简直是蒸笼,所有的人都在不停地吃东西,把蛋皮、果皮扔下车去。所以我想到应该把育肥中的猪牵上车来喂,因为坐火车是这样的刺激食欲。到了这种时候就想到自己应该成为人瑞——售票处挂着牌子,凭十四级介绍信售给软卧包厢票,据我所知,人瑞相当于行政十三级。所以我又把费尔马定理的证法尽量简化,期望别人一看就能承认。人只要做过了行人,就会发生一些改变,不论古今。

我当了人瑞后(这事的详情见后),也行万里路出了一次国,去美国参加一个数学年会,是和加州伯克利一块去的。提着大箱小箱,穿过了海关机场,既晕机又晕时差。然后穿上了不合身的西服,到会场上坐得笔直,十句话里倒有九句听不懂,感觉实在是很不好。影影绰绰听见加州伯克利说,费尔马定理是他和我一道证出来的。很想驳他几句,却只有干瞪眼的份儿,因为舌头落家里了。开完了会我跑到三个 X 的电影院里躲了一夜(这是因为不想看见加州伯克利),决心以后再也不出来。等到回到了家里小孙说我的模样变了。原来是一副浑浑噩噩、天真未凿的样子,现在风尘仆仆、眼露凶光,很是成熟。这说明人都是在路上成熟的。

现在可以说说我怎么成了人瑞，以及费尔马定理是怎么发表的。我们系里那个加州伯克利的副系主任找到我说：听说你证出了费尔马？我回答说：对。他说：拿给我看看。我说：不。他又说：你不要保守，也有自己证错了还不知道的情况。我心里说：小子，论爷们你还得叫我大叔！但是也不能不给他看。据说他看完以后说：不管怎么说，他也没去加州伯克利留过学。——这就是说我证对了。假如我证错了的话，准是这么说：先去伯克利留了学，再来证费尔马。——仿佛费尔马定理和加州伯克利是拴在一起的。后来系里出了证明，论文在校刊上登出来。以后我总算成了一个校级的人瑞，每月可以多得一百块钱，这比我以前指望的要少，纯数学没有以前值钱了。不管怎么说，对别人总算有了交待。但是我心里非常不高兴，不知自己这辈子干了些什么；在我当过的扒土的人、变态分子、头发灰白形容枯槁的人，和我现在当着的人瑞之间有什么关系。我只做到了人瑞，还没有当上领导。假如当上了领导，还不知该会怎样的晕头涨脑。

等到我也成为了人瑞，才知道自己过去的浅薄。原来我以为是领导的人，也只不过是些人瑞。我现在作为"有突出贡献的中青年学者"，也能够出席一些头面人物的会，会场上不光有过去常在我后心上击一猛掌的黑胖子（我后心现在天阴时还有点麻痒），有险些把我送去卖咸鱼的加州伯克利，还有书记，有校长，还有些更有头有脸的人物。我们系里那两个领导到了这种地方就掏出了笔记本，听见一句没咸没淡的话就马上记下来。领导——他们哪里配。我自己到了这种地方也不敢睡觉了，甚至连想入非非都不敢，只敢瞪大了双眼，等着校长的目光扫到我脸上就装出个会心的微笑。与此同时，我生理上也发生了重大的变化：原来一上午要尿三次尿，现在长到了六次。原来每周要和小孙做三到四次爱，现在减到了一次，而且在这唯一的一次里也不够硬，这使我暗暗心惊：原来仰之弥高、钻之弥坚的东西，当了人瑞就如此的不行，要是当了领导，岂不是要缩回去？

最近加州伯克利又升了一级，当上了理学院的副院长。他找到了我，管我叫老王（这是当了人瑞的好处，否则就是王二），说要和我合写文章。他还解释说，我的文字很好，总能把乱糟糟的理论说得很清楚，他自己的文字原本也很好，但是现在英文太好，中文就退化了。我听了以后也没有什么话说，我们俩合写了一本教科书，那本书里百分之百的段落全是我写的。现在正在写第二本，伯克利还答应在学术委员会里施加影响，让我早日评上教授。对此我没有什么可说的，只有一句话：生活就是这样的。假如我不遇上一位懂数学的副主任，费尔马证出来也是白证。以中国人总数之大，智商之高，谁都觉得应该做出恒河沙数的成绩。但是掰指头一算，也算不出什么。这就是原因之所在吧。

我现在正在写一本数学史专著，名叫《中国无算式》，这个名字是从雷马克《西线无战事》里变出来的。所谓算式，就是英文 algorithm，也可以叫作程式。这本书的内容是说中国的数学有问题，有答案，但是没有算法算式。凡是研究过《九章算术》《周髀算经》的人，都会同意这个结论——比方说，勾三股四弦五，勾三股四是问题，弦五是答案，算式不见了。这里面涉及到了一个带本质的问题，就是中国人认为算式就是人本身，所以没法把它写出来。举例言之，一个人会开平方，他不是以为自己学会了开平方的程式，却以为自己身体（准确地说，是在心脏部位）有某种构造，以致能够开平方，因此就没有开平方的程式，如果你硬要这个程式，就只好开膛破腹，把心脏血糊淋拉地掏出来给你看。同理，假如要在勾三股四和弦五之间写出个算式，就只能把个大活人捆在那里。这是个带有根本性的发现，可以解释很多数学之外的问题。加州伯克利没做过数学史方面的研究，甚至不知道雷马克是谁，却硬要把名字署在我前面。而且我不让他署也不行了，因为所有的人都知道我是他的研究伙伴和助手，所以就算我在稿子上没写他的名字，也会有人不容分说地添上。

再次写到这一段时，距我证出费尔马定理已有一年了。一切都是去年夏天发生的事：我和小孙从合居到同居，写完了《红拂夜奔》，发表了数学论文，当了人瑞。这一切已经经过了一个烟雾腾腾的冬季和一个忽冷忽热的夏季。这本小说原来就到这里为止。在我看来，一切线索都已完备。有李靖，他才智超群，性格天真，探索人生，等待机会；有红拂，姿容绝代，在石头花园里终日徘徊，偶尔也出去看看；有虬髯公，和红拂合居，并把这看做领导上对他的考验。还有我和小孙。只有一点没有明确地写出来，但它是不言而喻的——我们大家都有所期待，就如出席一个没滋没味的party，之所以不肯离去，是在等待一个意外惊喜。后来我证出了费尔马定理，他们从城里逃走，这party就结束了。再写什么纯属多余。

在我看来，大千世界芸芸众生，无不在做白日梦。乞丐在做黄金梦，光棍在做美女梦，连狗都会梦到吃肉而不吃屎。一个数学家梦想证出个大定理，也是合情合理。在这个世界上总有一点可能好梦成真，但也可能不成真就到了梦醒时分。我们需要这些梦，是因为现实世界太无趣。我现在已经没有了梦想，但还活在人世上；

因此风尘三侠逃出了洛阳城,故事还远没有结束。

＊本书这一部分受到了乔治·奥威尔的经典之作《一九八四》的影响。有人说,《一九八四》受到了摩尔爵士《乌托邦》的间接影响,假设如此,本书作者就是从这两本书内获得了益处。虽然本书是如此的粗陋,得到的有益影响又是如此令人遗憾的微不足道(这是因为本人的鲁钝),但是作者仍要在此表达对两位前辈大师的感激之忱。

第七章

本章主要是谈李卫公的事迹,他和作者一样,都受到了欧几里得《几何原本》的影响。作为一个数学家,作者认为欧几里得的上述著作是他智慧的启蒙书,正如别人曾受到《圣经》《可兰经》《论语》《毛主席语录》和《资本论》的启迪一样。

一

李卫公和红拂逃出了洛阳城,往北方逃去,而虬髯公紧追在他们后面。李靖说他在太原城里有些朋友,可以落脚安身。因此他们就走在被车轮子碾得稀烂的大路上,过往的车辆又不断地往他们身上泼泥水,所以走了没多久,他们就变得和雕塑家做的黏土模型一样,走累了休息一会,就满身裂缝。这是因为不久之前下过雨,假如不下雨就是另一种景象：到处尘土飞扬，过往车辆又在播土扬尘，以致每个行人都像未下班的面粉工人。假如我生在大隋朝，肯定拣雨天上路，因为脏点没什么，可不要得了矽肺。不管下雨不下雨，有一点都是一样的，就是只要在逃的犯人逃到了路上，你就再也别想把他逮回来。所以卫公和红拂就很放心，丝毫没想到还有人在跟踪他们。走在路上，天下就乱了。他们俩跑到太原去投了军。而虬髯公跟到了太原，也没得到亲近红拂的机会，觉得很无聊，就到扶桑去了。他们三个人离开洛阳的事就是这样。

离开洛阳城对于风尘三侠来说，意味着以前的生活结束了，这一点对谁都没什么两样。但是他们每个人以前的生活都有不同的内容。李靖离开了洛阳，就再也看不见那些泥泞的街道，看不见大街上高高矮矮的行人，再也不能到铺满了酒糟的酒坊街去找那位小巧玲珑的李二娘。他再也没有一间属于自己的土房子，再也闻不见房子里的尿臊味。这些都结束了。旧的游戏结束了，正好开始新游戏。但是李卫公对洛阳城始终恋恋不舍，这是因为在洛阳城这一局里，他还没有赢。不管是在什么游戏里，先赢了一局，再开下一局才有意思。而只有赌输了的人才会依恋旧的赌法。假如他在这里考上了博士，主管了工程，贪污了工程费（考博士就是为了主管工程，主管工程就是为了贪污工程费），再讨一个小家碧玉为妻，逃走的时候可能心里会更得意一些。李卫公不得不离开洛阳城，这时候他心里充满了被淘汰出局的感觉。所以他是怀着懊恼的心情开始新的游戏。他早就忘掉了自己是从什么样的一局里逃了出去——在这里他差点被碾碎了做成包子。假如他记着这一点，后来就不会那么卖力地建造长安城了。

虬髯公在泥水里艰苦跋涉，浑身冰凉，心里想着杨府里的面片汤。在杨素门下做门客时，假如天气潮湿，晚上就吃面片汤。那种汤里有小孩子皮带那么宽的面片，里面不但含有白面，还有荞面。汤里有细丝状的紫菜、虾皮、芫荽等，加上胡椒，非常的好吃。后来他在扶桑想吃这种东西就吃不上，因为他不大会说扶桑话，而且扶桑厨子脾气又很坏，听他说了两句，就把厨刀往他手里一塞，说：你自己做！然后就奔出去切腹自杀。所以以后他再也吃不到这种食物。在杨府吃面片的时候，他手里拿了个橡木桶——瓷器是贵人用的东西，漆器是女人用的东西，所以门客们用木器，像他这样习武的人饭量大，所以用个小号的桶，因此就被人讥为饭桶，但这无关紧要，桶的容量大，盛来的东西能够吃饱。在杨府上吃饭又有规矩，女人们吃饭不准有声响，因为她们可能会和贵人同桌吃饭，而门客吃饭必须咂嘴，因为他们并不是贵人。所以他们又被讥为是一群猪。但是这些都无关紧要，反正他可以吃到想吃的东西。他在盯红拂的梢时，就是这么三心二意，又想往前走，又想回洛阳去。但是他在泥水里继续前进，盯住了同样在泥水里的红拂和李靖。不管怎样，他不想再回到杨府的花园里，嚼着麻鞋坐在地上，鬼鬼祟祟地偷看女人了。当时他想的是要把红拂抢到手里，但是不知为了什么，他后来又把这事忘掉了。虬髯公离开洛阳的理由可能是嫉妒，也可能是绝望的爱情，不管是为了什么吧，这种强烈的感情出现在近乎木讷的虬髯公身上，可真是够怪的了。

而离开洛阳城对于红拂来说，就意味着再也看不见杨府里那些石头道路，那些青翠的没有树干的松树，再也回不到她那间石头楼上的卧室，也再不会泡进屋角那个洗头的大橡木桶里。对于这些她丝毫没有懊恼之情。这件事使我想起了十六岁时离开家到云南插队。插队这件事对于十五六岁的孩子来说是足够糟糕的，因为它意味着从此吃不饱，得不到医疗上的照顾，不适应的气候条件，等等。去了以后不久，就死了一些人。不管怎么说，一种条件能让实验动物中一部分死去，对于活着的动物来说就是足够恶劣的了。但是我们这些人离开家前去插队时全无悲戚之情。我们以为自己离开了北方，到了热带地方，以后就该遇上一些有趣的事情了。这说明我们都太年轻。红拂离开洛阳时，比我去插队时也大不了多少。对于她这个年龄的人来说，离开一座居住已久的城市，还不像中止了旧的一局开始新的一局。因为对她来说，旧的一局也没有开始。

二

本书的这个部分是关于李卫公的。我早就说过，我和卫公不是一样的人，他比我精力充沛得多——虽然我们俩都是数学家。他逃出洛阳城后在唐军里作战，就以精力充沛闻名。那个时候红拂和他在一起并肩作战，却没有他有名，虽然红拂杀掉的敌人一点都不比他杀得少。打仗时，红拂穿一身皮甲，骑一匹小马，坐在侧鞍上——像一般战士那样骑马是不行的，女人分开两腿跨在马上会被敌人笑话——手里拿着小弓细箭。这样骑马不能和敌人正面作战，很容易把脖子扭歪，所以那马侧着身子用舞步前进，红拂是端坐着正面接敌。这样的骑术敌人见了也要喝彩的，不知不觉就到了弓箭的射程内。红拂弯弓，发射，姿势美妙，然后挥手和自己的目标们告别，回到自己阵上去。对方在鼓掌喝彩之中不知不觉倒下了好多人，因为她射得非常之准。这种作战方式非常女性，虽然非常有效，但敌人并不害怕。而卫公作战的方式则是男性的，他身披铁甲，站在八匹马拉的战车上，有如天神，手舞铁制的狼牙棒，吼声如雷，冲锋陷阵。特别要指出的是此时卫公的男根直撅撅地露在外面，非常的显眼，也非常的放肆。不管谁看见了都禁不住想往上砍一刀。需要说明的是往上砍的不光是敌人，还有战友，因为并不是每个人都佩服他的。一刀砍中以后总是火星乱冒，虎口迸裂，假如那把刀没有弯掉，就算它打得好。至于刀刃，自然是崩得一塌糊涂。但是说穿了就不是那么伟大，因为那其实不是卫公的男根，而是一根实心的铁棍，外形和男根一模一样，外面拿颜色画过。只要不动电气焊，谁也莫奈它何。他脸上戴了铁制的彩绘的面具，也十分像他的脸，但没有下面那个东西有威慑力。在战场上人家一箭射在他脸上被弹了回来，不过是惊叫一声：好厚的脸皮！要是一刀砍在那个地方，崩坏了刀口，就会惊恐万分，落荒而逃。因为这个缘故，他有军中第一奇男子的美称。老有人问：李将军，成天挺着不累吗？卫公就答道：一打仗它就是这样，我也不知为什么。所以李靖被尊为军神（还不如说李卫公的阳具被尊为军神），青云直上。因此他觉得很得意，晚上睡觉也不摘下护裆。但是晚上宿营时，红拂常和他在帐篷里打架，大吼大叫：李药师，你这捣鬼的家伙！捣到我这里来了！这件事不但说明了当时的人有男性生殖器崇拜，而且说明了李卫公最善装神弄鬼。所谓装神弄鬼是指这个方面：别人打仗时，心惊胆战，大汗淋漓，他却能够直挺挺，似乎是个人瑞——但却是个假人瑞。相比之下我是个诚实的人，软就是真软，硬就是真硬。假如能证明我是个人瑞固然好，不是我也不装。小孙看到了这个地方就和我吵起来：我嫌你软了吗？我嫌你软了吗？说呀！

毛主席教导我们说，世界上怕就怕认真二字。这话着实有几分道理。小孙为了一个硬字和我争起来，叫我无言以对。李卫公脸上挂着面具，一点表情也没有，这叫人觉得他毫无幽默感，为了一句玩笑话就能打你的小报告；腰间挺着个铁阳具，这叫人觉得他没完没了，坚持到底，为一点屁大的事能够和你纠缠三天三夜。这两种样子合在一起，就让领导上觉得他是个可以信任的人。后来他就当了官，并在大唐建国以后被委以建造都城的重任。而这恰恰是他梦寐以求的事。而这些事被虬髯公知道了后就说：装神弄鬼不是真本领。这话可不是白说的，虬髯公的脸就像死了一样，别说没有笑容，连哭容都没有。至于坚持到底，根本就是他的本性。

李卫公开始装神弄鬼之后，告诉红拂说：我可算是找到了做人的门道了。这话可不是白说的，自从发现了这个门道之后，李靖就一帆风顺，一直做到了卫公，出将入相，只在一人之下，却在万人之上。这个门道就是作假。战场上金鼓齐鸣，刀枪并举，血肉横飞；男人见了这种景象，无不是阳缩如蚕，他却装得勃起如坚铁。会场上气氛凝重，人人昏昏欲睡，他却眼如铜铃；无怪他能得到领导上的重用。这样干了以后，他还能得到一种把大家都骗了的快感，因为这种缘故，他才能够几十年如一日地坚持下来。后来才发现，除了装得精神抖擞，他装病装死也是一把好手。

李卫公设计长安城时，还保留了他想象力丰富、爱好发明的本性。这种本性就是红拂爱他的原因。最早他想把长安建在海边上莱州一带，理由是海边上风大，有取之不尽的能源。假如这个方案被批准了，长安城就会是一片重重叠叠的石头高塔，塔顶上是无数的风车。住在里面的人靠风力来提水、磨粉，就连出门也要坐在带帆的小车里，在石头铺砌的道路上前进。李卫公还设计了风力灯，那是一对风力带动的火石轮，靠摩擦打出火星来照明。有风的时候大家出来工作，没风时躺倒了睡觉。这一点和我们这里是一样的：来电时工作，没电时睡觉。除了能源方面的考虑之外，李卫公还特别喜欢海，想要夏天和红拂一道到海里去游泳，把身上晒得黑油油的。但是这个方案被皇帝否定了，理由是"朕的都城当与风磨有异"，除此之外，皇帝也不喜欢海，身为一国之君，在海滩上赤身裸体，不像个样子，晒黑了也有碍观瞻。后来李靖又把长安设计在峨嵋山腰上，这样长安城就由各种水道组成，这些水道通过水闸，带动数不清的水轮，水轮又带动登山的缆车、碾米的碾子，还有水力灯。整个城市都用木头建造，到处是木头掏成的水槽，木制的水轮，这样的长安城就像个半山上的威尼斯，在不停地旋转之中。李靖还喜欢登山，尤其是草木葱茏的山。他想和红拂一道去打猎，但是它又被否定了。理由是"朕的都城当不同于水碾"，而且皇帝也不喜欢山，尤其是草木葱茏的山。最后李卫公才提出了用泥土建造一座长安城，像古往今来中国的一切城池一样，用人力来驱动。为了防止人力想入非非，采用了一切必要的措施。皇帝这回满意了，没有说"朕的都城当不同于猪圈"，而是说"李爱卿有一颗聪明的脑袋，但他不知道怎么用"。这就是说，经过了他的提醒，李卫公总算知道了怎么使用自己的脑袋，也就是说，李卫公尽管聪明盖世，却不知自己是个什么人。

我说过，卫公和我一样，是个数学家。真正的数学家不相信自己就是程式，认为自己是个学习、推导程式的人。这样比较经济。如其不然，一个简单的常微分方程，里面包括乘方开方等等运算，就要一个排的人来表示，一个复杂定理的证明就要一个团的人，而一本数学教科书就要把一个集团军都拉来才够。这样中国人再多也有不够的时候。但这不妨碍他在设计长安城时，把每个人都做成一种程式，比方说，"吃饭——干活——听话"。但他自己却不肯成为一个程式，领导上想看到他是哪一种程式，他就装成哪一种。真是缺德死了。

三

李卫公设计了风力长安，是因为他喜欢风，尤其是海风。他到了海边上，就坐在石头上，闻着海风的腥味。那种风简直能把人的耳朵刮掉，但是很可爱。海风是蓝的，带一点云彩的白色。他对红拂说，我将来一定要在海上建一座城市！但是这个决心因为不合皇上的心意，所以落空了。他也喜欢水，尤其是山上流下来的水。那种水冰冷刺骨，虽然透明无色，但是总带点绿荫的黄绿色。只是没听说过他喜欢人。虽然红拂说，李靖一直很讨人喜欢，就连在装神弄鬼的时候也有些可爱之处。但是一开始搅到人力长安的事里就不再讨人喜欢了。

李卫公设计了长安，采用了永久性原则。这就是说，要让这个城永远不出毛病。在这方面他倒是驾轻就熟，因为他毁掉过洛阳城,知道保住一座城市的关键所在,就是让里面的人永远不要想入非非,所以他就把这座城造得四四方方,土头土脑。这一点其实非常重要,有先贤的论述为证——罗素大师说过:古埃及人呆头呆脑的,怎么能知道地球是圆的?希腊人聪明无比,怎么就不知道地球是圆的?这其中的原因是这样的,埃及那地方光秃秃的,举目四望,除了周围圆形的地平线什么也看不见,所以他们呆头呆脑;希腊人抬头一看,四周有海有山,风景如画,所以满脑子古怪。但是在希腊很难看到地平线,故而不知地球圆,反而以为它是个大沙盘,驮在鲸鱼背上,鲸鱼一蹭痒就闹地震。幸亏扶桑人不知道这件事,否则准要把这条鲸鱼打了去熬油,他们才不管咱们大伙会沉到什么地方。李卫公学贯中西,设计出的长安城让大家住进去之后,既呆头呆脑,又不知道地球是圆的。这样就把长安城建在了极坚实的基础上。我们大家看着四周方方的城池,只知道天圆地方,像个茅坑的模样。因此就很不自觉,到了哪里都随地大小便。

我们说长安城土头土脑当然不是无的放矢,因为这座城除了土坯泥巴,就是砖瓦陶器,不是黄就是灰。除此之外,大多数的人都穿土黄色的衣服,以致近视眼都看不到对面有人,非要撞到怀里才知道。城里的房子也都一模一样,有一个土坯墙的院子,一个高高的门楼,走进去是一条砖铺的甬道，左手是一个水井，从里面打水来用，右手是一个渗井，把用过的水再倒回去，如此循环往复，以至无穷。站在井台中间往前看去，在一片屎黄之中立着一个灰色的瓦顶，这就是大堂的所在。没有事的时候，主人和主妇就并肩坐在这里，男左女右，这座院子的主轴线从男人的右肩和女人的左肩之间通过。长安城里每一所房子都是这样，只是宅基地有大有小。长安建好了之后，城里就再也没有过一丝风，连飞鸟都不来。有一种下流的说法，说是在长安城里住久了，屁眼都会变成方的，会屙出四方形截面的屎橛来。假如真是这样，也没什么可怕的。大家都惊异于这座城市的严整，说卫公真是天纵之才，仿佛他天生就是个人瑞一样。但是据我所知不是这样的。卫公从来就不是真正的人瑞。他和我一样是假装的。后来他被人砍了一刀就蔫掉了，真正的人瑞绝不会挨了一刀就蔫掉。大清朝的雍正皇帝养了一帮血滴子，看谁不顺眼就派他们去砍该人一刀。只要没砍死，那人后来必然会努力工作，每夜加班到凌晨四点。这些人才是真正的人瑞呢。

李卫公建好了长安城的城墙、房舍之后，就给它制定各种制度。如前所述，这些制度是为了防止大家想入非非，但是他不以为防止的对象应该把自己也包括在内。

除了制定各种制度，他还在发明各种器具，想起一件干一件，而且完全不分轻重缓急。皇上看一份官制方面的奏章，发现有墨迹从背面透了过来。翻过来一看，竟是一份放在小客栈里那种木头女人的设计图，图边还有一个箭头指向她的阴部，有一行小字注着"里面用绒布"。皇上正在摸不着头脑，李卫公从外面闯了进来，嘴里大叫着：臣忙昏了头，把奏章和图纸写到一块了。待臣回去誊清了再奏吧。说完劈手把奏章抢过来，拔腿就跑掉了。他还借口工作忙，做了一双木头旱冰鞋，在大内的砖地上滑行，发出可怕的噪声，连小太监见到他过来都要双手掩耳。但是皇上容忍了他，说道：李卿性情活泼，很可爱！但这不是说他对李靖完全放心了。据皇上的贴身太监说，皇上确实说过：李靖这小子造木头女人，用的是谁的钱？是我的钱呀！

皇帝对李靖不放心是有理由的。这个人除了举止张皇颠三倒四之外，还有想入非非的毛病。他的风力长安、水力长安都被否定了，但他依然不死心，还在做实验。他家里大堂上有三个大沙盘，左面一个上贴了个标签"风力长安"，上面有纸浆做成的高塔、风车、街道等等，有一个人拿着扇子，不停地对它扇风。右面的一个贴了"水力长安"的标签，有水轮水道等等，顶上有个蓄水池，有个人用水桶往里灌水。中间一个是土黄色的沙盘，似乎上面什么都没有，仔细地看才能看到房屋和街道，这就是人力长安的模型。这三个模型的居民都是蚂蚁，而且每只蚂蚁身上都糊了一张纸，写明了它的身份。不但有庶民蚁、公卿蚁，还有三只蚂蚁大逆不道地当了皇帝。所幸当时是大唐开国之初，各种制度尚未完成，否则连李靖带他的三只蚂蚁，都该受千刀万剐之刑。李靖完全知道这一点，他嬉皮笑脸地说：我就是钻这个空子。实验的结果是风力长安里的蚂蚁比较聪明，水力长安里的蚂蚁比较强壮，人力长安里的蚂蚁最为安分守己。这个结果证明了皇帝的圣明。皇上始终知道李靖在干什么，还知道他得到的结论，但只说了一句：朕之圣明何需他来证！

四

长安城刚建好的时候，李卫公只有五十来岁。长安城黄澄澄的，四四方方，好像一块用玉米面蒸好的新鲜切糕，而李卫公精神抖擞，就像糕上面一粒蒸熟了的小枣儿。有一伙法国人远涉重洋而来，在长安城中间的十字路口上修起了一座大磨坊，出售法国式的面包和面点。这座磨坊是靠风力推动的，但是长安城里没有风，所以只好修了一座高入云霄的高塔到天上去找风。那些法国人每天早上三点就要起身往塔上爬，五点钟可以爬到工作岗位。李卫公每天起大早到这里来，买一根新鲜的长棒面包，撅下一大截装在裤裆里，把剩下的做早点。这样在上班的时候他就显得雄赳赳气昂昂。人家问他为什么这样，他就说：给公家干活，为主上分忧时它总是这样。我们还要补充说，刚一打完仗，红拂就把他的铁棍扔掉了，所以他要用面包来壮大自己。除此之外，他还描眉画目涂红嘴唇，使用镜子的频率比红拂还要高，假如被红拂看见了，就用手指刮脸来羞他。当时正是大唐开国之初，无论君臣，都在拼命地抖擞精神，就像我们这里评定职称之前一样。假如人人都像卫公一样，就会比谁裤子里藏的面包大。幸亏不是人人都装神弄鬼，否则就太浪费粮食了。

我觉得我的毛病就是不会装神弄鬼，所以现在是这么一副失魂落魄的模样。好不容易证出了费尔马定理，却不知怎么把它发表。当然，我可以把它叫作"李卫公定理"，发出去没什么问题，但是我已经不乐意这样干了，因为它是我证出来的，和卫公没什么关系。其次，我可以说是我证出来的，但我需要一个故事：我为什么要证它。要给自己编个故事，就必须不那么肉麻。假如说我是为国争光，在数学事业上拼搏，那就太过装神弄鬼了。满脑子崇高的思想，拿什么去想数学题？这就像卫公在战场上直挺挺一样不可能。这一条暂且不论。最后我还得说自己是怎么把它证出来的。这在早两年倒不成一个问题，因为必须说是读了某一条毛主席语录后，心胸豁然开朗等等。实际上我证这个定理的动机是想自己露一手，并且是在小孙的肚皮上证出来的。但是这些情形都不能讲。最后只能求助于加州伯克利。相比之下，费尔马根本就没有证明这个定理，却名震四海。这完全是因为他会装神弄鬼。

现在该说说装神弄鬼是什么意思了。在我看来（再说一遍，是在我看来），这世界上最重要的定理是这样的：凡以两足直立行走，会使用一种语言的，都是人类，不管他是黄白黑；反正饿了就想吃，困了就想睡，性交以前硬，性交以后软。还有一系列重要特征，比方说听报告就犯困，贫困时就会想入非非，等等。这些都是不能改变的，谁要说他不是这样的，就是装神弄鬼。由此派生出第二个重要定理：就是自打有了人类，就有人装神弄鬼。当然了，一开始是想占点便宜，但是后来没便宜也要装，这就叫人百思不得其解。但是我这个定理不能把虬髯公包括在内，因为他是有史以来最难猜的东西。

李卫公实际上设计了三个长安，但是人们看到的只有一个。他不但设计了城市,还有和城市有关的一切东西。在第一个长安(风力长安)里没有城墙,因为城墙挡风。为了防御,每一座高塔都修得十分坚固,可以住上千的人。那里的人都穿白色的紧袖衣,白色的灯笼裤,头上的无檐帽有黑色的飘带,时时刻刻提醒每个人风从哪里吹来。这些人驾驶着风帆,从所有的地方运来必需的物资,修理索具和风车,使用六分仪和航海时计,必要的聪明实在是必不可少。为了头脑的需要,就得多吃鱼,而且必须吃好鱼,比方说金枪鱼、马林鱼之类。这些鱼可不像我们现在吃的带鱼、橡皮鱼那样好捞,只有驾了大船到远海才能钓到。这样我们就要变成一个航海民族了,每个人都是黑黝黝的,我们的都城也会沉浸在大海的腥味里。一个航海民族的兴衰取决于头脑聪明,技艺高超,所以不会有这么多的人。在我国首都的石头墙上,一年四季都渗入了大海的蓝光。我对此毫无意见,因为我精通球面三角,在那里不当船长也得当大副。

在第二个长安里也没有城墙,因为要让水流通过,所以用巨木为栅栏,整个城市淹没在一片绿荫中——到处都是参天巨树或者是连片的绿竹,因为没有木头竹子简直就不能活。除此之外,还特别潮湿,连大树的旋转水槽下面、木板墙上,到处长满了青苔,林下也长满了草。那里的人都穿黑皮衣服,衣襟到衣襟还有半尺宽,中间用皮条系住，以便露出黪黪黑毛。不管是砍树，还是扛木头，都得有把子力气才好。所以人都是一米九高矮，百公斤左右的大汉。像这样的人必须吃肉，所以我们就变成一个吃肉民族了。一个吃肉民族不会有很多的人，因为必须留有放牧畜群的地方，藏有野味的树林，不能哪儿都是人。这样我们的首都就会是一些崎岖之地，在树荫的狭缝里有一些零星的天空，而且不分晴雨，头顶上老落水滴——树林子里总是这样的。我对此也是毫无意见，虽然我身体瘦弱，人家准叫我去牧牛或牧猪，但是我喜欢动物，不管是哪一种，甚至见了眼镜蛇和老鼠，都不愿把它们打死。只有人力长安对我不合适：像我这样失魂落魄、想入非非，一定常被捉到衙门里去，这样我既不是船长大副，又不是牧人，而成了个挨打的屁股。但是像到哪个长安去这样的事必须由领导上拿主意，我们说了都不算。

李卫公在世的时候，长安城气派非常。这不是说长安城里都是石头砌成的高楼大厦，门前有青翠的草坪和喷泉，而是恰恰相反——长安城里见不到一块石头、一棵活着的草、一股流动的水。所有的房子都用砖瓦木料，并且全是一层的。那时在长安路上骑马的人都带一包土，假如自己的马在大街上撒了尿，就要马上下来，把流动的尿用土盖住。更没人敢当街倒脏水。长安的房子很矮，但是街道很宽。地上没有草,但是每一寸地面无不印着笤帚的痕迹。在街上走的人自动追上前面的人,或者放慢了脚步等待后面的人,以便结成队伍,迈开齐步走的步伐。但是一旦跟上了队就不好意思从队伍里离开,所以原准备到隔壁看看邻居,就可能被裹着走遍了全城,直到晚上才精疲力尽地回家,把看邻居的事也忘了。那时候的外国人到了长安,看到大街上尘土飞扬大队人马在行进,常常惊讶得张大了嘴巴再也闭不上。不过长安刚刚建好时,里面的居民有三分之二是退伍老兵,擅长队列科目,对于齐步、正步、向左向右转等等,都是无比熟练。而别的人想要迁到城里来住,也要经过三个月的队列训练。这一点外国人并不知道,只以为是水土的关系。他们对自己的懒散很惭愧,故而拼命喝长安城里又咸又涩、带有轻微尿味的井水,不喝优待外国人的矿泉水;并且到了饭馆里就说:把你们吃的东西给我来一份!这样做的效果不显著,就去买来嫩核桃把自己染黄,动手术把双眼皮缝上,装出单眼皮的模样。虬髯公派来的大批的遣唐使,还未来得及学习大唐的制度,看了这种景象,就跑回去赞不绝口,说咱们永远赶不上——除非从现在开始不吃鱼,光吃小米饭。但是扶桑这个地方不吃鱼就要闹粮荒,而且谷子不耐涝,那个地方雨水又特别多,所以就没有完全照卫公的法子办,只是采用了他发明的礼节。光这一条就够他们受的了。

我们知道长安城里有一座钟楼一座鼓楼,钟楼里有一个老兵在绕钟走动,每走一圈是一分钟,走满六十圈就击钟一次。长安建城之初,这座钟非常之准,简直不下于英国的大笨钟。过了一些年,这个兵脚上长了鸡眼,这座钟就慢了下来,逐渐慢到了每天慢两个小时的程度,长安城里开始日月颠倒。又过了些年,这个兵又得了痛风病,这座钟就达到了每天慢二十四小时的程度,于是长安城里就出现了两种时间,公家时间和太阳时间。按公家时间一小时行人可以走二十里,按太阳时间则减半。按公家时间每天太阳升起两次,按太阳时间也减半。你在长安城里问一个半老徐娘年纪,她说二十岁,实际是二十公岁。你去问一位老人家高寿,他说七十岁,那就是太阳岁了。这样就增加了计时的复杂性。等到那座钟楼一天慢七十二个小时,公家时间就被废掉了。那时候该老兵已经中风患了半身不遂,还在挣扎着绕钟行走。好在他已经没有击钟的力量,敲出的声音只在钟楼里才能听见了。

而那座鼓楼的故事是这样:楼里有个大鼓,由鼓手在上面击出鼓点来,让全城的人踩着它行进。这种工作十分累,要用一大群健壮的人以便轮换;而且它又非常枯燥,所以有些鼓手后来就精神崩溃了,不顾一切地在鼓上击出些花点，让全城的人不走正步，而是扭秧歌或者跳迪斯科。干完了这样的坏事，他就说：要杀要剐随便吧。因为这个缘故，后来击鼓的制度就被废除了。好在那些老兵也都到了风烛残年，也觉得走正步太累，也没有提出意见。

长安建城之初，假如有人在路上拣到了铜钱，就把它交给领导，领导上再设法交还给丢钱的人。令人遗憾的是虽然人人拾金不昧，但是铜钱的总数也不会增多，大伙还是那么穷。既然是那么的穷，所以丢钱的事也很少发生。后来领导上又规定，一枚铜钱经过了一次拾金不昧，就在上面打一个钢印，可以当两枚花。这使大伙在路上故意抛撒铜钱，长安市上的钱很快都打满了钢印，造成了严重的通货膨胀。不管打不打钢印，铜钱是一文不值了。长安城里拾金不昧的好事总数却直线上升。但是后来大家发现没有了铜钱很不方便，就把这项制度也废掉了。

五

上节所说人力长安的故事只是故事的一半。这座城里既不靠山又不靠海，城里倒有好多人要吃饭，所以就

224

有一大批脚夫专门到黄河边上背粮食。这些人五十人为一队，左臂上有嵌进肉里的铁环，铁环上有皮条把他们穿成一串，肩上扛了一条大口袋，有十丈长，能盛几万斤粮。他们就像大蜈蚣一样，成年累月在黄河码头到城里粮仓间往返不停。久而久之，成了一个奇特的人种，浑身上下都没有肉，只是在小腿上端有一块小足球大小的肌肉，还有一双两尺多长的大脚丫子；而手却因为老不用退化了，就如一对鸡翅膀。据说脚夫们的脚极为灵活，就用脚拿碗吃饭。粮食到了城里又要有人把它摊晒扬净才能入库，就有一批手持木锨的库丁，不分昼夜地扬场，最后也变成了大手小脚的奇特人种，出门就拿大顶。至于城市近郊的菜农，他们四肢并用，公家就发一条大皮带，让他们把腰牢牢束住，多干活少吃饭。后来长安的菜农的体形就变得无比性感，让人看了怦然心动，有些不争气的家伙就把菜地撂荒，跑到城里当男妓。

卫公把长安城建好了以后，心里非常高兴，当时长安城崭新崭新，一点毛病都没有。他觉得这是自己一生最伟大的发明，远胜过证明费尔马定理、造出开平方的机器，因此他就向皇上建议说要把长安城更名为"新洛阳"。皇上一听，马上不尴不尬地笑了一下说：李卿，朕的都城叫这么个古怪名字，恐怕不大好。但是李卫公正在兴头上,还是继续讲他的理由——多年之前,他和红拂从洛阳城逃了出来,当时他就下了决心要建一座大城等等,所以叫这个名字有纪念意义等等,讲着讲着皇上就不见了。于是他就回自己的衙门去,丝毫也没看到皇上当时的模样,好像正在发疟子。皇上觉得这是两个可怜虫的古怪游戏,把它讲出嘴来实属肉麻。不管怎么说,他是皇上呀,倒霉的李卫公居然把这一点给忘了。晚上下班时,刚一出门,路边跳出一个黑衣人来,砍了他一刀,正砍在钢盔上,火花乱冒,把他都砍愣了。幸亏当时正是大唐建国之初,不论文臣武将,出门都穿礼服。卫公的礼服不仅头上有钢盔,身上有铠甲,还佩有腰刀。他一面想:我设计长安时,可没把刺客这个行当设计进来呀!一面就去拔刀。但是他的卫士长站在他身后,一把按住他的手。李卫公急忙嚷了起来:有人刺杀我,快去逮他!那人却笑着说:没有哇!李卫公回头一看,那黑衣人正在前面飞跑,就急赤白脸地嚷嚷:还在那里!快去逮他!嚷了半天不见有人动弹。连忙回头一看,只见他的卫士长正在甩着手走开。这一惊实在非同小可,自己一想,白天和皇上胡扯了一阵,犯了错误。原来长安是皇上的都城,不是他的新洛阳。所以他回了家赶紧写辞职报告,皇上不准。再过了几天,卫公就病了。不管怎么说,这是个重大的损失,因为要找卫公那么聪明的人，一时还找不到。而虬髯公在扶桑得到了这个消息却说：像这样一个只有点小聪明的不可靠分子居然钻进了国家的庙堂，只能说明大唐朝无人了。这种话别人讲出来就该打嘴巴，他讲就不同了。虬髯公后来活到了二百岁，在一百五十岁上还能使御女怀胎，统治扶桑一百余年，何止是百岁人瑞而已。但是当过他太子太孙的人就倒霉了。这些中日混血儿读过中华的典籍，一句都记不住，只记下了《论语》上的一句话：老而不死是为贼。

长安建城之初，李卫公就这样一时兴之所至，在皇上面前胡扯八道，结果是挨了一刀，然后就蔫掉了。这个故事远比在这里讲到过的复杂，并且涉及到了生活的一些基本的方面，暂时不能完整地叙述出来。现在我们可以对事件做最简单的理解：李卫公造长安城，就如瓦特先生造他的蒸汽机。经过很多日夜的努力，蒸汽机终于造好了，运转自如，而且既不爆炸，也不大漏气。瓦特先生很高兴，跑到大街上唱歌跳舞，抱住过路人亲吻，结果被警察打了一棒。这一棒对于不列颠是无关紧要的，因为烧煤的机器已经造了出来，烧汽油的机器一直要到得克萨斯的油田开发出来才有需要，所以打了也就打了，没什么损失。但是对卫公的一刀砍得却是太早了。当时他正在编小学一年级的课本，已经编了四课——一、皇上万岁；二、皇后万岁；三、王爷千岁；四、王妃千岁。假以时日，让他完成这项工作，就能从根本上防止大家想入非非。除此之外，他还有好多工作在朝气蓬勃地进行。假如全部完成，大家就不再需要想了。不想就不会非非。

想要防止想入非非，必须由最擅长想入非非的人来制定措施。李卫公正是合适的人选，有一段他正在兴致勃勃地办这件事，谁知后来事情起了变化，卫公开始整天迷迷瞪瞪的，裤裆里那直撅撅的东西也不见了。他再也不管长安城的事情。这座城市就如没人照管的院子一样，马上就长满了荒草。大家都把院子向大街上伸展，街道很快就变窄了，路边上的水沟里也有了积水。后来长安城里的地皮也不够了，开始出现了楼房。甚至在一些小巷里，人们不待批准，就用石板来铺地。照我的观点，这种事态和好多因素有关系，比方说，人口增多、商业发展等等。但是大家都把注意力放在了卫公身上。好多人以为只要卫公能重振雄威，所有的事都能变好。前面提到有一位勇敢的女史给卫公做过 blow job。当时她的确是想从卫公嘴里套出话来，但也有部分原因是要挽救长安城——只要卫公能直起来，长安城就有救了。后来她发现卫公那地方苦极了，其实那是黄连水的味道，但是她一点也没想到卫公有幽默感，只是摇头晃脑地背诵起孟夫子的名言：夫天将降大任于斯人也，必先劳其筋骨，苦其心智。卫公的那个地方要是不苦，倒是怪了。她想使自己聪明起来，就每天吃一副猪苦胆。吃到后来，一吃糖就觉得苦，吃饭也觉得苦，只好永远以胆汁佐餐。到了最后整个人都变成了绿的，所到之处，丈余方圆，全部笼罩在一片苦雨腥风之内。但是据我所知，卫公那地方的苦是假装的，所以她吃了那么多苦也没使自己聪明起来，相反，因为胆酸中毒，倒变得有点傻，换言之，白白变成绿色的了。不过她倒是因此成为了人瑞，被公认为大唐最伟大的史家，因为像这样怪模怪样的人再也找不到了。

想要挽救长安城的还有大唐皇帝本人，他异想天开地研究了几本医药书，给李靖开起药方来。有时候他派太监给卫公送去自己研制的"至宝三鞭酒"，但是这种酒他自己从来就不喝。那种药酒里除了像海马、鹿茸那样的壮阳药物之外，还泡进了各种动物的鞭，包括鹿鞭、虎鞭、大象鞭等等。为了保证疗效，他还让宣旨的太监当场倒出一碗，眼看着卫公喝下再回宫去。倒酒时卫公看到酒坛子里泡了整整一具猩猩鞭——那东西和男人的生殖器一模一样，酒是淡红色的，看上去好像是稀薄的血，味道就像洗咸肉的水，还有点陈腐的尿臊味。勉强喝下一碗，肠翻胃倒，脸色苍白，撑到太监离去，就狂呕起来。要不了十分钟,就变得面如死灰,双手冰凉。人都到了这个样子,还得不到红拂的同情。她说:该!谁让你装神弄鬼!至于卫公的同僚下属,对卫公的情况更是关心,从天南海北给他找来各种补药,但是他都不吃。可怜大唐的君臣都没发现症结所在。卫公直不起来,是因为那几个法国人做生意赔了本,关掉磨坊回乡去了,长安城里再没有长棒面包供应。所以解决问题的办法是应该把那些法国人找回来,并且禁止在长安城里蒸馒头,这样他们就不会再赔本,可以源源不断地供应长棒面包。但是这样做了之后也未必能解决问题,因为卫公早就觉得活得太累,不想再干了。人要是动了这种念头,不管是至宝三鞭酒、blow job,还是长棒面包都不能让他重振雄威。

李卫公精神不振,大家把这笔账记到了红拂账上,最起码是她没把卫公的伙食管理好。除此之外,皇上也说过:"这小子(指李卫公)还有用,不该拿刀去砍他。"但是这话大家没有听到。因为这个缘故,皇帝就派御厨接管了卫公的伙房,从那一天开始,卫公吃的每一口肉里都有骨头,蔬菜也大多是竹笋一类看起来挺然翘然的东西。他餐桌上最常见的是炸鸡腿,整根烧的猪肘子,而且端上桌时还是竖直地立在盘子里。给他吃的饭也都硬得厉害,几乎是生米。偶尔卫公提出要吃顿面条,那些面条像钢丝一样硬。御厨一滴滴往面粉里加水，和成了世界上最硬的面团，又用斧子砍成面条，卫公吃了几口，险些噎死。以后他再也不敢说要吃面条。但是给他吃的烙饼也像鞋底子一样硬，他一有机会就从餐桌上偷走几张，让红拂给他揣在怀里，焐软了再吃。

六

现在可以说说丧失了卫公的管理之后，长安城是什么样子。这时候大街小巷都铺上了石板，好像一些乌龟壳。大街两面都是铺面房，那种房子正面都是木头门板，年代一久，被油泥完全糊住。屋檐几乎要在街面上空汇合，所以街上非常之暗，只有铺街的石板上反射着一点点天光。万一失了火，就要烧掉半个长安城，而卫公管事时，失了火只能烧掉一条街，这就是区别所在。偶尔有一个妓女，穿着短得不像话的裙子，露出了洁白无疵的两条腿，踏着钉了铁掌的木屐从街上快速地跑过，留下一街的火星，让大家看了都很过瘾。在卫公管事的时候决不准女人露着大腿在街上跑，这也是区别之所在。卫公管事的时候规定了良家妇女上街必须穿三条裙子，衬裙和围裙可以比较短，但是主要的裙子必须长及地面。

而妓女上街必须穿六条裙子,每一条都得长及地面,所以脱起来甚为麻烦。谁穿的裙子不足此数或者超过了此数,就要抓到衙门里去打板子。打以前先要用磁石吸她一下,看看裙子里是否夹带了铁板。这些规定让卫公绞尽了脑汁,因为就连女人穿裙子数都要有典籍依据,或者是从数学上证明。但是老百姓偏不体谅他的苦心,专门来找麻烦。有一个服装商生产了一种裙子,下面有三层滚边,看上去是三条裙子,其实只是一条——不就是想省几尺布吗。还有个商人生产了一种护臀板,是木头做的,磁石吸不出来,但是打上去梆梆响——不就是怕打吗。卫公也怪不容易的了,你让他打两下子怕啥。出了这种事,卫公又规定遇到屁股上有木板的女人,掌杖的衙役必须用三倍的力气来打,连木板带屁股一起打烂。但是那些衙役又抱怨说粮食不够吃。由此你就知道大唐朝的长安城里,各种人都有粮食定量,和后来的北京城一样。在后来的北京城里,牙医吃钳工的定量,乐团吹大号的吃翻砂工的定量,规定得十分合理。而在长安城里打女人屁股的衙役原来吃中等体力劳动的定量,因为女人往屁股上垫木板长到了重体力劳动,那些人还不知足,说是抡棍子打木板,撞得手上起了血泡,肩膀也疼,这两种毛病应当算是职业病。按大唐的劳保条例,职业病应当全薪疗养。手上打了泡就可以吃干薪,实在太便宜。卫公想了半天，决定发衙役几双线手套，而那些衙役领了回家，交给老婆拆了织袜子。这说明那些衙役根本就不怕手上打泡，而是以血泡为说辞，向公家要更好的待遇。像这样的事太多了，吵得卫公脑子疼。最后他装病躺倒不干了。长安城没有了他，就变成这个鬼样子——想穿什么裙子就穿什么裙子，想多长就多长。又有一些老百姓说，这简直是在毒害青少年。群众来信成麻袋地寄往卫公府上，但是他只睁一只眼，所以连看都不看，就把信送到厨房烧火了。

卫公病了乃至死了以后，他制定的各种制度依然在乱七八糟地起作用。比方说，红拂要自杀，经过了各级机构的批准，皇上已经派了魏老婆子来办这件事，为了让她死后更好看些，正在把她倒吊在房梁上，这时老有人到门口找她。这时候只好把她从梁上放下来，把她搀到门口一看，是几个糟老头子，是从市政司或者其他鬼衙门来的，一本正经地对她说道：卫公遗制，皇上恩准，寡妇殉节本司有一份福利。李张氏签字收领，谢恩！这就是制度的作用。小孙在图书馆工作，每月领两副套袖，回来当抹布擦桌子。福利就是不管你用着用不着都要发下去。再看那些福利，或者是陈仓老米，本身是大米，却黄澄澄的像玉米；或者是干的咸鲐鲅鱼，不知有多少年头了，绿的地方是霉，不绿的地方一片金黄。咸鱼发了黄，就是哈喇了，带有一股桐油味。再不然就是一口柳木棺材，板子薄得透明。红拂一面签字一面骂道：这个老鳖头子，他死了倒干净（这是骂卫公）。魏大娘，给我拿个垫子来。魏老婆子问：要垫子干什么？她说：我操他妈的，跪下谢恩呀！后来回到屋里去，一面被倒挂上房梁，一面说：魏大娘，看来咱们得用个滑车了。后来她又在房梁上大头朝下地说道：姓李的这家伙是自己作死，把我也连累了。照她看来，李卫公既然是个想入非非的家伙，就不该去装神弄鬼。而皇上知道了这些话，就为自己辩护道：我早就知道李靖是个想入非非的家伙，但是我现在正用得着他！这话的意思就是说，在领导上面前，装神弄鬼是没有用的。李卫公的种种小聪明，早就被领导上识破了，他应该为不诚实付出代价，但还没到时候。但是作为一个群众，我不相信领导的话。我觉得这是他们编出来吓唬我们的。

我把卫公的故事都写完了，但还是不知道怎样来评价卫公，正如我活到了四十岁，还是不知道怎样评价自己一样。我十五岁时开始学习平面几何，以《几何原本》为课本，以日本人长泽龟之助的《几何学辞典》作为习题集——独自坐在一间房子里，面对着一本打开的书，咬着铅笔杆——像这样的经历卫公也有过，不过是读波斯文的《几何原本》，用波斯人写的习题书。这和就着

《朱子集注》读《论语》可不是一回事。前者是一种极为愉快的经历,后者则令人痛苦。虽然有这样的共同经历,我还是不能完全了解他。他是这样地喜欢演戏,像个演员一样活在世界上。这一点我永远都学不会。在这个世界上,再没有什么比像个演员活着利益更大,也没有比这危险更大的事了。

第八章

本章的内容受到了卡夫卡《变形记》的影响。这位前辈大师的人格和作者极为近似。

一

本书的这个部分是有关虬髯公的,他是个方头方脑的人,十分粗壮,长了一双圆柱形的眼睛,这就是说,他的眼珠子往外凸,好像得了甲亢。他出生在中国,后来住在扶桑,人家也看不出他不是本地生人,因为这种相貌很平常。扶桑是一个傍海的地方,石头岸上长了好多小松树,看上去好像才长出来,其实已经有好几百年了。虬髯公住在木板钉成的宫殿里,吃着生鱼片,无限怀念洛阳城,怀念杨素府里的伙食,还怀念红拂。杨素府上所有的房子都是石头砌的,窗户上镶着透明的云母片，从里面看很明亮，从外面看却像白内障病人的眼珠子。虬髯公再也住不上这样的房子了，因为在扶桑要盖这种房子，就得把所有的人全赶到山上打石头采云母。扶桑的女孩子也没有红拂好看，她们还特别不会打扮，总是在脸上扑极厚的粉，每次亲热过后，都要掸半天衣服。这一点后来特别叫他伤心。他对扶桑女人用的粉过敏，后来得了哮喘病。而他越是喘，那些人就越要扑粉。

虬髯公初到扶桑时方头方脑，后来就变了模样。他的眼睛后来也不凸了，哮喘病也好了，不再怀念红拂和杨府的伙食，但这是个漫长的过程。人从生到死是个漫长的过程。虬髯公先是没有甲亢和哮喘病，后来同时患上了这两种病。再后来这两种病都好了。这就是本章将要讲到的故事。

我自己的一生是这样的：二十多岁时响应毛主席的号召去扒土，但没有扒出个名堂；三十多岁时像个变态分子一样，见到漂亮女孩子就盯住了猛看，但也没看出个名堂；四十多岁证出了费尔马，按常规就该一辈子没法发表，像个老处女到了这般年纪嫁不出去了一样，但侥幸成了人瑞。当然，这种经历毫无代表性。有代表性的是扒一辈子土，当一辈子的变态分子。我的这种经历颇像虬髯公，他本来该在洛阳城里当一辈子的变态分子，后来却跑到了洛阳城外（当时他也是四十多岁）。于是一代名侠，就此堕落了。

虬髯公没有堕落时，总是坐在地上嚼鞋子，从新麻的苦味里体味人生。这时候他的眼睛和正常人是一样的，既不凸也不凹，而且从来也不喘。太阳晒在他的脸上，汗流到他眼睛里，像红拂这样的绝代佳人从他眼前经过，都不能使他有所动摇。只有在半夜里性欲难熬的时候，才拔剑出去，仗义行侠，发泄心中的欲念。被他杀掉的奸夫淫妇，总是七零八落，需要仔细分拣才能分开，盛进两个箩筐。这种分拣的工作谁都不想干，但又不得不干，因为男女有别，死了以后也不能混在一起。对虬髯公来说，只要偶尔感到红拂从身边走过时的森森凉意，嗅到她身上的气味就够了。像这样长发委地、肌肤如雪的女人只是用来欣赏的。等到他将来老了，领导上会给他一个奶水流尽了的奶妈做老婆。那种女人脸上皱纹特别多，牙齿虽未脱落，但是齿缝特别的宽，以至牙床好像一把用旧了的梳子；她的奶袋平坦而广阔，好像鳏鱼（这种东西俗称老扁鱼），或者大象的耳朵一样，假如能够扑动，可以试着飞上天去。领导上还会给他分配一间住房，是谷仓里隔出的小间，就如我过去住过的筒子楼，这个女人就会在黑洞洞的地方做针线。他们俩在这间小房子里交配、生孩子。用不着领导上提醒他，虬髯公就知道这是所说的幸福生活。但是在住到谷仓里之前，还要在阳光下住很多年，嘴里嚼着鞋子，看着红拂苗条的背影。我不知你在这种情况下会怎么看，反正虬髯公把这看做领导上对他的考验。

虬髯公尚未堕落时，红拂对他来说不过是一棵特别美丽的植物，比方说，一棵大柳树，她头上的万缕青丝就像是柳条；或者她是一条幽静的小溪，那万缕青丝就是水流里飘荡的水草。虽然他也起过等红拂走过时往地上一躺，从裙子底下看看她的腿，或者乘教授剑术时从她领口进去偷看几眼等念头，但他不是总那样的。偌大一个洛阳城都会出毛病，何况一个虬髯公。总的来说，他一直知道自己是什么人——是一个系红色的丁字布，被海边上的阳光晒得黝黑的人，这个人是一个扶桑的渔夫，清洗大海里捞出的鳐鱼，撒上盐，再把它晒干；或者是一个围草裙的人，在暗无天日的森林里被沤得黑不黑白不白，这个人是个马来西亚的象奴，每天都要给大象洗耳朵；或者像我这样的人，每天晚上用双手揉着小孙皱皱巴巴的乳房，眯着老花眼看她趴着睡觉压出的纹路，她还说假如她得了乳腺癌不能早期诊断就要唯我是问。总而言之，假如这样的话，我们就都是一样的人，没有什么非分之想，丝毫也不想把红拂这样的女人环抱在怀里。这就是说，那时他是经得起考验的。但是堕落了之后，一切都会发生改变。

现在可以说说虬髯公在路上盯李靖、红拂梢的事。那是一条什么样的路呀，简直可以说是蜿蜒于田野和草地之间的泥沟。假如你抱怨路不好的话，就可以回答你说：谁让你出门？假如你说：我有急事非出门不可。回答就是：这我管不着。假如一位官员或者有身份的人出门，就有整整一支筑路大军在他前面修路，而他没经过的地方，路还是很糟。他走过之后，路马上又坏了。所以抱怨路不好，还不如抱怨自己是个老百姓更实在些。假如你不是老百姓，就会想道：我要什么就有什么，何必要有路。而假如你是个老百姓的话，就会想道：我要什么都没有，岂止是路？

李卫公、卫公夫人，还有后来当了扶桑国王的虬髯公，在年轻时候都这样行过路——遇上什么吃什么，比方说路边上有绿色的麦子，就顺手捋下一把，搓去外壳放到嘴里；遇到什么地方就睡在什么地方，比方说草垛、树林子、牛圈、驴棚；遇到什么水就喝什么水，走着走着，路就向田野里岔去，那准是通向一眼泉水。当然说它是泉眼，未免太好听。它是麦田里一个水坑，周围的麦子都被行人踩得精光，好像一片打麦场。路就是这样的，总是通向有吃有喝有住的地方。但这对于住在路边上的人就不是什么好消息了。因此路上到处都是断头沟，成团的酸枣刺，牛圈驴棚里都屙满了人屎，泉水里有牛屎，甚至人粪。行人经过村子时，别人都是怒目而视，时而还会成为小孩子弹弓的靶子。尽管如此，人在这一辈子里，总有几回要成为行人，否则就不能算成年人。因为不行万里路不知天下之大，契诃夫就去过库页岛，苏东坡也去过海南岛。

虬髯公和李靖、红拂走在路上，实际上路不止一条。除了那条泥水飞溅的车道，还有无数条人走的路，好像一束没有绞紧的毛线，走到了崎岖的地方束紧成一条，到了空旷的地方就散开成一片，践踏着青苗，走到了河边，人路就和车道分道扬镳，车子走到渡口或者桥上去，而人却朝僻静无人的地方走去，在河边上散开不见了。这样可以省掉摆渡或者过桥的钱，也可能会在河里淹死，但是对于没有钱的人来说，这后一条没有什么可怕的。这是些绿油油的河，河边上长满了绿油油的芦苇。那是一条处处淤塞水流迟缓的河，所以里面的水不是清而是绿，但是红拂下去以后，河水好像是清了一点。那条河边上芦苇有海带那么宽，可以采下来包粽子。水边上还长了不少的马兰草，所以连捆粽子的带子也有了，只是不知到哪里去找糯米。李靖和红拂找到了没人的地方，脱光了衣服下水，虬髯公在岸上的芦苇丛里看见了，觉得他们好得意，就禁不住妒火中烧。后来他不管何时何地，想起了这件事都要妒火中烧，尽管红拂和李靖不是一生总得意。没有人能够一生总得意。

好多年前我插队的地方也有这样一条河，长满了这样的苇叶；到了河边我就想到了粽子的问题。按照我的意见，只要有了糯米，不吃粽子就吃黏米饭也可以。但是在这方面我说了总是不算的。想要说了就能算数可不容易。假设有一条天然的河流到了开阔的地方，并且没有人管它——换言之，不在岸边上打桩护岸、植柳筑堤等等——它就会在田野之间拿起弯来。久而久之，在某些地方宽得好像跑马场，河水流到了那里就散开，变成几十条细流在沙滩上流过去，在另一些地方形成绿油油的河湾，两边都是绿油油的芦苇——那种芦苇叶的样子好像芭蕉叶。现在我回想起当时的路和河流，就要联想到拓扑学。我学的一切功课里，就是这一门最让我头晕。

后来虬髯公越活越老，他的后妃都死掉了，就和孙媳扒灰。这时他的眼又凸，气管又喘。这个时候他还常常想起李靖和红拂，但是到了这时，不但李靖已经死了，红拂也死了。他老是想起那条绿油油的河。红拂就在这样一条河里，她的头发剪短了，到了水里好像又长了起来，并且和水流合为一体。从后面看去，水里不但有红拂的头发，还有她的臀部，圆滚滚的像个海豚的脑袋。后来她翻了个身，在齐腰深的水里站了起来，露出了雪白的身体，还有两个乳头，是浅红色的。照我看来，这种景象不过是好看而已，但是在虬髯公看来就大不相同了。据我所知，他从洛阳城里跑了出来，原本就打了个杀掉卫公取而代之的主意。所以到了这时，他腰间的宝剑在鞘里"喀喀"作响。作为一个做科技史研究的人，我知道宝剑不遇到变化的磁场是不会响的，不过这是个象征的说法。不象征的说法是他勃起了。假如他跳了出去，谁也救不了卫公。这家伙横着和竖着简直是一样的尺寸，体重在二百公斤以上，卫公虽是个健美的男子，也绝对敌不过。卫公在水里光着屁股，想装神弄鬼也装不出来。更何况他毫无防备，从水里爬出来，从后面去抱红拂。而红拂嘴里含了一口水，一转身喷了他一脸。后来红拂找了一片向阳的沙滩，躺在那里，揩去了阴毛上的水珠，把两腿分开，而李靖爬上去了。看到这种景象，虬髯公浑身发抖，好像发了疟疾症，照我看来实属不值当。事实上他就是在那一回得了甲亢和气管炎。我不能想象自己也会这样。这就是我当不上领导的原因吧。

　　虬髯公在河边上看到了红拂和李靖做爱。那个时候他浑身战抖，简直马上就要散架子了。这种抖动是有很多原因的，比方说，回想起自己在杨府想要偷看红拂一眼又不敢，以及偷偷把她遗落的头发绕在身上，等等。到了这个时候，每个男人都会得出个结论，就是自己的前半生是个变态分子。比方说,我和小孙初次做爱后就得出了这样的结论,因为当时自觉得发泄出去的不是正常性欲,而是变态性欲。但是与之而来的还有另一个结论,就是这一切都已经结束了,从此之后我是个正常的男人。像这样的结论虬髯公就没得出来,自从那一天在河边开了眼界后,他的变态就变本加厉。本来他可以跳出去杀死李靖,强奸红拂;但是他没有这种勇气。他敢干的事只是跑到扶桑来,强奸他合法的大老婆小老婆。那些人的乳房虽然还不是鳐鱼和象耳朵,毕竟也差不很多。这种事干多了以后,假如遇上一个乳房圆圆的女孩子,他倒会阳痿了。对这件事要是给一个结论的话,那就是虬髯公出毛病了。

二

虬髯公到扶桑去,找当地的每一位有名的剑客决斗。在这方面他是有真实本领的。这不光是因为他剑术高明,还因为他做任何事都很认真,像个当领导的模样。每回斗剑前,他都要眯着眼(他眯眼时像个守宫,那种动物的眼睛是个球形的庞大器官,但是眼珠子甚小,像个天文台),把对方打量半天,然后说道:您的身材短粗,躯干短粗。我要把您横着砍为三截。那扶桑剑客说道：我们长得都这样！你敢侮辱大和民族！八格！舞着剑猛冲过来，转眼间就被砍成了三截。这就像今天我们听见外国人说我们人权状况不好时的感觉一样。假如对方下盘功夫好，还能砍出奇迹来。比方说在小山上决斗吧，上半身倒在了山上，腰以下的部位能够冲到山下的路上。假如虬髯公见到了身材好的人，就说：您身材颀长，姿势优美。我要把您竖着砍开。那人听了很高兴，说道：谢谢！请关照！这就像听见外国人说我们经济发展快一样。结果就是竖着被砍开。有人说虬髯公竖着砍人时，发出"喀"的一声锐响，非常动听，横着砍就是"夸"的一声，不好听。要是碰见了身材一般的人，就把他们斜砍成两截，声音一般。总而言之，每砍一个人他都要大动脑筋，每一回都取得了胜利，后来就当上了扶桑国王。有了这种国王，扶桑人也就变得特别的认真。他当了国王，理所当然地把自己造成的寡妇全召进宫里当了后妃。那些女人和他有仇，就成心整他，他召谁谁就穿上二十层衣服，衣带也打了些死疙瘩。当然这样干自己也难免要长些痱子。她们还在身上贴满了膏药，假装有皮肤病，揭下了纸背后，身上一片一片的乌黑，看上去好像荷兰奶牛一样，散发着刺鼻的药味。但是人家早就豁出来了。在这种时候他格外地怀念红拂，因为他觉得红拂应该是他的，是被李靖这家伙抢走了。他这样想的理由是红拂非常漂亮，而且她认识他。只有这两条牵强的理由，他就觉得足够了。想要阻止这种人的非分之想，就必须长得不漂亮，或者不认识他。

虬髯公长了一双大眼睛，眼白多，黑眼球小，充分地体现了三度空间。这样的眼睛在现代画家的自画像上常能看见，他们和他一样都有窥春癖。在扶桑他最爱干的事就是洗温泉，这是因为扶桑是男女混浴。他总是很卑鄙地往人家女孩子的胸前看，这时候眼珠子几乎要挪到人家乳房上去——另一个比喻是他把两只眼睛都变成了牙膏，要往人家胸口挤——看到漂亮的女孩子还要给人家擦澡。后来扶桑女人洗澡时都带了呼吸管，见到像虬髯公这种卑鄙的家伙就潜下水去。他的卑鄙之处就在于他宫里有温泉，还要跑出来洗，并且说，我这是与民同乐——但我不知道乐在哪里。我们校长也是这样，他有自备的轿车，偏往校车上挤，弄得大家在车上谁也不敢说话，因为在领导面前讲话可得小心点。而且他那么胖，谁也不好意思让他站着。他在车上假惺惺地问食堂伙食好不好，大家对评职称有何意见，大家都没心思理他。坐上了校车，大伙的心都回了家了。要征求意见，怎么不占点工作时间？

现在可以说说虬髯公是怎么当国王的了。当国王最重要的事是和后妃做爱，而那些后妃和他都有杀夫之恨，要是别的地方的人，早就把他杀掉、阉掉，最起码要咬他一口，怎么也不肯让他使用身体。但是扶桑人特别地守规矩，谁都不能拒绝国王，所以只敢穿好几层衣服，再在身上贴满膏药。等到这些衣服都被脱掉，膏药露了出来，那些女人只好循规蹈矩地把两腿跷了起来，与此同时，咬牙切齿，把眼睛瞪到四面露白。这种情形如果发生在小孙身上，我绝对不敢把事继续下去，只敢客客气气地问：我怎么了？但是虬髯公就不这么想，因为他是国王。所以他就只管干自己的，只是在事情弄完之后才拍拍人家的屁股，假惺惺地问道：你怎么贴了一身的膏药？有病可要保重身体。至于人家掩面痛哭，骂他是衣冠禽兽，让他去死等等，他就假装没有听到。实际上他也可能是没有听懂，因为他不懂日文。但是中日同文，在古代就更接近，要是斯文起来就是同一种语言。所以有时他也能听懂。简而言之，人家说他好，他就能听懂，骂他就听不懂。今天当领导的人也是这样子的。当领导的要诀就是自我感觉永远良好，不当领导的要点却是自我感觉永远不良好。

虬髯公在扶桑的宫殿非常的宽敞。头顶上是树皮做的瓦铺成的，这部分就像个成熟后干裂了的松果一样。下面从屋檐到地板伸展着一些木头板，这部分就像个特大号的包装箱。整个墙壁是扶桑纸糊成的，这种纸十分的坚韧，所以这部分就像我小时候糊的模型飞机翅膀。我做这些模型飞机时，大概是十三岁吧。以后我就开始变态了——偷看同龄女孩正在隆起的胸膛，暗恋漂亮的女老师，直到看到橱窗里陈列的乳罩和女用内裤都要想入非非。我这一辈子没有写过一封情书，也没有和谁情话过，虽然我熟练地掌握了一门语言，能听懂这门语言的女人在世界上又是最多的。根据这些情形我觉得自己过去是个变态分子，但只是恒河沙数的变态分子中的一个。虬髯公也是这样的，他躲在这样的纸墙后面，亲近那些松松垮垮的女人。不管怎么说吧，他总是一国之君，只要下定了决心，要找一个像红拂那样的女人，总能够找到。然后再和她一道赤身裸体地投入大海，或者在午夜时分到星光下去，假如他这样干了的话，那么虬髯公这一辈子也就算得意过一回了。但是他没有，这说明他不是得意不了，而是他不想得意。

我们知道虬髯公在中年时曾有过短期的堕落，他对这一点坦然承认，并且说，这是他的"圣德之玷"。到了老年他幡然悔悟，向相反的方向发展。举例来说，过去他在红拂面前总是屏住呼吸，以免自己的气息吹散了红拂的气味，而后来他就肆无忌惮地在女人面前放响屁，终于在后妃中得了个"号手"的外号。过去他喜欢偷看红拂的长发如云，后来他就要求所有的女人都剪短发或者梳小辫。过去他喜欢偷看红拂隆起的酥胸，后来他要求所有的后妃都把自己勒扁。他用这种方式来忘掉在红拂那里受到的挫折，终于把自己变得很古怪了。

三

虬髯公说，像红拂那样苗条性感的女人虽然好看，但是看她是堕落。这样说了以后，他就忘掉了什么是好看，把不好看叫作好看。他还说，杨府里的面条汤虽然好吃，但是吃它也是堕落。这样说了以后，他就忘掉了什么叫好吃，把不好吃叫作好吃，原来吃生鱼片甚为勉强，现在吃起来没有够，而且不需要切成片，拎起一条鱼的尾巴，就把它放到嘴里去，然后再把鳞片、鱼头、鱼尾吐出来。他可以一口气吞下十几条新鲜鱼，这时看起来就如一台收拾鱼的机器在表演。扶桑人见到了这种景象，感叹道：真吾王也！假如他从开始就可以吞吃生鱼，就不需要把人砍成两段，也能当上扶桑王——这种说法的实质是虬髯公经过深刻反省，懂得了当领导的美德，终于赢得了扶桑人拥戴。另一种说法是他当国王，别人不服他，故而他装作不喜欢漂亮女人、喜欢吃生鱼等等，简言之，他是在装神弄鬼，吓唬别人，但是装到了后来，连自己本来的样子都忘掉了。不管哪种说法对，结果都是一样的——虬髯公后来既不喜欢漂亮女人，也不想吃面片汤了。想通了这一点，他的眼睛就缩回了眼眶，喘病也霍然痊愈。

现在可以说说虬髯公为什么要弄些仇人的老婆来做后妃了。当领导的总是这样的，什么东西越不该有，就越要什么。我做科技史研究时发现有位皇帝专喜欢喝鸟的奶，闻鱼放的屁，只可惜把他的名字和出处忘掉了（我当了人瑞之后记性变坏了）。这条资料不详不实，可以不要。现在的领导一吃饭就要吃国家一二类保护动物，可以算一条吧。我们现在上大街，就要冒被高级轿车轧死的危险。而按我国的经济状况来看，领导用车应该是德国大众的甲壳虫车，其实跑的却是德国奔驰、法国标致。虬髯公说，什么样的女人都可以要，所以先把仇人的老婆要了再说。这种事后来的人也干过，比方说朱洪武，打下了天下，就把陈友谅的原配抓去当老婆。那位老太太早就过了绝经期，不仅不想过性生活，而且很不想活。首先她不肯吃饭，想把自己饿死，所以洪武爷从北平请来了填鸭师傅，每礼拜填她两次。其次她不肯屙屎，想把自己憋死，所以隔三差五要给她灌肠。再次，她坐着不肯动，想要坐出痔疮流血而死，所以只好派了宫女拎住她的耳朵，使她走动。最后她不肯让洪武爷近身，所以每次要用二十个人把她按住。好在我们中国有的是人力，不怕她耍赖皮，要是在虬髯公那个人力稀少的国家，就只好给她后脑勺上一擀面杖。要是打死了，就是奸尸犯了。虬髯公的后妃虽然还没有赖皮到这个程度，但是也很糟糕。但是他不管稀少不稀少，不管糟糕不糟糕。在女人方面和其他方面一样，虬髯公后来完全是黑白颠倒。所以等仇人的老婆都被他折腾死了以后，他娶的后妃一个比一个难看，一个比一个低智，简直要把扶桑的漂亮女人都气死。那些漂亮女人都很想进后宫来，被他折腾死，并且她们一直有这种资格，现在忽然就没有了，心里就很难受。因为得不到这样的机会，她们只好去嫁贵族，但是贵族也在向国王看齐，竞相娶低智的丑女为妻。最后她们只好去当艺妓，被别人折腾死。

虬髯公后来说道：人是世界上最好的东西，他有两条腿可以负重，有两只手可以干活，还有一个脑袋，多少也有点用处。力气很大，假如加以鞭策，还可以更大；吃得很少，假如你不怕他饿死，他还可以吃得更少。死了以后埋起来也不占什么地方。像这样的好东西完全应该大量生产、大量制造。假如遍地都是人，那就什么都好办了。你看到什么地方没有路，顺手一指说道：要有路！马上那边就有一条路。他说这话的时候已经是扶桑国王了。后来他就在扶桑鼓励生育，搞得遍地都是人。

我的看法和他不一样，有时候内急去上公共厕所，进去一看，满地都是屎，真不知为什么要修这座房子，挖这些坑。人这种东西实在脏，假如遍地都是，还不知要变成什么样。但是不管他怎么努力鞭策，扶桑也没有中国人多。好容易人多了起来，一场伤寒病发过，他又得重新来过，并且下一道严令道：有男人敢行体外射精者，杀无赦！但他自己却是个例外，因为他的小王子已经太多，而且都不得伤寒病，或者说因为吃得好，得了伤寒病也不死，为了争权夺利天天打架，搞得他头疼无比，所以他总是体外射精。如果公允地说，就是无论王子还是平民，多了都不好。但是谁能做到公允？就拿我来说，虽然对人多很反感，但是假如满街都是漂亮女人，我也不会反对，反正她们不会把男厕所弄脏。

四

红拂在杨府里是许多美丽的处女之一，提到杨府里许多美丽的处女，就会使人想到植物园里热带花卉的花房。这里有闷热的气候，还有许多美得诡异的花。她在其中，有时候裹在头发里从花园里走过，从头发里露出一张漂亮的小脸和别人说话，一边说，一边吹着脸上的发丝。说完以后又匆匆走开，留下一路模糊不清的处女香气。或者她坐在长凳上，好像一颗黑色的蚕茧，从发丝下露出一只小脚来。这只脚像婴儿的脚一样稚嫩，足以让拜脚狂者崇拜一辈子，而虬髯公就曾经是这样的拜脚狂。假如她把腿跷了起来，就会露出光洁的小腿。这提醒人们，她什么都没有穿，身上除了头发一无所有。虬髯公看到了这个景象，想到她竟是这样的赤身裸体，就心跳不已。等到她后来铰短了头发，露出了模特儿的身材，在河滩上和李卫公做爱，情况就发生了很大的变化。其中最大的一个变化，就是她不再是处女了。假如红拂知道了虬髯公在这样想，就会去质问他：我是不是处女，和你有什么关系？这说明她不是明白事理的人。她是不是处女，和所有的人都有关系，尤其是和虬髯公有关系。虬髯公是伟大的剑客，假如现在还有这样的人，我们大家的命都悬在他的手里。他知道了我和小孙干的事，就会闯到我们家里来，把我们俩连床一挥六段，让我们都找不到下半截。虽然我和她的屁股长得不一样，被砍了一剑后未必还能记得住到底有什么不一样。这个例子是说明我们活在世上必须要循规蹈矩，以免刺激了别人。而像虬髯公那样的人则必须小心翼翼，以免受了刺激。这样说是假设虬髯公和我们一样，都是群众，只是分工不同。等到红拂和李卫公在河滩上不自重地做爱，刺激了虬髯公之后，他就再也不能当群众，非当领导不可了。这是因为在此之前，虬髯公的全部心灵都在红拂身上，嗅着她模糊不清的异香，抚摸着她飘忽不定的发丝，跟踪着她轻盈的脚步，最后却发现她在光天化日下跷起腿来和别人……对于一个群众来说，这是无法可想的。你可以把她杀掉，却不能要求她什么。而领导就不同了。从古至今，领导这个词用一句话便可概括，就是对别人的权力。真正的领导不得喘病，眼睛也不会凸出来。

虬髯公后来当了很大的领导，但还是管不到红拂，所以还是不能冲消红拂对他的刺激。因此他就对自己进行思想改造。思想改造这个词在西方被叫作洗脑，这是一种曲解。脑子这种东西在人活着的时候是洗不着的，只能由自己进行改造。而且正如我们过去听说的，越是当了领导，就越需要思想改造。以虬髯公为例，未当领导之前被一个漂亮女人刺激着了，所以后来就觉得女人还是不漂亮为好。

我想，我是把加州伯克利刺激着了。他现在每天都来找我，谈教科书稿的事，让我给他带研究生的事，以及合写论文的事，总之没好事。我觉得这个刺激和性没有什么关系，因为他闯到我屋里来时，桌子上有时还有一盒避孕套未及收拾，床上还放着小孙的性感内衣，但他都视而不见。这一定是因为我在他眼皮底下证出了费尔马。我也把小孙刺激着了，她不但买了性感内衣，还买了一管药膏，抓在手里伸到我鼻子底下让我看，但是这个距离对于老花眼来说实在是太近了。我问她这是什么东西，她说是丰乳霜，"你不是嫌我不丰满吗？"这纯属误会。但是她说：你给我抹上！后来那管药膏就放在卫生间里，我看不清楚拿它刷了一回牙，虽然觉得味道不对就吐了，但是整整一天感觉都很坏，自觉得满嘴要长出乳房来。这个刺激和性大有关系。不管是哪一种的刺激，都能够激发别人来做我的领导，还能激发我服从别人的领导。这就是我和别人不一样的地方。

我和加州伯克利一道出去，他总对别人说，这是我的助手、合作伙伴（在正式场合，后半句他常常忘掉）王二。我想到自己的满头白发和老花眼，总害怕风大了把他舌头吹走。而小孙现在只用女上位一种姿势，还要象征性地掐住我的脖子。这使我感到不像性生活，倒像是受到了严刑逼供，只是不知她想叫我招些什么。虬髯公受到的刺激也是来自性的方面，所以他必须要当领导。而在东方，领导的最重要的方面就是在性的方面。既要改造自己，也改造别人。有关这一点，我有个实例，就是上礼拜在系里，遇上已婚女职工在发洗衣粉。工会的老太太扯着粗粝的嗓门吼道：没上环的不准领！环者，节育环也。有人问道：我们使套，不行吗？回答是：不行！

我不知道有多少人受了这种刺激后改为上环,但是——你管人家使什么干吗?

这件事使我联想到虬髯公在扶桑发肥皂。你知道,扶桑人最喜欢干净,而扶桑又不长皂荚树,鲸油肥皂就是生活的必需品。那种东西是草木灰和鲸油一起熬出来的,虽然像牛粪一样,但就如中国的盐一样,严禁私人制造。每月他都派人到村里去发这种东西,那个人还高叫着:没怀孕的不准领!有人说道:我们刚结婚,每天都干,快怀上了。先领不行吗?回答是:不行!这说明他喜欢看到每个女人的肚子都圆滚滚的,好像蝈蝈一样,这说明她们在为扶桑王国的兴旺出力;或者看到她们乳房扁平,阴毛稀疏地躺在那里,好像挨了饿的虱子,这说明她们已经出过力了。现在需要的是让她们再次出力。在这种时刻假如他脑子里出现了红拂在河里的样子,就给脑袋狠狠的一巴掌,把她拍出去。这是因为当领导的人看见一个如花似玉的女人在沙滩上和男人性交就会受不了。这两个狗男女正在臭美,而这种臭美居然和领导没有一点关系!但是一个扁平的女人在家里干这件事就不同了。这里面没有臭美的成分,而且不管是和谁干,都是给我造孩子哪。这说明了什么叫领导素质——它就是某个人全力地营造一个新世界,不管这个世界实质上是多么糟糕。而我就没有一点领导素质。加州伯克利提拔我当教研室主任,主要工作是在每周五下午两点半组织全室同仁开会。我总是提前到达会场,刷出五把茶缸子(这是全室的人数),仔细烫过,以防肝炎传染;等大家都来了以后,我给大家沏上茶,就坐到屋角去抽烟——小心翼翼地不要舔破烟纸,不要把烟丝吃进嘴去。不知为什么,大家一提到我当了室主任这件事就要捧腹大笑,甚至在地上打滚。我有三个男同事,两个女同事,女同事之中有一个长得像狒狒。这样讲,不知道漏掉了谁没有。

五

我想,在性的方面和别的方面一样,存在着两个世界。前一个世界里有飞扬的长发、发丝下半露的酥胸、扬在半空又白又长的腿等等,后一个世界里有宽宽的齿缝、扁平的乳房、蓬头垢面等等。当然,这两个世界对于马也存在,只不过前一个世界变成了美丽的栗色母马,皮毛如缎;后一个世界变成了一匹老母马,一边走一边尿。前一个世界里有茵茵的草坪、参天的古树、潺潺流动的小溪等等,后一个世界则是黄沙蔽日,在光秃秃的黄土地上偶尔有一汪污泥浊水——简言之,是泥巴和大粪的世界。这两个世界对于猪来说也存在,而且和我们所见到的没什么不同。假如把可能性的问题放在一边,选择哪一个世界,这在动物来说根本不是一个问题。我的马兄弟对小母马有兴趣,对老母马没有兴趣。当司务长失败了以后,我又放了一阵子猪,开圈时它们很乐意出来,但是想让它们回圈,就得用棍子打。这就是说,它们都乐意去前一个世界。但是对人来说就是个很大的问题。前一个世界里有所谓优美,但它是想入非非的产物;后一个世界里只有领导和不是领导的人。虬髯公从洛阳城里出来盯红拂的梢,那时他是想进入前一个世界的。后来觉得自己不属于那里,又退回来了。另外一方面,中国人,尤其是汉族人,喜欢泥巴和屎,勾践就吃过屎,别人则吃用屎种出来的东西。这就是我们有异于禽兽的地方吧。尽管虬髯公后来当了扶桑王,但他还是个中国人。后来他在扶桑造出了几百个孩子,并且终日和乳房扁平的女人鬼混。久而久之,自己也变得扁平,手脚之间长了厚厚的肉,好像一只鼯鼠。再后来他又变得像一条比目鱼,既不能直立,又不能翻身,只能够在地面上爬动,好像乌云飘动一样贴地而行。等到他老死的时候,只有一寸厚,嘴脸都长在背上,但是有半个排球场那么大,完全没有办法把他从房子里弄出去,只好用锯子来锯,然后一层层地放进了棺材。假如不放进棺材,而是撒上盐的话,完全可以当腌鳐鱼来卖。唉!真是糟蹋了东西!

虬髯公到了老年,四肢都长成了平摊的形状,好像螃蟹腿的上半截一样,固定在水平方向上了。好在他的手指和脚趾都变得十分发达,每一个都长到了一尺多长,可以用于行走,所以他就有二十条腿了。这样他能够比年轻时跑得更快,更不知疲倦,更像飞行,只不过是在离地面一尺的平面上。他的全部骨骼也变成了平板状,长到了身体的正面——或者说是下面,而且变得柔软而有弹性,这样任何一堵墙都挡不住他,因为假如有门的话,他就可以从门缝底下滑进来;没有门的话,他可以从墙头上飘过去,就像风吹动的一幅床单飘过墙头一样。他的面容就如一幅画像,绘在了他本人的背上,不管怎么说,大家还能认出这是古往今来最伟大的剑客虬髯公,扶桑人也能够认出这是他们杰出的国王。这个时候他可以入水而不沉,起大风时还能在天上飞行;但是他已经很难被看到了,这是因为他可以随着环境改变颜色,到了草地上就是绿色,到了沙滩上就是黄色;所以只有一些小孩子在草地上玩耍时误踩了国王一脚,遭到了呵斥,或者是渔夫在海滩上收网时犯下了大不敬罪,被砍掉了双脚。这时候他们可以看见国王。这个时候他早就把朝政交给了首相,自己去云游四海,而云游这个词对他来说才是真正适用的，他可以早上从京都出发，中午时分就到达北海道，傍晚时候回来。这个时候他有时还要扒灰，但已经是和曾孙媳。我国古代的哲人说，他到了七十岁就能够随心所欲不逾矩。假如能活到一百五十岁，肯定就会长成虬髯公的模样。扶桑人深为自己有这位了不起的国王而自豪，到处都悬挂了他的巨幅画像，但是因为他本人行止不定，所以大家都以见不到他本人而遗憾。其实这种遗憾是多余的，事实上每个扶桑人都见过他。据我所知，虬髯公平常栖身的地方就是他自己的画像。他最喜欢爬进画框，用本人把画像取而代之。这样干除了舒服之外，还可看出谁敢对他不敬，以便爬下去咬他的后脚跟。但是扶桑人是杰出的民族，谁都不会对国王不敬。所以他就没有咬过几个人的后脚跟。

变扁了以后，虬髯公眼睛里的世界就变得像两个碟子，每个碟子都像一个鱼眼镜头拍摄的画面。鱼眼睛看东西扁，是因为它们的眼睛是扁的，而虬髯公的眼睛比任何鱼的眼睛都要扁，而且他的脑子也是扁的，扁到了不能把两眼的画面合一的程度。到了这时，虬髯公才体会到了鱼的美德。众所周知，鱼类没有阴茎阴道这类的玩艺儿，更不用肉麻兮兮地求爱、做爱，大家只是十分本分地把卵子精子都屙出来，然后就可以诞生出无数的小鱼。这样就可以彻底灭绝想入非非。后来他就用这种美德来教诲他的人民，只可惜大家过于鲁钝，一时不能体会。他只好退而求其次，每到夜晚就在各地游动，看看谁在偷懒。假如看到了男人和女人各自躺着，就怒吼一声："干什么呢！"他的臣民听见了，就赶紧趴到老婆身上去。假如谁不听国王的督促，他就飘进来，从女人的身上飘过去。只这一飘，女人就受孕了，而且不是七胞胎就是八胞胎，生出来不是呆傻就是豁嘴。因为他的缘故，当时所有的扶桑女人都把丈夫抱在身上睡觉，丈夫不在家就抱着公公。这种行为，加上安分守己、逆来顺受的态度，合起来叫作"鱼德"，在当时的扶桑被奉为金科玉律。因为这是对领导最为恭敬的态度。而这种美德正是我们所缺少的。除了提倡鱼德，他还要和自己的后妃做爱。这对那些女人来说，是一种极为可怖的体验，一件冷冰冰黏糊糊好像一摊鼻涕的东西，也不打招呼，冷不防就涌到你身上来；然后也不知他干了些什么，就飘走了，只在你下半身上留了些绿油油滑溜溜的东西。这件事实在叫那些女人感到莫名其妙。而虬髯公自己也是莫名其妙，因为他的眼睛长在了后脑勺上，身体的下面也没有知觉，所以对身下的事一无所知。我对这件事也是莫名其妙，正如我不知道加州伯克利为什么要我也当个领导一样。我只知道虬髯公用这种方式造出了不少小王子，还知道人要是不装假就要变成一条鱼。

第九章

这一章是红拂的故事。作者对女人所知甚少,所以在很多时候是以一种推己及人的态度写女人。

一

李卫公年轻时住在洛阳城,害死了全城六分之一的男人加上六十二名公差,还使全城大多数妇女遭到了强奸,这对她们是一种可怕的经历,尤其是被铁甲骑兵强奸的女人——那些兵刚把护裆的铁片解了下来,那地方还冷冰冰的,使人觉得格外的不舒服——故而国人皆曰可杀。只有红拂同情李卫公,这是因为她天生很多情,还因为李卫公长得高高大大像一匹种马,很有男性魅力,比那个整天嚼鞋子的虬髯公可强多了。后来她就成了李卫公夫人,并且在此事发生二十六年之后,为殉夫而自杀。不知你怎么看这件事，但我以为这是伟大的爱情。假如现在我干出了这样的事，全中国的女孩子都不会嫁我，包括跛一足、瞎一目者在内；更不要说在我死后殉我了。

在这伟大的爱情产生之前，红拂住在杨素家里，除了梳头和洗头外没事可干。当时她的头发有三丈长，洗起来是相当的困难，要用十担温水和三斤鹅油肥皂。但是洗头时总有十来个人帮忙，还不算太难。只不过杨府里的人是吃公家饭的，工作态度自然不会太好，洗时总是连人带头发一道掷入大桶，乱搅一通；洗完了用大笊篱捞出来扔在竹板床上，别人就走了。这时候红拂就如一个大蚕茧，看起来很悲惨。她还要一点点把自己从头发里择出来，如果择不出，就永远是个乱线团，到哪儿都只能滚着去。这还不算可怕，可怕的是梳头。梳着梳着起了静电，全部头发会在屋里奓开，什么衣带啦，纸张啦，全都起了感应，飞到空中，电火花乱打。万一起了火，连头发带房子一块烧。这些工作虽然困难、危险，但总有干完的时候。这时候红拂觉得百无聊赖，就到处乱跑。她经常跑到厨房里要求帮厨，这在我看来没有必要。因为她已经洗了和梳了自己的头发，这些工作已经够繁重的了。

红拂跑了以后，杨府里的人回忆起来，觉得这个娘们很古怪。比方说，晚上到了掌灯时分，她已经洗过了澡，洗过了头，还不肯睡觉，裹着一件白毛巾的浴衣，跑到厨房里来。她总想帮厨子们干点活，但总被拒绝掉，因为把头发切到菜里，大师傅的脑袋就要被砍掉，却不会砍她的脑袋。那时候厨房里正忙着哪。第二天杨素老爷要吃禾花雀，那东西只有小指甲盖大，一盘子要有三千多只，光杀都杀不过来，更不要说煺毛、掏内脏了。最艰巨的工作是要把骨头都剔出来。当时这些小东西都活着，叽叽喳喳地叫着，而且都会飞。所以盛在冷布口袋里，要用手捏住嘴尖把它逮出来，用小片刀杀好，沥干净血，再放到杯里煺毛。那些小鸟唠唠叨叨，说自己死得太冤了，要是它们是些大肥猪，那倒没得说。有二十个大师傅在忙这个，剩下的把已经杀死的小鸟放到冷布口袋里，再放进油锅里炸。掌勺的大师傅提心吊胆，因为火候稍大，小鸟就炸成焦炭了。这还是好的，假如上面要吃烤象鼻，大师傅就要拿着鬼头大刀去杀大象，也不知能不能活着回来。看到这个场面，红拂也很自觉，就退出去了。这时一位奶妈拉着孩子，到厨房来要面口袋。大师傅说，口袋有的是，你随便拿。于是那位奶妈就拿了两条面口袋，坐在厨房外间的条凳上，就着昏暗的灯光，拿两条面袋给自己做一副乳罩。这时候孩子又哭又闹，奶妈就用两条腿夹住孩子的脑袋，给他喂奶。那奶妈的奶无比之大，奶头子就像大号象棋子，塞进了孩子的嘴，噎得他目瞪口呆。这时候红拂也不知转错了哪根筋，说道：张妈，我帮你带孩子。那位张妈白了她一眼说，算了吧，大姑娘，你有奶吗？

红拂听了这句话，就开始发呆。后来她敞开了浴衣，把她那个小小的乳房拿了出来，和奶妈的那具庞然大物做了比较，发现毫无可比性。奶妈的乳房上布满了红蓝血管，粗壮有如泡发了的牛蹄筋。张妈说：这可不好比。人不是一样的人，东西也不是一样的东西。谁不知道小小的白白的好看，大大的黑黑的难看，可有什么办法，吃的这碗饭嘛。张妈被这两个肉球坠得都驼了背，但是红拂却不能体会。她脸上露出了惭愧的样子，捂着脸逃回去了。又过了几天，她就从这里逃跑了。

红拂离开杨府之前，把头发剪得短短的，把剪下来的头发堆在床上，自己跑掉了。那些头发没有了人体的滋润，很快就失去了光泽，变得像干海藻一样。而红拂失去了拖地的长发，姿色也要大打折扣。最起码是再也不能当歌妓了。当时是太平盛世，到处佳丽如云，没有一头秀发，任凭你三围标准，皓齿明眸，也当不上歌妓，只好去当尼姑。这不是把自己大大贱卖了吗？

红拂跑掉了以后，她的头发就被放到院子里展览，后来这些头发忽然不见了。现在我们知道，头发是被虬髯公偷走了，缠在身上，但是当时人们并不知道，还以为是狐狸精把它偷了。这个展览的目的是告诉大家她是多么的不知好歹，长了这么好看的头发却要把它剪掉，但是却忽略了非常重要的一点，就是她自己并不知道那些头发好看。她甚至以为那是世界上最丑的一堆毛。奶妈告诉她说，她那双小巧的乳房很好看，她却以为人家在讽刺她。她还有平坦的小腹和修长的双腿，但她也以为不好看。总起来她以为自己是世界上能走动的最丑的东西。为了这个缘故，她跑去找李靖之前先把头发铰短了，以为能好看一点。但是李靖正震惊于自己就要成为包子馅，根本没顾上看她。我也有个与此类似的例子。前不久有个漂亮的女研究生对我说：王老师，纯数学真美，是吗？我想回答她：放屁。但是考虑到对方是个女孩子，就答道：何有？她根本没听明白，继续喋喋不休。我简直想扇她个嘴巴，但又怕把她扇坏了，就拍拍屁股走掉了。回家一看，屁股上有两片青印。对我这种被纯数学折磨得只剩了一丝游气的人说它真美，简直是对自己的面颊和牙齿不负责任。

二

红拂在杨府里当歌妓时，养了一只大青蛙。这是她无数古怪之处中比较大的一桩。那只青蛙起初只有大拇指大，还拖了一条从蝌蚪变来的尾巴，后来就长到了有蒲扇那么大，四条腿都很肥，上半截身子是墨绿色的，肚皮则是白里透蓝。每次她从外面穿着露肩的背带裙子回来，就到洗头的木桶里把那只青蛙拎出来，放到被阳光灼红的皮肤上。青蛙的肚皮对于阳光的灼伤有立竿见影的疗效，但是半夜里它叫起来也是非常的讨厌。平常它就待在那个大木桶里，靠虬髯公捉来的苍蝇为生，每当红拂洗头时它就自动跳出桶来；而当红拂要在院子里散步时，它就跳到她怀里去，好像一只波斯猫。等到红拂逃掉了以后，大家想把它杀掉，不让它夜夜蛙鸣，要知道它叫起来实在吵人，但是那只青蛙也逃掉了——一跳就上了房顶，三跳两跳就不见了。对于这件事，大家的结论是红拂这种捣乱分子，养的青蛙也是捣乱青蛙。等到红拂逃出了洛阳城，就把自己养过青蛙的事忘掉了。但是别人还给她记着，一直记了好久，并且以此为据，说她是个女巫——这是因为青蛙和猫狗不同，它不是一种好东西，就算不养在家里也会成精作祟——蛇、青蛙、黄鼠狼、狐狸、刺猬，是为五仙，一贯成精作祟，是养不得的。

　　红拂从杨府里跑出去找李靖，然后和他一道逃出了洛阳城，这件事大家都知道了。因为她跑去找男人，所以就被看成是奔女；虽然卫公在世的时候大家不好意思这样说她，但是心里都把她看成是淫奔下流之辈。等到卫公死了，这话也就能讲出口了。当然，就是在大唐朝，女孩子长大了也要嫁人，并且可以有情人，这就是说，女人最终要和男人生活在一起，但是奔向一个男人总是显得太下流。故而大唐朝的正经女孩子刚学会了走路，就用棉绳把双脚拴住，使她们只能走不能跑。久而久之，有唐一代，女人只会走不会跑，哪怕是走在路上下起了暴雨，或者是家里起了火，也只走不跑，除非她是不正经的那一种。有人到驿站去接久别的丈夫，恨不能立即投入他的怀抱，但是又跑不起来，急得蹲在了地上。只有一个贵族妇女敢于在大庭广众之下飞跑，那就是红拂。为此她做了一条裙裤，看上去是裙子，实际上是裤子。穿着裙裤她的一百米能跑进十二秒之内，但也不能参加运动会。大唐朝的妇女运动会径赛项目只有一个，就是竞走。假如有年轻女人问这为什么，就骗她们说：女人和男人结构不一样，只要跑起来，就会从中间裂成两半——红拂那种下流坯当然不在内。就算你不大相信，也不敢轻易去冒这种危险。但这已经是以后的事了。当时的事是卫公死掉了，红拂也想殉夫死掉。大唐朝的贵妇们知道了就说：殉夫？她也配！言外之意是她是个下流坯。而这些话传到了红拂耳朵里，她就说：配也好，不配也罢，反正我是不想活了。当时那座黄土压平的长安城进入了盛夏，这个季节风很多，把陕北高原的黄土全刮上了天空，然后像细箩子罗面粉，黄土面儿连绵不断地从空而降。这不是尘土，而是绵软的湿土。天上落一次土，长安城里的树叶都要不绿好几天。但是不管怎么说，这也不成为寻死的原因。

有关红拂被大家认为是个下流坯的事，以下事实可以证明：当时长安城里有身份的人女儿出嫁时，需要向她传授房闱之事，母亲总是让她去找红拂问。而那个女孩子总是这样来问：红拂阿姨，你和李伯伯当初是怎么弄的？红拂开头说：李伯伯拿出一根擀面杖来扎我。这还是相当正经的。这个女孩子进了新房就板着脸对新郎说：别以为我不知道你的坏心眼！把你的擀面杖拿出来！但是总要回答这类问题，红拂就烦了，开始胡说八道，甚至教唆新娘在新郎的擀面杖上咬一口——众所周知，就是新郎的擀面杖也经不住咬，因为它毕竟不是木头做的。由这件事可以知道，红拂一点都不乖。这就是她后来没有好结果的原因。

以下是我对乖的定义：那就是听到尽可能多的信息，加上自己的感叹，把它到处炒卖。比方说，那个向红拂请教过房闱之事的女孩子，第二天就会奔遍全城，告诉所有的女伴说：你知道红拂阿姨说的那个擀面杖吗？它是肉做的。还是连在人身上的哎！别人听了纳闷道：什么擀面杖？什么红拂阿姨？什么肉？连在谁身上？这些她都不解释，就这样走开，去找下一家继续散布这个消息。一个女孩子这样奔忙时就显得很可爱。而红拂并不是欢迎一切信息，听到了以后也不感叹，而且不肯炒卖。所以她一点都不奔忙，也不乖。

我也是个不乖的人，什么消息到了我这里就死掉了。有人说，王二是个黑洞，只往里听不往外讲。这使别人都以为我甚傻，懒得管我的事。后来听说我证出了费尔马定理，大家就不再以为我傻，而是以为我不知道，必须来告诉我，从今晚上电视节目是什么到我该结婚了，都有人提醒。这就造成了一些误会。比方说，有人告诉我今晚上要演一个连续剧，我就按点把电视打开，从头看到了尾，没看出什么来。与此同时，我还录了像。那一夜我又看了四遍，除了彩电画面是三种单色像素组成的之外，什么也没看出来。而这一点我也是早就知道，只不过没在屏幕上看出来。我想别人告诉我晚上某点要演某个连续剧，绝不是要我看像素吧。第二天我就去问那个人昨晚上你叫我看什么？他说没什么，就是那个连续剧。不知你会怎么看，反正我对这样的答案不满意。

还有数不清的人告诉我，该结婚了。这当然是件重要的事，提醒得对。不管谁说起这个话题，我总是很认真地回答说：我不想结婚。我想这解释够明白了，但是他们却不满意。有一天，有个同事对我说，你结婚后生不了孩子，可以领一个。我想了半天才答道：不。我宁愿养只猫。这样回答了以后，整整半天我都心神不安。你要知道，我根本就不喜欢猫，我讨厌猫尿的味。快到中午的时候我才想起来，我不必养猫，因为我能弄出孩子来。前不久因为操作失误，使小孙做了一次人流，是我陪着去的。为此她还一再敲打我的脑袋。但是这丝毫没使我放下心来，因为我更怕孩子吵。最后我终于想了起来：我根本不想结婚，所以更谈不上有孩子的问题。至于那位同事为什么要提醒我，据小孙说是这样的：人家以为我是害怕结婚以后不能生孩子，所以不敢结婚。但是我丝毫不记得自己宣布过自己是因为造不出孩子来所以不敢结婚，所以直到现在，我还是弄不明白他为什么要这样说。

李卫公一死，红拂就遇到了麻烦。人家说：瞧她那个妖艳的样子——卫公要是不早死才怪哪。红拂听了这句话大吃一惊，赶紧跑回家去照镜子——都活了半辈子了，忽然知道自己很妖艳，这应该说是个意外的发现。但是她没有因此苟且偷生，不想死掉。尽管大家都说她是不配死掉的。

我现在也遇到了麻烦，当然麻烦的性质和红拂遇到的性质有所不同——现在我还没碰上要死要活的问题。所有的人都问我为什么不结婚。千万不要说什么"结婚不结婚是我的自由"之类的傻话。你的自由就是别人干什么，你就干什么；或者别引人注目。至于后一条，我已经触犯了。我现在是个数学人瑞，大家都认识我了。

对于我来说，证明了费尔马定理就是证明了自己是个傻瓜。每到月底，全楼的水电煤气费都是由我来算的，一直算到我出现了脑缺血的症状。其实我完全顶不了一个计算器，而一个计算器也值不了多少钱，就掏钱去买一个好啦——但是这样说又会得罪人。李卫公造好了长安城，自己就被困在了里面。还有一个小伙计给人家糊顶棚，把脑袋糊在了顶棚上面——这些事全是一样的。我正在考虑今后该怎么办，甚至想到了和小孙一道跑回过去插队的地方去当野人。当野人只是各种考虑之一，其他的考虑有：到洛杉矶去做一段研究工作（有这种机会）；改行当作家；下海经商（卖煎饼）。我不想去洛杉矶，因为我对数学已经不再有兴趣了，而且我肯定学不会开汽车。在我这个年龄，在饱经沧桑、被纯数学折磨得奄奄一息后去当作家，显然是对现存作家智力的藐视。要说到下海经商，我肯定是只会赔本。当野人会踩上猎人的夹子，那种夹子可以一下把脚骨夹碎。所以现在我是走投无路。但是我显然不能再这样下去了。

三

好多年前,在我插队的地方,我叉手于胸,面对着一片亚热带的红土山坡叉开腿站着,用这种姿势表示我永不妥协的决心。这种景象和堂吉诃德有一回逃进深山时的情形很相像。堂吉诃德和他的名马在一起,我带着我的马兄弟,只少一个桑丘·潘萨。堂吉诃德发了一大堆恶狠狠的誓:要在一年之内不和女人做爱,不在桌布上吃面包,不穿内衣睡觉,等等。我一个誓也没有发。但是事实证明,我这个亚热带的堂吉诃德在任何方面都不比他差。永不妥协就是拒绝命运的安排,直到它回心转意,拿出我能接受的东西来。十七岁时我赶着马在山坡上走路,穿着塑料拖鞋,一双白的足球袜,除此之外什么都没有穿,光着屁股;我的衣服在马背上用皮带捆成一卷。那个山坡上的草都匍匐在地上,就像收过的白菜地上的菜叶子——草叶子很硬,叶边卷着,牛和马都不爱吃,这大概是被牛马吃出来的变种吧。我一副老相,面颊紧贴着嘴角,手臂的里面青筋裸露,往前走时,把屁股上的棱角留在后面。当时的情景就是这样,如果有人看到,那就是一个光屁股的男孩子跟着一匹瘦马在山坡上行走。阳光能把人烤熟。我就这么走过了阳光，走进树荫里。这个怪诞的行为表明我决心离开这个只有茄子和芋头可吃的地方，开始我的生活。它也表明我决心背弃我的马兄弟，虽然我爱它爱得要命，但是将任凭它在老年以后被人杀死制成皮革。顺便说一句，直到现在我也没有能力买下一匹老马把它养在家里。这件事说明我们为什么要爱女人——她们在值得一爱的动物中，如果不能说是最便宜，起码也该说是我们唯一负担得起的——但是这两种说法是一样的。我要离开那个地方的主要原因还不是因为伙食，而是渴望有一种智力生活，因为这个原因，后来就选择了数学，竭一生之力证明了一个数学定理。现在我已经后悔了。我不应该干这件事——我应该干点别的。

我十七岁时，满脑子都是怪诞的想象，很想写些抒情诗，但是笔记本不是一个可靠的地方。所以我总是等到夜深人静的时候爬起来，就着月光，用钢笔在一面镜子上写，写了又擦，擦了又写，把整面镜子都写蓝了。第二天有人拿镜子一照，看见一张蓝脸，吓得尖叫一声。但我只是躺着，什么都不解释。人家对我这些行为的评价可以用一句话来概括：王二，你可真豁得出去！这些事注定了不管我到哪里，总是显得很怪诞、很不讨人喜欢。这说明我和别人之间有很深的误会，但是我不准备做任何事去弥合它。相反，我还要扩大这些误会。现在我老在想，面对十七岁时的誓言，我做的是不是已经够了，可以不做了。

我现在正在考虑小孙的一个建议：辞了职到学校门口卖煎饼。这样不但挣钱多，而且省心。最近我总在开会，坐得长了痔疮。假如有外宾，还得穿西服打领带。我根本就不会打领带，只好拿了它在办公楼男厕所里等熟人，简直把德行丧尽。卖煎饼未尝不是好主意，但是我未必吆喝得出来。还有假如因为争摊位打了起来，我打得过谁。数学家的长处是不但要考虑每个主意，而且要考虑周全。

红拂殉夫以前发生的事是这样的：长安城还没有完全建好，李卫公就病了，眼睛再也睁不开。在家里的时候，他总把自己裹在毯子里，把脚放在脚炉上，一年四季总是这样的。脚炉里的炭有时已经熄了，有时却会把卫公的后脚跟烤焦，让他的脚看上去像只烤鸭子。但是你用不着为卫公操心，他脚上的皮早死掉了，用热水泡透以后可以刮下一寸多厚的一层。从这一点看来卫公是老了，虽然他还不到六十岁。

从别的方面来看卫公也是老了。他的胃气很不好，哈气时好像一窖冻坏了的红薯，散发着甜里透苦的怪味，这种气味是有毒的,可以熏死苍蝇和蚊子。当然,这和他的食物不好消化有一定的关系。他的手也抖了起来,拿不住东西。而且他的头发全都白了,面容和嗓音却都童稚化了。这就叫鹤发童颜吧。他总是坐在自己的书房中的一张躺椅上,周围是各种正在发明中的器具——那些东西上面积满了尘土。卫公过去喜欢把一切家具和自制的设备都涂上黑漆,所以这间房子里有点黑。卫公过去习惯把工具和文具全放得乱七八糟,所以这间房子里还是乱七八糟。像一切科学家一样,卫公禁止任何人打扫他的书房,扫房子的事都是自己来干;但是他有好长时间不干这件事了。过去天刚一黑,卫公就要在房间里点满牛油蜡烛。那些蜡还在那里,但已被耗子啃得乱七八糟,剩下的都太陈了,啃起来像肥皂,所以耗子也不肯再把它们吃掉。他的书桌上笔架里有各种毛笔、鹅毛笔、芦苇笔,还有牛皮纸、羊皮纸、绢纸、藤纸,但他已经好久不拿笔了。这间房子散发着腐败墨汁的臭味。他的工作台上有各种手锯、锉刀、量具、铜材、木材,但是他也有好久没有做过东西。这间房子散发着刺鼻的尘土味。与此同时,长安城也被他放到了一旁,好像一件没做好的器具,一堆垃圾。这座城市再也引不起他的兴趣。他只是坐在椅子里,看着被阳光照亮的窗户纸。这种情形就叫老年吧。

在卫公老了的同时，长安城里别的人也老了。他的同僚多数呈现出鹤发童颜的模样，有些人还驼了背，见了面一聊天，总是在说车轱辘话。这种情形使大家都感到惭愧，所以都雇了书记员，让他把说过的话题记下来，每重复该话题一次就在前面画上一画，积满了五次，就是一个"正"字。两位先生见了面聊一会之后，把谈话记录拿过来看，看到上面正字太多了，就握手告别。除此之外，大家撒泡尿都要半个钟头。大家都最爱说的话就是：我们都老了。

卫公有时感到自己已经很老了，有时却觉得自己还没有长大成人。每回他见到一堆砂土，都要极力抑制自己，才能不奔到砂堆上去玩耍。他喜欢拉住红拂的裙角，用清脆的男童声和她说话。他还很想掘土和泥，穿上开裆裤以便可以随地大小便。这种情形经常使红拂头皮发乍，因为她没有和他一起变老和变小；所以当李卫公用极为缠绵、极为可爱的神情和声调对她说"红红，做爱爱"时，她没有性欲勃发，反而要给他一个大嘴巴。这一嘴巴有时候能收到很大效果，卫公马上就长高了，嗓门也变粗了，厉声说道："你打我干什么？"其实他没有变得那么老（只有后脚跟是真正老了），也没有变得那么小。实际情况是：他好像是被魔住了，必须显得老和显得小。身为成年人，却没有负成年人的责任，就只好往老少两端逃遁。

这种装老情况在女人中也存在，所以红拂每天上班之前都要仔仔细细地化妆，把头发盘到头顶上，在眼角和嘴角上画出鱼尾纹。她还要戴上扇贝做的乳罩，那种东西的作用是把乳房压扁，假如贝背朝下，还能给人以下坠感，并且在乳罩下方挂上两袋水，戴上假肚子、假臀部（这个东西的作用也是使人产生下坠感），然后穿上衣服，洒上香水去上班，这种香水是从发酵的黄豆、淘米水、油烟里提炼出来的，散发着厨房的味道。假如洒得适度，还不是太招苍蝇。

至于上班的情形是这样的：长安城里每个人都得上班，不在衙门里上班，就去各种联合会。红拂得上贵妇联合会上班，这是因为她不在任何衙门里就职。每天早上她都骑着一匹灰色的母驴前往，那驴的样子像只野兔子，主要是脑门和耳朵像。走在路上听见那两袋水晃里晃荡，生怕它洒了，就用双手把它们扶住，显出一副愁眉苦脸的怪模样。据说得了小肠疝气的男人上了路也是这个模样，并且老要用手去扶灌进了肠子的阴囊。到了班上，看见大家都是这样的愁眉苦脸，并且都学没牙老太太那样瘪着嘴说话。不瘪嘴的话都是凑着耳朵说的："我得马上回家去，水袋漏了。替我应个卯！""我告诉过你了，别装水，装砂土。""漏一身土不是更糟吗！晚上到我家来打牌。""好吧。不过我不信你的水袋真漏了！"红拂上班的单位是二等贵妇联合会，简称"贵妇联（乙）"，同事的年龄都不太大，而且都有点赖皮。

长安城里除了贵妇联（乙），还有贵妇联（甲）和贵妇联（丙），全称是一等贵妇联合会和三等贵妇联合会。只是这一字之差，就有很多区别。贵妇联（甲）里面全是些老太太，什么下坠啦，瘪嘴啦，身上的馊味啦，都是自然形成的，用不着假装。而贵妇联（丙）的成员全部蓬头垢面，两眼发直，有些人还要穿着紧身衣由两名健妇押送前来上班。一位贵妇应该成为哪个团体的成员，是由她们婚姻的性质来决定的：假如她是明媒正娶，就是一等贵妇，自然是贵妇联（甲）的会员。假如她是事实婚、乱伦婚、扒灰婚、先奸后娶等等，就是三等贵妇，成为贵妇联（丙）的成员。这种女人本身就有点五迷三道，就算原来达不到疯的程度，等被评上了三等之后，自然也就达到了。红拂的情况当然评不上一等，因为她不是娶来的，和三等也有一定的差距，因为她也不是抢来的。最后折中了一下，评为二等。其实她在这里也不大合适。这个等级如果不算她，就是清一色的军旅婚。

军旅婚的来历是这样的：大唐的军队在平定四海的战争中，很多战士年龄很大了，但还没有结婚。在这种情况下出现了一种做法，每攻下一座城市，未婚的战士们就把贵族女校包围起来，把校长叫出来，用刀柄敲打着她的头说：把你的学生都叫出来，从我们中间挑一个做丈夫——否则血洗了你这个鸟学校！然后那些女孩子就走了出来，穿着白上衣、黑裙子，怯生生地看着脚尖；犹豫了好久之后，走到一个看起来胡子比较少、年龄不太大的大兵面前说：就是你吧。然后就大哭起来了。始终没被挑上的战士免不了怒火中烧，闯进学校，把教师、校长、女校工连同烧火的老婆子全部一扫而光，不过这些人都属于贵妇联（丙）的范畴。第二天早上，那些女孩子全跪在营帐前面给大兵擦军靴，压低了声音交头接耳：你的那个怎么样？罗圈腿。讨厌死了。你的呢？满身的毛，也讨厌。我不怕罗圈腿。我也不怕满身毛。于是就换了过来。那些兵大爷对新讨的老婆都认不的确，所以也不管。因为有这种换来换去、乌七八糟的情形，所以对于军旅婚的评价不能太高。但是军旅婚对于稳定军心乃至取得战争的胜利都起过很大的作用，而且这些女人都曾跟随丈夫行军打仗，还有人流过血负过伤，这种情况也不能不予考虑，所以就有了贵妇联（乙）这个等级。

贵妇联（乙）的成员都曾随丈夫行军，不过都是被皮条捆住了手脚，横担在马背上。战士们一面前进，一面高唱军歌，这些人也在马背上和前后的人聊天：早上起来不该喝水，现在憋了尿。你数数吧，能管点用。我这个老鳖头子捆起人来手真重。你拿他的狗皮褥子做护腕——等他睡着了偷偷地剪。打仗的时候也是横担在马背上冲锋，有人的确负了伤，都是被流矢伤在屁股上。到这时为止，这些女人对军旅生活的参与程度就如一卷铺盖——事实上在冬天她们正是卷在铺盖里。后来战士们找来了小盾牌给她们遮着屁股，她们也用并在一起的双手给战士拿弓拿箭，这就算有了感情吧。这种女人在长安城建好以后还是比较年轻，也比较漂亮；为了表现贵妇的风范，只好在脸上画鱼尾纹，挂水袋。不管怎么说吧，能被分到这个联合会红拂还是比较高兴，在这里可以听到一些小道消息，还可以说点出格的言论——在贵妇联（甲）里，只有大道消息和正面言论，而在贵妇联（丙）里，没有任何消息或言论，只有呓语和咆哮，一不小心还会被人把耳朵咬掉。

现在该说红拂和贵妇联（乙）的其他成员是怎么不合拍的了。在这里每人都有一个很长的故事：开头是原来家里是干什么的——最起码是个县官，有时还要用到枢密节度等等现代很少使用的词。与此相关的是家里有多少老妈子，多少丫环，多少厨房，厨子会烧汽锅鸡、炖熊掌等等。当然，这是前朝的情形，用中国大陆通用的语言，叫"万恶的旧社会"。菜名之类的知识，红拂还是有的，但是不大知道前朝的官名，轮到她讲时只好语焉不详。然后就是新婚之夜的故事，那个"老鳖头子"[这是贵妇联（乙）里对丈夫的标准称呼]怎么把她们扛到营帐里去，扔到狗皮褥子上，伸过一只穿了四十五号大皮靴的脚，让她拽住马刺往下拔。这时她怎样因为恐惧和羞辱，一点力气也没有了。拔掉了马靴，露出了一只被脚汗捂白了的大脚，臭味轰的一声冲上了帐篷顶，连盘旋中的苍蝇都纷纷坠地。由此可以看出前朝贵族女校里学生叙事时那种浮华、夸张的传统——她们用的都是同一种国文课本，而且在作文课上也惯于互相抄袭，故此故事大同小异——然后，那"老鳖头子"亮出了他那件天上没有、地下绝无的丑恶东西，并且撕裂了她的纯棉内裤。红拂没有受过这种教育，也没有这种传统，更没有经历类似的事情，所以说出来也就是寥寥的几句："我是自己跑了去的。我喜欢他。"那些二等贵妇听了，就齐声哄她。

红拂和贵妇联（乙）不合拍的情形，领导上早就注意到了。有一天下班的时候，她被几个穿太监服饰的人截住了。那些人亮出了大内的腰牌，对她说：请跟我们走一趟。红拂想：脚正不怕鞋歪。就跟他们去了。这些人下巴光光的，说话奶声奶气，看来是真太监。红拂跟着这些人七拐八拐，到了一个地方，遇上了一个人，让她给他们做奸细，汇报同事的各种言论。还说，你的情况我们了解，你是参加了兴唐战争的老战士，和那些前朝余孽不一样。我们正准备把你调到贵妇联（甲）去，在此之前，你要为我们做这件事。红拂干干脆脆地拒绝了做奸细，并且说，她一点也不想去贵妇联（甲）。那人就说：好吧，这也由你。今天的事不要告诉别人。咱们将来会再见面的，卫公夫人。红拂觉得此人不怀好意，回来后晚上睡觉时告诉了卫公。照她看，长安城里的一切事卫公都应该谙然于胸。卫公联想到不久前遇刺的事，就连打寒噤，说道：这不是我的设计。你不要去招惹他们。而第二天早上红拂就发现梳妆台上有张纸片，上面画了一个嘴唇，嘴唇上有个叉。这件事把红拂气坏了，走在路上见了穿太监衣服的人就冲他们喊道：我和我丈夫的悄悄话，你们也要偷听吗？那些在内廷服务，抽空出来买草纸的老实巴交的小太监听了，个个都是目瞪口呆。

四

和这些喜欢瞎打听的太监打交道，红拂已经不是第一次了，而且这也不是最后的一次。第一次是在评定贵妇品级的时候，人家把她请到个废库房里，让她说说当年和李靖私奔的情形——尤其是一切与性有关的细节。红拂说：这和你们有什么关系？结果马上就引起了误会，转眼之间就被剥光了衣服，倒吊在房梁上，在那里摇摇晃晃地像只蝙蝠似的说道：看来我是非告诉你们不可了——把我放下来吧。红拂简直是制造误会的天才，这一点和我是一模一样。她说这和你们有什么关系，意思是说：这是我和卫公之间的事，和你们其他人有什么关系？但是别人的理解却是：这是女人和男人之间的事，和你们太监有什么关系？像这样的话公公们当然不爱听，所以就把她倒吊了起来。在把她放下来的同时还给她上了一大课，换言之，狠狠折腾了她一顿，以证明性这件事太监也懂。但是这一课讲的什么，红拂又没有听懂。她对太监们说：你们用的这些代用品比李靖的那个家伙差得远。于是那些太监就面面相觑，搞不清是把她再吊起来好呢，还是放在地面上。不过那一次人家记录了她的交待材料后就放她走了，还给她熨了熨剥皱了的衣服。第二次是请她做奸细，这一次相当客气，既没有剥衣服，也没有倒吊，因为奸细要自觉自愿的人。这两次都算是例行公事吧，你要知道，领导不知道别人的隐私事，又没有奸细，就不成其为领导。但是第三次就不一样了。那些太监见了她就笑嘻嘻地说：卫公夫人，说过我们要见面的，果然见到了吧。而红拂一面和他们寒暄，一面就自己脱下衣服，身手矫健地爬上了房梁，把自己倒吊在那里，然后说道：你们问吧。我准备好了。

说起自杀这件事，我以为有各种各样的情形。有人自杀使人觉得可怕，有人自杀叫人觉得可恨，还有人自杀叫人觉得高深莫测。虽然红拂自杀已经得到了领导上的批准，是为夫殉节，但是谁也不信红拂是因为思念卫公才想死掉——众所周知，早在卫公死前好几年，他就只会闭着眼睛打呼噜了（如前所述，李卫公并不是只会打呼噜，但是这一点别人并不知道），谁要是思念他，就是热爱噪音。更何况红拂现在是一品夫人，人又漂亮（如前所述，这一点她自己并不知道），想找多少情人都能找到，不论是男情人还是女情人。故而红拂的自杀是使人高深莫测那一种。红拂这一辈子尽干叫人高深莫测的事，对于这种人，领导上理所当然地对他们没有好印象。

我虽然岁数不很大，但知道不少自杀的人。根据我的记忆，领导上对死人往往比活人还要仇恨，给他们一大堆罪名——自绝于上面、自绝于人民、遗臭万年等等。但是这些罪名却吓不着死人。不管怎么说，他们给领导上留下了一个大难题，就是如此美好的今生今世，那些狼心狗肺的家伙怎么忍心弃绝。就以红拂为例，假如她真的因为丧夫而求死，这倒是可以原谅，怕就怕她言不由衷。假如是这种情况，就得趁她尚未死透问个明白。但是这件事要留到后面去讲述。现在要说的是红拂是怎样在长安城里制造误会。这些事由我说来娓娓动听，因为我最大的专长也是制造误会。

如果我说，生活是件很麻烦的事，其中最大的麻烦是避免误会；最起码红拂同意。对我来说，次大的麻烦是我不够聪慧，一个费尔马定理就证了十年，这样我在智力生活里所得的乐趣就抵不过痛苦——假如我是牛顿、笛卡尔，特别假如我是欧几里得，一切会好得多。这个说法对红拂就不适用，她以为自己最大的麻烦是不够漂亮，这大概是因为男女有别吧。男人总觉得自己不够聪明，女人总觉得自己不够漂亮。因为这最大的麻烦和次大的麻烦，所以生活中快乐少，苦恼多。但我不抱怨，因为抱怨也没有用。

小的时候，老师就对我说过：看你也是两只眼睛一个鼻子，你怎么老和别人不一样呢？我听了甚为得意，正在飘飘然，忽然被老师狠狠掐了一把，她说：你以为我在夸你哪？等我长大了，一听到领导上说这句话（看你也是两只眼睛……）就能够领悟，用不到别人掐了。但是我这一辈子也就到了这个程度，没有什么进境，不知道怎样才能不让别人注意到我这种不幸的缺点（只长了两只眼睛和一个鼻子）。最近一次系主任找我谈话，也对我说了这句话，这是因为我听他说话时不专心。这是我的老毛病，而且为此得罪了很多人。后来我发现听别人说话时用力看着他，别人就不容易发现这一点。最早是看他的眼睛，左眼看他的右眼，右眼看他的左眼，研究他虹膜的颜色和质地，瞳孔的形状，看得久了甚至能看出他眼底的血管是否硬化了。但是这种看人的方法很是招人讨厌，现在改为看鼻子，看久了也能把对方的鼻头看到脸盆那么大。我们系主任的鼻子是蒜头形的，任何人都能看出他将来是个酒糟鼻。酒糟鼻是因为皮肤长了螨虫。我看得清清楚楚，螨虫怎样从他的这个毛孔钻出来，从另一个毛孔钻进去，但我爱莫能助——如果挥拳去打，虽然可以消灭螨虫，但他的鼻子难免就要受到伤害。红拂和我不一样，我们说到过，她向虬髯公学习过剑术，并且久经战阵；假如一名老兵枪打得很准，那也不足为奇。她和领导上谈话时也是盯着对方的鼻子看，看到了螨虫，就以迅雷不及掩耳的速度拔出佩剑把螨虫削去。这种助人为乐的行为在事后是很难解释的，因为螨虫只能在高倍显微镜下或者听了领导上半小时的训话后才能看见。所以她根本就不解释，转身收剑而去。别人看到的就是：一等贵妇和大内出来的太监正在和她说话，她忽然掣剑威胁人家。结论是红拂不仅狂妄，而且危险，后来就把她的佩剑没收了。

我和系主任说话时，不但在看他鼻子上的螨虫，而且嘴里还能讲话，这是了不起的成就。但是一心二用必然出错。他对我说：要想人不知，除非己莫为。我答道：您知道我早上吃了些什么吗？他说：天下没有不透风的墙。我说：这是对建筑行业的污蔑。他说：你这样子怎么为人师表？我说：您的意思是我不够漂亮，这是女生的看法吗？他说：你要知道我国的国情。我说：我怎么不知道？我每月挣三十美元（这是按官价算，按黑市价远没有这么多）。后来他看出我在胡说八道，就说到我长了两个眼睛。这句话使我猛醒，原来他一直在劝我结婚。除此之外，他还知道我和小孙的不正当关系。这一点倒不足为奇，因为行房前后小孙老朝我嚷嚷——责怪我嫌她不丰满、皱巴等等，其实是没影的事——左邻右舍全能听见。他们听到了必然到系里汇报我，否则左邻右舍有什么用处？我告诉他，我正在考虑结婚，他才满意了。其实这是一句谎话。我根本就没有考虑这件事。

五

我十七岁时在插队，晚上走到野外去，看到夜空像一片紫水潭，星星是些不动的大亮点，夜风是些浅蓝色的流线，云端传来喧嚣的声音。那一瞬间我很幸福，这说明我可以做个诗人，照我看来凡是能在这个无休无止的烦恼、仇恨、互相监视的尘世之上感到片刻欢欣的人，都可以算是个诗人。然后你替我想想该怎么办吧——在队里开大会之前要求朗诵我的诗？我怎么解释天是紫的，风是蓝的，云端传来喧嚣？难道我真的活腻了吗？这一切告诉我说，不能拿我所在的这个世界当真，不能拿别人当真，也不能让别人拿我当真。后来我就当了数学家。凭良心说，我当数学家真是不大合适，正如别人当诗人不合适一样。现在小孙老想让我背出一首十七岁时的诗，甚至为此骑上了我的脊梁，用长筒袜勒住了我的脖子——因为她这些轰轰烈烈的行为，我怀疑她是个虐待狂——但我背不出来。我倒能背出几百种艰难的不定积分的解法，但她对这些却不感兴趣。

　　红拂在长安城里生活，觉得无聊时就把李靖给她画的那些画拿出来看。那些画是画在用芋头汤浆过的纸张上，有些是用颜色画的，还有一些是用水画的。水能在芋头汤上留下永远不褪的痕迹，好像糖在水里溶化，或者阳光下的空气。在这些画上红拂好像空气里的一个精灵。另外一些画是用红蓝两色或者黑红两色画出来的，画中人的相貌除了一双大得惊人的眼睛之外，简直没有任何的近似之处，但还是能够看出画的是她。给她画这些画时，李卫公用了一大把竹笔。他把这些笔叼在嘴里，所以好像一只海豹。卫公给她画这些画时，他们住在土地庙里，四周都是菜园子味。红拂看到的天空是紫色的（这一点可能和吃多了茄子有某种关系），篱笆上开满了大得不得了的喇叭花。李靖告诉她说，喇叭花是女性生殖器的象征。红拂点头称是，显出一副心领神会的样子。其实她心里想：满篱笆这种象征是什么意思呢？人在年轻时都是这样的，有一肚子的问题要问，但又不敢问。等到可以问了，一切又都索然无味。她把这些画拿到贵妇联（乙）去给别人看，并且宣布说：这就是艺术，这就是爱情。而那些贵妇们却说：你们这些土包子懂得什么艺术、爱情！

红拂在贵妇联（乙）里被当作个土包子，因为她没有上过贵族女校，没有穿过白上衣黑裙子，缎面的布底鞋和白布袜子。那种袜子是五趾分开的，样子很怪。但是她被容许混迹于她们之间，参加每旬一次的party。据说这是因为红拂长得漂亮，人又不蠢，所以给她一点恩惠。其实这算不上是一种恩惠，因为贵妇联（乙）内敌视大唐的情绪早就引起了领导上的注意，正如毛主席所说的，她们是一个裴多菲俱乐部式的团体，但是还没到处理她们的时候。这就是说，参加这种party的人最后肯定要倒霉，但不是现在。其实那些女人聚在一起时，只是穿起女校的校服，朗诵少女时代的纯情诗文，并且集资出版诗集，并且把丈夫叫作老鳖头子。我想女人这样并没有犯什么错误，错误就在于说没有上过贵族女校的人都是土包子，不懂艺术和爱情。贵妇联（甲）的成员知道以后十分气愤，大家分头致力于琴棋书画，还奋力去写爱情诗。但是这些娘们见了一等贵妇的作品就捧腹大笑，有人甚至笑出了盲肠炎。这就使一等贵妇们相信自己真的不懂艺术和爱情，再也不肯致力于琴棋书画，也不再去写爱情诗，而是致力于反对艺术和爱情，终于取得了很大的成功。事实证明人没有艺术和爱情也能活，最起码中国人有这个本领。而世界上没有了艺术和爱情，也就没有人会被叫作土包子了。贵妇联（乙）天天开会学习，改造思想。今天批判张三，明天批判李四。被批判的女人们不堪羞辱，纷纷自杀，而领导上也不加阻拦。红拂在长安城里的情形就是这样的。

长安城里没有风，但是城外经常刮大风，风一起就是天昏地暗。有人说，在城里可以看出这风的干燥程度，因为有时候天是灰黄色，就像干燥的土粉；有时候天是潮湿的黄色，好像风和黄土在天上和了泥。有人说，在城里可以看出风的深度，因为有时候天是浮土的颜色，有时候是地下深处土的颜色。到底是哪一种情况，大家都不知道——因为除了那些来去匆匆的外国人和脚夫、车夫，绝大多数的人只要进了长安城，就没有出过城。有些人下定了决心要到城外去玩玩，走到了城门口，看到了门洞里站着的两排守城兵就丧失了勇气，这种情形也像被魔住了一样——假如天色是深黄色，天上就会掉下土来，是长条形的，好像一种虫子屎。在这种天气里红拂下班回了家，先到书房里去看看李靖（她总怕他会突然无声无息地死掉，这种忧虑当然不是空穴来风，因为卫公就是一声不吭地死了的），然后回到自己房间里去换衣服。她脱掉外衣，解下胸前的水袋，拿掉假肚子、假屁股，然后把扇贝做的乳罩解开，那对乳房就像一对小兔子一样跳了起来（这对兔子当然没有耳朵）。如前所述，当时外面是昏黄的天气，有一种泅湿的黄色被压到屋子里面来，红拂的身体则是白皙而有光泽的，在这种光线下就闪着蓝黝黝的光，好像她天生就是蓝种人一样。她的乳房上早印上了扇贝的痕迹，看上去好像两个笊篱，而且肚子上也有一大块红印。这使她本来美好的身体变得难看了。此时的感觉和当年在洛阳城里梳头时的感觉一模一样，因为现在面对的还是恼人的生活，了无生趣。就在这时候她忽然想到自己根本就没有逃出洛阳城，一切和以前仍是一样的，只有些表面上的变化。后来她有了一个主意，实际上还是故技重演，到了晚上睡觉时，她就策动卫公从长安城里再次跑掉，就如多年前从洛阳城里跑掉一样。卫公听了皱眉道：瞎扯八道！往哪里跑？红拂说：跑到海边上去——你不是喜欢海吗？卫公听完了就开始不吭声，一连好几天都皱着眉头，在想红拂的主意是不是有道理。据我所知，数学家都是这样的，不会错过任何一个建议，包括最异想天开的建议。李卫公找来了一切地图和地理方面的书，考虑了从东罗马帝国到南美洲的一切地点，研究一切逃走的路线。假如红拂问起来，就说，就算要逃出去，也要策划周全。

每天早上刚起床的时候，红拂总是穿一身白纱的衣服去梳妆。这身衣服和透明的差不多。站在镜子面前，红拂有点不敢相信他们还能逃出长安城。她的下巴现在是浑圆的，脖子上接近下巴处有了一道浅浅的纹路，手背上有五个浅浅的窝，过去不是这样的。过去她是消瘦的。她的乳房现在很丰满，还能用柔软、圆润等字眼来形容。过去是紧凑的，假如那上面有表情的话，就是一种顽强不屈的表情，或者可以说，那是两个紧握着的小拳头。生了孩子以后腰也粗了，虽然只是一寸半寸，但这里讨论的不是形状，而是身体的表情。总而言之，红拂自己都不相信她还能激励一个男人从长安城里逃出去。

现在的这个身体没有了挑战性，只能诱使男人和她做爱，却不能使他对生活不满意。

李靖也不相信他们还能逃出长安。他毕竟是快六十岁了，有关节炎，肠胃也不好。但是这些还不是最重要的事。最重要的是他感到疲倦，再也不想在路上奔波。所以他宁愿装得衰老或者童稚，以便能在长安城里平安地生活。但是这不妨碍他研究地图，在心里想象南洋群岛的热带风光，北极的冰山，大漠的荒凉；虽然他哪儿都去不了。而我呢，自己也知道除了现在干的事什么都干不了，虽然有时难免想入非非，但是"随心所欲不逾矩"。我们何必要逃出去？坐在椅子上想象也是一样的。我想领导上也该知道这些事。既然如此，就应该对我放心，让我少开几次会。

我现在经常照镜子，发现有好多硬毛从我脸上各处钻出来，并不局限于下巴，简直是刮不胜刮，剪不胜剪。这种情形使我想到自己死时会变成一把板刷。红拂想到自己死时的模样，总要联想到"皮囊"这个词。大家都知道这是佛家对身体的指称。过去红拂从来没有想到过这个词，但到了感觉自己身体开始松弛时，就觉得这个词可悲地形象。由佛家的用语，联想到佛陀离家出走，托钵四方；由离家出走，联想到这个"家"字，它是宝盖之下的一只猪——这只猪又是谁呢。相比之下，别的语言就没有这样自己糟践自己。Home，就是H-O-M-E，没有任何能让人联想到pig的东西。与此同时，长安城还是老模样，而且有趣的事越来越少。红拂每天都要花很多时间来看蝴蝶，但是长安城里没有好看的蝴蝶，只有一种幼虫吃洋白菜的白粉蝶，孤零零地在一片灰黄色上展开翅膀。为了招来白粉蝶，红拂还特意种了一些洋白菜。但是她不会种菜，所以菜后来都死了，粉蝶也不来了。她还想种些花草，但是一样也种不活，甚至连狗尾巴草也死了——这是因为长安的水土除了槐树，什么都不长——这一点和北京不一样，这里下一场大雨，遍地是杂草，然后居委会的老太太再组织人力把它连根拔掉。她还可以怨恨这一切，把怨恨当作消遣。但是这一切都是卫公的安排。她爱卫公，并且不想改变，虽然爱他这件事干得有点欠考虑。只剩下最后一件事可干，就是盖上贝壳乳罩，挂上水袋，穿上衣服，出去上班。穿上这套可怕的服饰，也就是截断了思想。她的倒霉之处在于只有脱光了衣服，对着一面镜子，或者是抱住了卫公才能想象，但是不能一天到晚总这样。我也不能不去上班，走到灰色的人群里去，一路走一路想入非非。活着成为一只猪和死掉，也不知哪个更可怕。

第十章

一

李卫公死掉以后，红拂殉夫而死。这件事大出人们的意料。这件事的原委是这样的：卫公死之前，他还在与红拂做爱。完了事以后，卫公说：胸口闷，头晕！说完就死了。事后红拂对别人说：干那事时，卫公还挺行的，那杆大枪像铁一样硬，直撅撅像旗杆一样，谁知他会死呢。这种话说起来，简直是对死者的大不敬，但是底下一句话却令人不得不敬：他死了，我也不活了！过几天就上吊！她不光是说说而已，还给皇后上了奏章，申请为夫殉节。自从大唐开国以来，国公夫人为夫殉节的事还没有过，所以这件事引起了很大轰动。嫉妒她的人说：这娘们不是好来路，丈夫死了，在长安城里立不住，想靠这个来挣面子。但是朝廷认为卫公夫人殉节，乃是大大的好事，不但证明了大唐妇女深明大义，还证明贵族阶级的道德水准很高。皇后下旨，旌表红拂为节烈夫人，并且派宫内主管刘公公去主持此事。刘公公觉得兹事事体重大，就请了长安城里办理贵妇自杀最有经验的魏老婆子来做顾问。所以红拂殉夫一事，从开始就操纵在专业人士手里了。

红拂知道，李靖一死，别人就把她当成了死人。说人们把她当死人还不全面，实际上是这样的：如果她表示对活下去有兴趣，别人就讨厌她，如果她表示出自己行将死去，别人就会尊敬她。在皇城边上，有一座温泉，那里只招待有诰命的女人。洗过澡后，还可以躺在铺了熊皮的短榻上喝一杯冰镇果子露。红拂头天就在那里。她听见一个女孩的声音在背后说：妈，这个阿姨是谁？好漂亮！又一个十分熟悉的声音说：甭理她！那是卫公夫人——好没廉耻，死了丈夫还跑出来。红拂一看，是程咬金的夫人，带着女儿，就走过去说：程夫人，好一阵不见。明天我就殉了，抽空出来看看老熟人。程夫人一听，立刻肃然起敬：明天吗？您准备怎么殉？上吊？上吊好。韩国公的小夫人喝毒药，一连三天，上吐下泻，鬼哭狼嚎。最后只好叫了大师傅，拿擀面棍在脑袋上狠敲了几下，脑壳都敲扁了。眼珠子凸出来，像水泡眼的金鱼。还有人吞金针，吞下以后七窍出血，发高烧说胡话，那模样也是十分糟糕。总而言之，上吊是再好不过。

但是女人在这种场合说的话都不大可靠，上吊未必真有那么好。站在一个行将上吊的人面前，大家都说上吊好；而站在一个行将投井的人面前，大家又都说投井好。红拂本来是讨厌上吊的，但是自从领导上分配她上吊以后，她也开始喜欢起上吊来了。这是她一生里从未有过的事。过去领导上分配她在洛阳城里当歌妓，她就不喜欢，和卫公一道跑掉了。后来领导上又分配她在长安城里当二等贵妇，她又不喜欢，想要鼓动卫公再次逃掉。现在分配她上吊而死，她会喜欢，真叫人百思不得其解。

红拂这样想，站在朱漆的高凳上，脖子上挂着三尺白绫，只要两脚一蹬，就会进入虚无的世界。但是站在这凳子上实在不容易，因为人吊死了，会乌珠进出，舌头会伸出来，脸会憋得乌紫，还会大小便失禁，弄得臭烘烘。要是一般人，也就顾不了那么多。可是作为卫公的妻子，这样死掉有失体面。为了殉夫而死，她已经绝食三天，还请了医生，用原始的办法灌了肠。然后花半天时间化妆，在脸上敷了极厚的粉。然后穿上一身缟素，站到高凳上去，叫人用缎带把眼睛勒住，防止它掉出来。再叫人用带子把手脚都捆住，以防乱抓乱蹬，没了体统。做好了这些事，底下人就离开那间屋子，等待高凳翻倒的声音。只要凳子倒了，自杀者在概念上就是个死人了。

其他人就可以哭丧，分遗产。但是她往往还没有死，为了防止颈骨扭断，官宦人家太太上吊，脖子上要垫上钢条，而绫带又很宽，所以起码要吊三四个小时才断气。有人悬在空中，觉得无聊，就叫家里人拿轿子把女友接来聊天，或者在半空荡来荡去，打起秋千来。这说明想要一蹬腿就进入虚无世界乃是一种梦想。红拂这样想，只是要把自己的处境想得好一点。

红拂殉夫一事，并非没有人劝说过她别这么干。比方说，红拂的女儿就说过：妈，殉夫是老太太的勾当。你这么干是假正经！其实红拂当年也有五十一岁，按大唐的标准算是个老太太了。但是她保养得非常好，看起来也就是三十岁的模样，并且美艳绝伦，姿容绝代，所以大家都不觉得她是老太太。这都要归因于她从四十岁起就不吃羊羔肉和水果以外的任何食品，每天做体操，并且从未停止性生活。别人尚未觉得她老，但是她自觉老了。这不但是因为脸上起了鱼尾纹，嘴里有了气味，还因为乳房已经开始下坠。这一点别人看不到，是她自己量出来的：乳头已经偏离了中心位置，并且乳房下面有了很深的纹路。除此之外，她开始忘事，说话颠三倒四，这些她从别人的脸色可以看出来。因此她常说：我老了以后，准是个招人讨厌的老太太。这些小事对于别的女人来说没有什么，有的人还以能招人讨厌为荣。但是我们不要忘了,红拂一直是以美艳著称的,而且她还老觉得自己还不够美艳。她受不了这个。所以她就决定死了。

红拂上吊的场面远比她想象的要壮观。卫公死掉以后,院里搭起了席棚,自从刘公公和魏老婆子来了之后,又把席棚大大地加高,以致好像来了马戏团。红拂想:这也有道理,原来死了一个人,现在马上就是两个了。棚子自然该加高。但是事实证明了她缺乏想象力:棚子里马上就搭起个架子来,有三丈多高,是门形的,用了三根大梁粗细的金丝楠木。红拂见了很诧异,把魏老婆子叫来说:这可是我家的院子,你们要干什么,总要对我说说。这架子是干啥的?那魏老婆子长得像条鲇鱼,穿着紧腿裤子,太阳穴上贴着小膏药,声音刺耳地说:您老人家早该来问了。这是送您归天的架子嘛。红拂说:好家伙!把我吊这么高!有没有搞错?我怎么上去?爬梯子吗?魏老婆子说:底下还要搭台子哪。自动升降,就像攻城的云梯一样。红拂说:这么个架子,底下还搭个台子——那不像是肉铺的柜台了吗?我挂在上面,岂不像一口猪?魏老婆子不高兴了,说道:太太,这事情您不明白,还是忙您的去吧。什么肉铺的柜台,这叫皇上的恩典——一点水平都没有,还当什么节烈夫人。红拂就去忙她的,坐上骡车,到温泉去洗澡,进了澡堂,身后还跟了个小太监。这也是魏老婆子的安排，派人盯住红拂，不让她吃东西，因为她正在殉节前的绝食期间。这可把红拂治得够呛，洗完澡出来，小风一吹，她就休克了。

二

红拂本人的模样，也是非常的壮观。皇上御赐了一道白绫，放到朱漆盘里，如果她出门，就有人手捧着这盘子走在前面。还有御赐的金枷玉锁，随时都要戴着。这是因为皇上知道红拂身手了得，怕她变了主意，突然跑掉了。这道枷真是沉得厉害，要不是红拂有武功，根本扛不动。

有关绝食的事，魏老婆子说：这是绝对重要的，起码要绝食十天，否则肠子里有东西，很快就会烂，更不要说吊起来时大便失禁，糟糕得很。卫公夫人奉旨归天，没准吊上去了皇上还要来看，可不能出一点岔子。因此到了最后几天，她叫红拂吃棉花，用棉花把肠子擦干净。除此之外，还让她喝藏红花熬的汤，直到红拂出了红汗。这两种东西无比的难下咽，尤其是没吃饱的时候，这时候吃莫名其妙的东西会犯恶心。红拂感到十分痛苦，就把刘公公找来，提出抗议：难道咱们要殉节的人，就没有一点人权？红花汤里起码可以放点糖嘛。而刘公公说：不可以，这是古代的验方，方子里没有糖。至于人权，那是没有的。这是因为红拂是奉旨归天，只有光荣，没有人权。所以吃饭睡觉全要听专家安排。

红拂上吊那天，皇上赐了一桌酒宴，红拂吃得好不开心。谁知乐极生悲，吃完了还得喝肥皂水，把它完全吐出来。而说到睡觉，红拂苦笑一声，魏老婆子根本就不让她睡觉。回到家里，刚想在炕上歪一歪，魏老婆子就叫来一群小太监，把红拂倒吊起来。这里的道理是：她将来是要吊死的，死时五官、乳房等等，都会下坠。趁着现在有气儿，赶紧倒吊，可以起校正作用。红拂的女儿去看她妈，只见她倒悬在梁上，面红耳赤，眼前是个小太监，捧着一本倒着的书。女儿就说：叫你别殉节你不听，现在难受了吧？告诉你，吊起来的滋味更糟！红拂就说：咳！咱不是没事，想找点事干嘛。你也别闲着，给我揉揉腿，都吊麻了！

魏老婆子说，伺候过多少上吊的，没见过像李夫人这么调皮的。比方说，官宦人家的小姐，被人家始乱终弃，坏了名节，成天哭哭啼啼，乖乖地叫干啥就干啥。或者是七十岁的老太太，躺在床上像个木乃伊，怎么摆布都可以。可这李夫人，好不容易给她弄得里外都干净，可以上吊了，她却还要到外面去兜风。从任何方面来看，她不像个想死的人。但是她也承认，李夫人非常大方，今天一锭金，明天一锭银，都从自己的私房钱里支出；办这档事可没少挣钱。魏老婆子对以下事实印象深刻：最后那天晚上，李夫人躺在帐子里洗蒸汽浴，她端了一大盆水去给她灌肠。这是很痛苦的事。但是卫公夫人毫不抱怨，她像一匹马一样趴着，把臀部高高撅起来。

李夫人的话魏婆子记了不少，后来她出了《节烈夫人殉节语录》一书，可挣了不少钱。兹在此摘录若干：

那天晚上，我和卫公干好事，就是这个姿势。——灌肠时的谈话

过一会就见着李靖了。那天晚上说，歇会再干，他可别忘了。——临终时的自言自语

将来你嫁人，可得找个岁数小的。干事之前一定要给他号号脉。——对女儿的赠言

等会我吊起来，要是勒出屁来，你们可别笑话我。——对众人的临终赠言

这本书除了语录，还有不少花絮，其中谈到了李夫人的最后一天晚上，须要举行净身仪式，把身上的汗毛

都刮光。干这件事的是一群小太监。面对李夫人如花似玉的肉体，太监都动了心，个个魂不附体。李夫人就屈起中指，一指弹去，登时就是个紫疙瘩。等到净身完成，红拂就说：毛都煺完了？现在是蒸还是烤？

据目击者说，李卫公夫人殉节时，一身缟素，脸上施了淡妆，显得美丽非常。她从卧室出来，身穿白色睡袍，身后跟了两个小太监，捧着她的三尺青丝，走得非常快，径直上了平台。那平台上有不少伺候的人，底下的人摇动绞车，平台升了起来。那时虽是午夜，但是四下里灯火通明。席棚里人山人海，这是因为大唐卫公夫人殉节，各国使节都来观礼。红拂说，这么多人来看，真不好意思。也不知招待得好不好。刘公公说，这事不劳节烈夫人操心——您老人家的任务，就是死掉。说话之间，他就掏出了御赐的白绫，在红拂脖子上绕了三匝。这时红拂斜眼看了一下铁钩和横梁，说道：我怎么看怎么像吊猪的。说话之间，台子四周搭起了黑纱帐，院子里的人就看不见他们了。然后的事情相当复杂，等到一切停当，刘公公问道：节烈夫人，您老人家有什么遗言？红拂答道：我操你妈，快点吧！

关于这件事，有不少细节要补充。比方说，一上了台子，红拂就找板凳，因为她以为，上吊一定要有板凳，但是那台子上并没有板凳。经过询问才知道，在她的事里不会有板凳出现，这是因为她不必在绳子套在脖上时跳起来，把板凳蹬翻。魏老婆子说，那方法不好，经常把人吊得歪歪倒倒。改进的方法是红拂用手来拉一根绳子，以此发动机械，使脚下的平台降下去。这是一项新发明，当然也就出乎红拂的意外。红拂拿着绳子试了试，觉得很没气氛。于是她说：这么大的事，你们也不问问我。我一直以为是蹬凳子呢，老在想怎么蹬！

说话间，有个小太监走过来说：节烈夫人，请您老人家玉手。红拂问：干什么？那人说：恕无礼，要把您老人家捆起来。红拂说：你们怕我跑了吗？魏老婆子就来打圆场说：不是的。待会您老升天时，要是乱抓乱挠，那多不好。何况谁都知道，您是一位功夫家，手上力气大，抓一把不得了。就请您受点委屈吧。好在您是要死的人，也不在乎这了。说话间小太监就把红拂捆了起来，捆成个五花大绑，动作十分熟练。红拂说道：你好像经常捆人。在哪儿学的？太监说：就为您的事儿，到衙门里学了三天。红拂说：可真难为你，赏你十两银子，找魏大娘要吧。魏大娘，咱们的银子还有吧？

魏老婆子苦笑了一下说道：有，有，您老人家尽管用。这事的原委是这样的：红拂的私房钱，除了给女儿的，都放在魏老婆子这里，讲好了红拂一死，就归魏老婆子。这时用得越多,最后剩得越少。所以难怪她有意见,又敢怒不敢言。小太监得了赏赐,非常高兴,说道:我是向徐哥学的。每回衙门里出人,都是徐哥主捆。这里好大的学问!捆男人、捆女人、捆贵人、捆强盗,都有不同。捆您老人家,是捆贵人的捆法。您看,捆得多艺术!她低头一看,果然不同凡响。首先,捆住她的是一条大红缎带,这就和麻绳不一样。其次,这根绑绳上打了很多蝴蝶结,挂在腋前、腹下等等地方。胸前是一个大花结,像牡丹花的样子。就是不上吊,也是蛮好看的。红拂笑了起来,说道:你要不说,我绝想不到是从刽子手那里学来的。我准以为皇上是个虐待狂,这是捆皇后的手法哪。

等把红拂捆绑停当,又有人拿来一条黑缎带,说道:请您老人家闭眼。红拂说:这是干什么?要把我眼睛蒙上?难道怕我看见啥?魏老婆子说道:这您就外行了。要是不拿带子把眼睛捆上,吊起来后乌珠进出,有说不出的难看。红拂说:啊呀,真是麻烦!我是自己要死,又不是死给谁看!魏老婆子大惊道:您是饿晕了吧!寡妇殉节,谁不是死给别人看!

红拂的眼睛蒙上了。一团漆黑之中,有人说道:给您老人家挂绳子了。请您直直腰。再直腰。好了。您老人家晃晃头——怎么样?正不正?

红拂说：正正，快把那根绳子给我吧。魏老婆子说，这可使不得，早着哪。现在把绳子往上紧。您老人家踮脚尖——好，再紧紧。于是把红拂笔直地勒起在半空。红拂说：咱们能不能快点？我非常不舒服。魏老婆子说：这可没办法。想舒服，您老人家别死呀。如此调整了有半个时辰，红拂觉得脚尖都发麻了。搞好以后，魏老婆子说：都好了，可以撤帐子了。于是听见撤掉帐子的声音。外面的风吹进来，十分清新。但是红拂想吸一点进肺，却办不到。红拂听见底下的人声，一片赞美羡慕之声。红拂说：好了，大家都见到了，把那绳子头给我，我可等不及了。

红拂那时头脑十分清醒，虽然被捆得像铺盖卷一样，眼前漆黑一团，但还记着动作要领，那就是临断气时，要猛绷脚尖，千万别死拳拳了。还有绳套勒脖子时，要把脖子伸直。这一点十分重要。有些人稀里糊涂地乱来，结果是挂在半空时也乱七八糟。有人吊得向左或向右，把颈骨扭断了，死得非常快，但是死了以后像棵歪脖树，难看得很。有人吊的位置太靠后，悬在空中像个被提住脖子的鸭子。这些不好的死相，都会被人耻笑。最糟的是套子的正面勒到了后面，人在空中仰着脖子，像个卧在沙滩上的大头鱼。因为没勒到地方，老也不死。别人也不敢把她放下来,因为放下来之后,她再也不肯试第二遭。因此只好十天半月地挂着。红拂想,我一定成功,因为年轻时习过武,身手矫健,这些体操要领拦不住我。她把魏婆子叫过来说:咱们这是等的什么?魏老婆子说:皇恩浩荡呀,节烈夫人。皇上和皇后都要来看您。趁这工夫我也得吃点东西了。

如前所述,红拂直挺挺地站在那里等死,这一刻非常的长。在一团漆黑中,她等待和死亡会面,死亡似乎是最伟大的情人。这是因为它非常陌生。她的心越跳越厉害,禁不住挪动起屁股来。魏老婆子说:节烈夫人,您的样子不好看了。台下那么多人看着呢。

红拂以为死亡是最伟大的情人,故此心里慌乱起来。不但脸上发红,手也抖了起来。魏老婆子安慰她说:您老人家不要慌,到了这个时候,人人都这样。这时候红拂觉得魏老婆子真讨厌。生命完结的快乐,她一点体验不到。

红拂把绳头拿到了手里,心里怦怦跳起来。她很想拉动绳子,但是手不听指挥。魏老婆子说:您老人家后悔了吧?我伺候过多少太太小姐,到了这会儿都后悔。要不要我替你拉绳子?皇上在底下看着呢。我敢和您打保票,您是不敢拉这根绳。红拂说:扯你的淡吧。

红拂把手里的拉把一拉,从脚下的平台往下一跨,登时挂在了脖子上。那一瞬间眼睛往外一鼓，可是被缎带勒住了。绫带勒住了下巴，牙关紧闭。魏老婆子马上走过来，凑在她身上一闻，说道：好极了。您老人家玉体干净，可以直升天界。感觉怎样？

红拂说：扯淡！我脚尖还在地上！魏婆子说：就是这样的。这样半吊不吊的，死时姿势最潇洒。就是时间长点，您没意见吧？现在有啥感觉？

红拂说，憋气。声音好像猫叫。她又说，我怎么变了声？魏老婆子说，大家都这样。您眼睛里有几颗星？红拂说，一颗。两颗。这意思是一只眼一颗，两只眼两颗。老婆子说，不坏。慢慢会多起来。到了九颗时，就是您老人家升天之时。听见什么？红拂说，没有，静悄悄。老婆子说，那还早。快升天时，耳朵里很吵。您要不要喝点醋？喝了比较快。红拂说，不喝。她觉得醋太难喝。老太婆就说，像您这种情况，不喝醋要七天七夜。红拂叹口气，不知是觉得太长，还是太短。

老婆子叫了李靖的儿子女儿（都是小老婆生的）上来，大家大哭一通。有人说，娘呀娘，你怎么忍心？爹去了，您也撇开我们。红拂听了很感动，几乎不想死。可是魏老婆子说道：你娘还没死，这么哭不好。那儿子立刻说道：都吊起来了，谁说没死？红拂听了，立刻就不感动了。后来老婆子说，你们都出去。他们出去了。

进来一批丫环下人,又是哭爹叫娘。红拂听了,十分不耐烦,在半空中扭动起来。老婆子把别人都撵开,然后说道:夫人,怨老身无礼,我可要在台上歪歪了。您老人家要是能睡的话,不妨也睡一会。明天的滋味难受得很。过了一会,就听见老婆子的鼾声。这时忽然听见一个女孩子的声音:妈!妈!原来是她自己生的那个女儿来了。这孩子说:不听我的,后悔了吧?要不要我把你解下来?

红拂和女儿说:你上哪儿去了,一晚上都见不到。现在来干什么?女儿说:干什么?我来救您嘛。这几天到处跑,约了一大批有义气的朋友。红拂说:你把我解下来怎么办?女儿说:这我都安排好了。别看您上了几岁年纪,长得比我还好看。弄出去卖到窑子里,保证红。红拂大吃一惊:好女儿,居然要卖妈!那女儿却说:反正您都不想活了,何不废物利用?

根据这种说法,红拂被她女儿称作废物,理由仅仅是自己不想活。当然她就想问问:你想把我卖给谁?女儿说:说出来您又要吃一惊,就卖给我自己。我在外面开了家买卖,生意还不坏。今天把你弄出去,你就归我了。红拂说:好哇,谢谢你了。女儿却说:谢什么?我是您生的嘛。红拂说:好了,不扯淡了。你走吧。以后学点好。女儿大惊道：你不跟我去呀？

后来那位女儿还劝了她半天，说是绝不会亏待红拂，保证只给她好客人（"您放心！生我出来的地方，不是谁想去都去得成！"），保证待遇从优（"我要是对自己的妈都不好，别的姐儿能跟我吗？"），保证不虐待（"您要是犯了规矩，只是饿几顿，绝不打。我还能打我妈吗？"）。作为一位母亲，红拂理应对自己的女儿的言行感到诧异，但是红拂没有理她，渐渐迷糊过去了。

虽然被吊在半空中，红拂还是睡着了。一觉醒来，她觉得有点晕眩。在她的眼前，出现了四颗星星，耳朵里也吱吱地响。除此之外，她发现自己在旋转。所以她把魏大娘叫了起来。那婆子说，还早得很，到现在才有四颗星，耳朵也响得不厉害，看来七天七夜打不住。红拂说，她不是要说这些事。她想叫魏大娘把她的身体稳住，不要叫她转。她说她最害怕旋转。魏老婆子说，她一点办法也没有，因为在她看来，卫公夫人挂得好好的，一点也没转。红拂说，这样下去恐怕会吐。魏老婆子说，这不要紧，吐不出来。红拂说，她确实觉得恶心。魏老婆子说，每个人在这时都觉得恶心。现在是半夜，太太不妨再打打瞌睡。不要老想自己是个活人，这里不舒服，那里难受，这样没有好处。要把自己想成个挂在梁上的死人，就会好得多。

红拂想，假如我是死人，怎么会想？这魏老婆子真糊涂。可是魏老婆子打了个呵欠，猛地伸手过来，把红拂猥亵了一番。红拂被吊在半空，根本挣扎不得。本来她没有这类毛病（同性恋），但是现在她在亢奋时期，不由自主来了快感。事情过后，红拂说：魏婆子，你好大的胆！你就不怕我告诉别人？那魏婆子说：我一点也不怕。您自己不觉得，吊了一夜，您嗓子全变了，听起来是嘶嘶的，除了我谁也不知您说些什么。小妞，你现在是在我的掌握之中。我现在也用不着对你客气了。红拂说：我也用不着对你客气，就像你说的，反正我是要死的人。魏老婆子说：姑奶奶，我就是能治要死的人。比方说你，我拿点参汤一吊，十天八天死不了。多少嘴硬的大姑娘，最后都管我叫姥姥。红拂说：魏姥姥，我不死，你也回不了家，这对你也不好。魏老婆子说：改口了？叫姥姥我不爱听，你叫小魏吧。红拂说：我的妈，你叫什么不好！

魏老婆子用两腿夹住红拂的身子说：我可要审审你，这么漂亮的人，干什么要寻死？我的妈，你这对奶长得多好。这双腿直苗苗。小肚子好平呀。下边……你这个小蹄子，上吊都不老实！这时候红拂想，吊在空中和人调情，这滋味太不好了。这个故事的结局，是红拂落到了一个坏老婆子手里。

三

吊在空中，百无聊赖时，红拂开始预见自己的未来。等到人家用镜子在鼻孔上试不出气，把她放下来。那时她刚断气，还没僵硬，赶紧割开血管放血。同时，要用个漏斗插到她食道里，灌入大量的水银。一直灌到血管里全是水银，皮肤上出了水银汗才能算完。这样她的尸体可以永不腐烂。红拂活着时，体重是九十斤。灌了水银后就有八百多斤。这时候她会变成银灰色，拿手指一蹭，指尖发灰，仔细一看，指端有好多细小的水银珠，想一想自己会变得如此之重和这样的颜色，红拂心里很不舒服。然后解去缚眼的缎带，把她扶起来坐着，这时的红拂，肤色如雪，目光流盼，比活着时百倍明媚照人。她将这样在灵堂里端坐，以供万众瞻仰。这件事将轰动整个长安城，因为李卫公的夫人殉夫而死，肯定是了不得的大新闻。上至帝王，下至布衣，都要来看。这需要很长的时间，水银会从眼睛里流出来。为了防止这样的事发生，在红拂死去的第三天，要从她食道里灌入熔化的铅。铅和水银会形成合金，水银就不会从眼睛里漏掉。红拂听见这事就说，我的妈，要拿铅来灌我。可是李靖的儿子说，阿姨，您已经是死人了，怕什么？如果你不乐意，可以不喝铅。红拂说，假如必要的话，喝一点不妨。李靖的儿子说，您要喝多少？红拂说，我怎么知道？李靖的儿子说，从铅汞合金的组成来看，喝下两斗水银后，应该喝两斗铅。红拂怎么也不敢相信她能喝下那么多铅，尤其是十几条壮汉把那些铅扛来给她看了以后。她还看见了很多东西，包括裹死尸的白布，睡死尸的棺材，给死尸灌铅的大漏斗，还有粗针大线。人身上的很多口子，死了以后需要缝起来。红拂看见那些针线，觉得很不舒服。但是她必须对这些东西发表意见，如果她不点头，这些东西都不能用，而这些东西又必不可少。

我现在就要结束这本书了，这就像揭开一个谜底一样。李卫公已经死了，红拂则被吊在了上吊绳上，后来的事已经不重要了。这个故事已经被红拂自己画上了句号。由此就得出一个结论道：红拂殉夫正逢太平盛世，领导上碰到每一件事都把它往好里解释。这时候有一个红拂为了某种未知的理由想要死掉，领导上也能够泰然处之，并且把它看成一件吉利的事。我遇到的也是这种情形，现在有一个王二因为一种未知的理由、用一种未知的方法证明了费尔马定理，领导上也把它看成是好现象，把我的证明看成了一种成果，把我本人看成了一位人瑞。活着遇到了太平盛世，我们（我和红拂）是多么的幸福呀。

四

红拂寻死的事，另一些文献是这么叙述的：李靖死了以后，她非常伤心，就上表请求一死。大唐皇帝虽然嘉许她的节烈，但是又不愿一代名媛就此逝去。所以他命令，在红拂未死之时，要尽力劝说。为了防止她自行上吊，特地把她打进了天牢，赐她披枷戴锁。只有当劝说无效时，才准她死去。但是节烈夫人死志弥坚，终于在三尺白绫上西归。

当劝说无效时，皇帝只好赐她一死。他命令给红拂最大的光荣，这就是说，让她享受皇族的死刑。所以在选好的日子里，在她家里搭起了高高的绞刑架，红拂被黑纱蒙面，五花大绑，背后插着金制的亡命牌，骑上毛驴，在九城游街示众，然后由一位亲王监刑，押上了绞首台。

这种说法中最奇妙的是红拂不是自杀的，而是被处死的。这就有些不能自圆其说的地方。至于死前还被插上犯由牌到九城示众，似乎有点过分，但也不是什么不能想象的事。故此有的文献里有这样的细节：卫公夫人上表要求自杀，皇帝览表大怒说：岂有此理，要是别人也罢了，你姓张的本是个婊子嘛！他怀疑红拂是要哗众取宠，就叫人把红拂抓起来问。不但披枷戴锁，还用了几次刑。但是也没问出什么来。这时皇帝想起李卫公曾有大功于国，刚刚去世，就拷问其遗孀，似乎有点鲁莽。据说皇帝颇为懊恼地说：这事也怪红拂！要死自己死了吧，还上什么表文！俗话说，有好抓，无好放，现在怎么办？内臣们就出了这么个主意，说是珍惜贵妇生命云云。听上去有点肉麻。

当皇帝的都有一点另外的考虑，他说：咱们这样把她捉了来，又关监又用刑，就让她回家去说吗？内臣们说：这还不好办，您就赐她一死好啦。反正是她自己要死。当皇帝的又都有点幽默感，所以他说：死也不能让她好死，好好修理她，以儆后来。这种说法的实质是皇帝不觉得红拂想自杀是一件吉利的事。大唐皇帝还是非常仁慈，这要是换了大明皇帝，非把红拂打进教坊司当妓女不可。

这种说法里也有红拂在被吊起来之前去洗温泉的事。她是坐在囚车里，由女禁子押去的。但是那座温泉，只有贵妇人可以进去。所以她就被交待给了门口的侍女。但是侍女只能帮她脱衣服，也不能进入洗澡的地方。所以她们把她送到下一道门门前，对里面的贵妇说道：卫公夫人不方便，请大家帮帮她。这时红拂没有戴枷，只戴了一个金制的手铐，由一道金链子挂在脖子上，还戴了一副金脚镣，由另一道金链挂在腰间。她低着头小步挪了进去，马上被里面的贵妇们包围了。她们说：卫公夫人，好性感哪。你这副金链子真好看。呀，这金锁上还镶了银线的花。让我来给你擦背吧。她们谁都没有注意红拂脸色苍白，面颊消瘦，为了表明只求一死的决心，她已经绝食好几天了。胡敬德的老母亲是贵妇的领袖，已经八十多岁了。她说：把小红拂叫过来，我有话说。于是红拂走过去，在老太太面前跪下说：犯妇张氏，见过太夫人。老太太说：快别这么讲。你虽然披枷戴锁，却都是皇上的恩典。只要你改个口，这些马上就可以去掉。红拂说：回太夫人的话，皇上恩准了，明天赐犯妇一死。今天出来，主要是和大家见一见。老太太说：你叫我说什么好？说你好吧，你不听皇上的旨意；说你不好吧，你殉小李子，也是志气高。还有什么要说的吗？好吧，我不耽搁你。去吧。

胡老夫人头发稀疏，胸前垂着两个奶袋，脸上长了很多老人斑，眼睛已经混浊，像不新鲜的鱼。她身上的皱纹比皮都多，阴毛都花白了，纯粹是个丑八怪。而红拂则是那样的鲜嫩，皮肤洁白滑腻，身体的比例也非常好。胡老夫人坐在太师椅上，而红拂却跪在地下，别人看了觉得不公平。她们上前，把红拂扶了起来，把她架到温水里去。首先的话题，是牢里的生活怎样，伙食好不好。红拂说道：皇上的恩典，非常的好。其实根本就没有伙食，只有一些小米粥。红拂不肯吃，就用漏斗灌。灌完了以后，还用铅丝捆住她的脖子，防she呕吐。这些就是伙食。脖子上架着大枷，也不能躺下睡觉，只能坐着。禁子还说，反正你是要死的人，不要紧了。少喝点水，省得老要小便。红拂在牢里的情形就是这样的。

所有人都关心明天红拂死掉的细节。这情形将是这样的，他们将用绞车把她慢慢吊起来，让她死得既缓慢，又痛苦。这些细节已经向红拂宣布，问她有何意见。红拂没有说别的话，只是点了点头。但是这些细节她也不肯说出来。

除了这些话，别人主要是为红拂抱不平，说她年纪轻轻就要死掉，真是亏得很。这些话就用不到红拂来回答。她闭上眼睛，向后一仰，让头发漂在水上，好像一大片浮萍。明确了明天死去，好像了却了一件心事，非常轻松。

在等待头发干掉时，红拂在躺椅上睡了一会，据说她把双手捧在了胸前，腿平伸在地上，就这样睡着了。

那时候有一道锁链绕着她的脖子，另一道绕在她的腰间。这些刑具只是使她更好看。虽然是四五十岁的人，她的乳头依然像处女一样又红又嫩，爱巢上的毛发依然又黑又亮。只是脖子上有一道红印，这是因为不肯吃饭，吃了又要呕，用铅丝勒出的痕迹。像这样漂亮的女人，明天就要死了。死是对人的唯一威胁。不想死的人怕很快地死，想死的人怕慢慢地死，所以世界上才会有那么多人。

人家说，皇帝有意要红拂死前见到这些贵妇，是怕她们也要干这种为夫尽节的事。他希望红拂告诉那些贵妇牢里的可怕，但是红拂什么也没有说。这是因为红拂决心要再次跑掉，离开这个可怕的世界。

据说皇帝亲审红拂，就问她为什么要干这哗众取宠的事。红拂说道：没有哗众取宠的意思，只是有点想不开，觉得死要死个明白。皇上就说：我也有点想不开。你要死向我请示，叫我怎么办嘛。批准了也不好，不批准也不好。红拂说：就请皇上给犯妇一个恩典，叫犯妇死了吧。皇上说：那是可以的。但是要叫你死时多受些罪，怕你受不了。红拂说，皇上的恩典，有什么受不了？皇上就说：那好，我要治治你这沽名钓誉的家伙。但是明天要放你一天假，让你到处跑跑，让别的女人都看一看。根据这种说法，皇上以为红拂自杀是想沽名钓誉。此时最好顺杆爬，说那就请皇上治臣妾沽名钓誉之罪。这样很容易就能轻松地死掉。但是红拂非常的倔强，她一声也不吭。

后来红拂就出来洗澡，完成皇帝的嘱托。然后回到牢里去，等待被处死。睡了一会之后，她站了起来，向大家告别，走了出去。侍女们给她穿上了衣服，她就走了出去。完成了这个任务，她以为可以安心地静待死亡了，但是事情和她想象的大不一样。

红拂认为，第一次从别人眼界里逃掉，是翻墙逃走；第二次她就无墙可翻，只好死去了。这一点别人无法理解，但是她也不想让人理解。她唯一的愿望就是让别人杀了她，而不是由自己杀自己。这是因为，她不是自己把自己生了出来的。

五

后一种说法说，红拂在死掉时不能说话。这种说法还说，她在行刑的当天早上，走到了为死囚准备的小房子里，那里有个光秃秃的人在等待，手里玩着一串钥匙。那人大概四十岁的样子。那人的脸是个大平板，几乎毫无特征。他给红拂开了锁，用聊天的口吻说：昨天玩得开心吗？

那时候这间房子里只有红拂和那个男人。红拂抬头看了看，天花板很高，窗户也很高，还有一把椅子和一张高高的桌子。那个人说：把衣服都脱掉。快一点，卫公夫人，我的活多得很！而红拂只是稍稍犹豫，就把衣服都脱光。那个人就说：长得不坏，李夫人。坐下吧。让我试试你。原来这张椅子是个拷问椅，可以把坐上去的人双手铐在扶手上。这时他拿出一叠黄表纸，打湿了水，贴在红拂脸上。经过了反复测量，红拂停止呼吸的厚度是第七张。在此之前，红拂三次停止了呼吸，额头上的静脉凸起，脸色涨红。但是再往她脸上贴纸，她还是不躲不闪。

后来红拂躺在了台子上。她什么话都没说，据说她只是东张西望。那房子里终日不见直射的阳光，但是相当的明亮。四壁都是厚厚的软木板，外面的声音进不来，里面的声音出不去。她躺的台子是厚木板钉成，上面露着硕大的钉子头。在台子的四角上，有四个大铁环。那人说：这是捆你的。只要你乖，我就不捆你。红拂只是点了点头，没说什么。那人提了一大桶肥皂水叫她喝，她就喝了一口，然后往空桶里吐。那人叫她再喝，她又喝了一口，如此循环，直到把胆汁全吐光。后来那人又叫她翻过身去，拿一个大漏斗往她肛门里灌了不少肥皂水。灌的时候问了一声，疼不疼？红拂也是摇头，不说话。那人说，到墙角出清肠子吧。她就点点头去了。然后那人叫她回来躺下，她又回来躺下。那人拿出一把大刷子，刷洗她的身体，好像在洗马一样，并且仔细洗了阴部、肛门、腋下、乳下等等地方，并且解释说，你的尸体皇上要看，可别有什么异味。他还用手指探了探肛门，闻闻手指说：灌得挺干净。卫公夫人，您不要不好意思。我是同性恋。红拂点了点头，仍然不说话。

那个人又说，假如我不是同性恋，你今天就糟糕了。这地方除了我，谁也不来。这句话里带有一丝淫秽的暗示。他用刷子把红拂的皮都刷出了血印子，但是她还是一声不吭。后来那人又拿出了剃刀，把她的体毛全剃光，在此期间红拂还是不说话。只是在那人刮她的阴毛时哼了一声，这是因为当时他用手指撮起她的小阴唇，碰到了敏感的地方。而那人又捻了几下，她就不吭声了。然后那人又拿出很多小绳子，把她仔仔细细地捆起来，使她好像掉进了蜘蛛网，一点动弹不得。这些绳子有粗有细，粗的用来捆手臂、手腕、脚腕、膝盖、大腿、小腿；细的用来把大拇指、大脚趾捆住，并且在绳扣间联结。最后套上罩袍，袍外用丝绦勒了三道。这时他说：皇上吩咐说，叫你多受点罪，你今天可要难过了。你坐起来吧。红拂就坐了起来。据那人说，红拂坐着的样子仪态万方。

那人拿起一根亡命牌给她看，那上面写着：奉旨殉夫人犯红拂一名。这个犯由古怪得很。名字上打了红叉。那人就把它插在红拂背上。然后他说：你说句话吧。红拂就说：谢谢你了。

刽子手说，我干了一辈子这个买卖，还没人谢过我。今天我送你上路，咱们也算有缘。能不能告诉我，你有什么毛病？但是她一声也不吭，那人就把她推倒在台子上，说道：躺躺吧。好大的毛病！

红拂就这样躺在台子上，而那人却喝起茶来。这段时间非常的长，好像永远过不完。红拂终于抬起头来问了一声，还要等多久？而那人却没有听见。这是因为她的声音太微弱。后来听见远处一声炮响，那人就拿出一截细绳子来，说道：对不住，现在要勒住您的脖子，叫你发不出声音。您有什么要说的，快说吧。但是红拂连张了几下嘴，又摇摇头。那人就把绳子套到她脖子上，慢慢绞紧，直到她呼吸微弱，才在绳子上结扣。这以后就用黑纱蒙住红拂的头，在此之前还说了一句：我就是今天的行刑刽子手。您不想多看我一眼？但是红拂把眼睛闭上了。那人就用黑纱包住了她的头，把她扛到了外面，放在驴子身上。据说红拂在驴身上侧坐，依然是仪态万方。

据说红拂站在绞刑台时,依然是仪态万方。然后她感觉到有人从背上拿去了犯由牌,又感到有人把绞索套在了脖子上。这时她尽力站得笔直。但是她始终也不知道什么时候开始吊,吊了有多高。因为在她眼前的始终是一片黑暗。而且她什么也听不见。其实当她被蒙上双眼时就开始死了,但是总也死不完全。据说这就是皇上的意思。他把京城所有的刽子手都找了来,给红拂设计了一种死法,就是一直在死,但是老也死不完全。这就是用绞车把红拂慢慢吊起来,吊到她还能用脚尖坚持住为止。当然,假如吊过了头,她就会开始抽搐,那样马上就会死。故此要用黄表纸测量她的肺部。她就这样站着,浑身笔直,脚尖酸痛,呼吸困难。但是她仍然保持了冷静。我写到这个地方,自己也感到诧异:像这样的事,我怎么能够知道?所以它就是真的吧。根据这种说法,感到死之将近时,红拂曾经长叹一声。刽子手听见了就把头凑过去说:怎么样,卫公夫人?后悔了吧。要不要我把你解下来?但是红拂只是摇了摇头。她心里想的是:不管领导上怎么想,想要死还是办得到。这也就是说,红拂这座时钟走到了这里,眼看就要弦尽停摆了。

红拂最后的时刻,眼前真的出现了九颗金星。那些星星嗡嗡地飞着,好像一些铜做的大黄蜂,所到之处都留下刺痛。这些金星有时候飞进心底,在那里向深处猛钻，有时候飞到心外，几乎消失在视野之外。这个时候她自己也变成了一根飞旋的柱子，在震耳的轰鸣中移动着。这一切都沉浸在墨一样的黑暗中。这样的死亡和一个无性、无智、无趣的人生相比，也不知哪个更可怕。

六

到现在为止，我们还没有说到红拂自杀的直接原因。卫公死了，生活无趣，这些都是理由，但这些还不会导致红拂马上毅然决然地死掉。卫公死掉以后，皇上念及他生前曾有大功于国，就封他的遗孀为长安城里的贵妇领袖。这就是说，红拂被任命为贵妇联（甲）的主任委员，今后从日出到日落都要主持会议，做大报告。当然，她当这个角色年轻了一点，故而要把头发剃光，装上黑白两色的假发，把牙齿拔光，装上假牙；身边还要有一位手拿记录本，准备画正字的女秘书。这样她就成了一个级别极高，但是毫无权力的大官；不做任何官该做的事，只是享受官的生活方式。而这种生活方式实在是可怕极了。像这样的任命是没法拒绝的，除非你就要死掉。红拂接到任命以后，马上就提出了殉节的申请。很显然，像这样的申请在审批中会遇到种种留难；被批准之后也会有种种实行中的困难。我觉得这样说明就够了——只要不装假，我们每个人都不天真。

有人说，红拂被吊到最后，就变得非常的苗条。她皮下的脂肪都变成汗出来了，以致贴身穿的白麻布衣服都变成了浸了油膏的绷带，她自己也成了一盒油浸沙丁鱼罐头。这时候空气里满是异香——我们知道，好多种芳香物质都是脂溶性的，所以红拂一生所用香水的有效成分都在这件麻布袍子里了。她年轻时当歌妓，中年时当卫公夫人，所用的香料当然是车载斗量，而且全都十分名贵，这件衣服简直是价值连城。这时候红拂差不多已经死了，只有一点魏老婆子才能看出的呼吸。当时正是深夜里，她就蹑手蹑脚地行动起来了：解开了捆着红拂的那些带子，把亵袍从红拂身上剥了下来。这时候红拂静静地立在那里，一丝不挂，手脚僵直，但是身材苗条，有如十七岁的少女，半睁着眼睛，紧闭着嘴巴，双臂在空中僵直着；看上去好像是一具非常美丽的死尸或者一座非常美丽的雕像，但是魏老婆子知道她是活着的。这个老婆子急于把这件亵袍送到外面去卖给香料店的人，也没给红拂披上一件衣服就走了。等她回来时，事情发生了很大的变化。红拂不见了，只剩下一条空空的绫带。于是她就大哭，把别人都叫起来，编造了一个红拂仙去的神话。总而言之，红拂的棺材里是空的。谁都不知她到哪里去了。在绳子上吊了一个星期，她的模样有很大的变化，只有魏老婆子才见过她最后的样子。但是魏老婆子抵死不肯承认红拂是溜走了或者被人劫走了。所以找到她已经是不可能的事了。后来在她女儿开的妓院里就多了一位妓女，脖子上总缠着围巾，说话的声音低沉嘶哑，有人说那就是红拂，但是无法确认。这个故事是说，虽然红拂是兴高采烈、毅然决然地想要死掉，但最后还是事与愿违。

我的书写到这里就要结束了。有人告诉我说，不能这样写书——写书这个行当我还没有入门。他们说，像这种怪诞的故事应该有一个寓意，否则就看不明白。我不能同意这种意见，虽然我一贯很虚心。在我看来，这个故事一点都不怪诞。我不过是写了我的生活——当然这个生活有真实和想象两个部分，但是别人的生活也是这样的吧。生活能有什么寓意？在它里面能有一些指望就好了。对于我来说，这个指望原来是证出费尔马，对于红拂来说，这个指望原来就是逃出洛阳城。这两件事情我们后来都做到了。再后来的情形我也说到了。我们需要的不是要逃出洛阳城或者证出费尔马，而是指望。如果需要寓意，这就是一个，明确说出来就是：根本没有指望。我们的生活是无法改变的。

七

红拂这一辈子干过两件重要的事：一件是在不到二十岁时从洛阳城里逃了出去，另一件是在刚过五十岁时企图自杀。这两件事里有一件成功了，另一件不成功。不管成功不成功，两件事都引起了别人的诧异。因为这两件事她都不该干出来。红拂很少想入非非，她想到了什么就干什么。我现在依旧没有结婚，而且在和小孙同居。别人总问我为什么要这样做。说实在的，我也不知道是为什么。在我周围有一种热乎乎的气氛，像桑拿浴室一样，仿佛每个人都在关心别人。我知道绝不能拿这种气氛当真，他们这样关心别人，是因为无事可干。就是把这种气氛排除在外，大家也不能对别人漠不关心。就是我，也总在猜测别人是什么样的。这不是在猜测女人脱了衣服是什么样的，而是在猜测每个人在心底是什么样的，随时随地都在想些什么。

我现在经常想到一个人，就是那位在二次大战里躲在"边楼"的犹太小姑娘安妮。她在那里写了一本日记，说她相信每个人的心地都是善良的，然后就被纳粹抓走了，死在灭绝营里。这样她就以一种最悲惨的方式证明自己是错了。她生命的价值就是证明了再不要相信别人是善良的。最起码要等到有了证据才能信。

你是不能从人群里认出我来的,尽管你知道我头发灰白,一年四季总穿灰色的衣服。现在每天我都到系里去上班,在我的办公桌上放了一个老式的墨水池,那东西看上去像个眼镜,左边的一个墨水瓶里是红墨水,右面一个是蓝墨水,中间的凹槽里放了好多蘸水笔尖。每天早上我来时,都要仔细地把笔尖挑选一遍,把磨秃了的笔尖拣出来,包在一张纸里扔进废纸篓;然后戴上老花镜批阅学生的作业。这些学生是加州伯克利教的。批完之后我把这些作业本拿到对面他的办公桌上,然后看教科书的校样,到十一点钟我到厕所去洗手准备回家——有人在洗手池上放了一撮洗衣粉,用它可以去掉手上的墨水渍。我就是这样一天天老下去了。从这个样子你绝看不出我每天每夜每小时每一分钟都在想入非非,怀念着十七岁时见到的紫色天空,岸边长满绿色芦苇的河流,还有我的马兄弟。我本来不是这样,是装成这样的。你不可能从一个消瘦、憔悴的数学教师身上看到这些。有关人随时在想些什么,我只知道一个例子,就是我自己,别人不可能把一切都告诉我。所以我只好推己及人。在统计学上可以证明,以一个例子的样本来推论无限总体,这种方法十分之坏。安妮·弗兰克就犯了这种错误，从自己是善良的推出了所有的人都是善良的，虽然这份善良被深藏在心里；这个推论简直是黑色幽默。但是在这件事上没有别的方法了。到目前为止，没有一件事能让我相信我是对的，就是人生来有趣，过去有趣，渴望有趣，内心有趣却假装无趣。也没有一件事能证明我是错的，让我相信人生来无趣，过去无趣现在也无趣，不喜欢有趣的事而且表里如一。所以到目前为止，我只能强忍着绝望活在世界上。

* 1997年5月收入花城出版社版《青铜时代》。

说 明

　　《红线传》，杨巨元作，初见于袁郊《甘泽谣》，《太平广记》一百九十五卷载；述潞州节度使薛嵩家有青衣红线通经史，嵩用为内记室；魏博节度使田承嗣欲夺嵩地，薛嵩惶恐无计，红线挺身而出，为之排忧解难之事。《虬髯客》，杜光庭作，收《太平广记》一百九十三卷，述隋越国公杨素家有持红拂的歌伎张氏，识李靖于风尘之中，与之私遁之事。《无双传》，薛调作，收《太平广记》四百八十六卷，述王仙客与表妹刘无双相恋，后遇兵变，刘父受伪命被诛，无双没入宫中，王仙客求人营救之事。这三篇唐传奇脍炙人口，历代选本均选。读者自会发现，我的这三篇小说[①]，和它们也有一些关系。

王小波

---

①指《万寿寺》《红拂夜奔》《寻找无双》三部长篇小说。——编注

图书在版编目（CIP）数据

红拂夜奔 / 王小波著. — 2 版. — 北京：北京十月文艺出版社，2025. 4. — ISBN 978-7-5302-2414-4

Ⅰ. I247.5

中国国家版本馆CIP数据核字第2024MZ1423号

红拂夜奔
HONGFU YEBEN
王小波 著

出　　版	北京出版集团	
	北京十月文艺出版社	
地　　址	北京北三环中路6号	
邮　　编	100120	
网　　址	www.bph.com.cn	
发　　行	新经典发行有限公司	
	电话 (010)68423599	
经　　销	新华书店	
印　　刷	山东韵杰文化科技有限公司	
版　　次	2017 年 7 月第 1 版	
	2025 年 4 月第 2 版	
印　　次	2025 年 4 月第 1 次印刷	
开　　本	850 毫米×1092 毫米　1/32	
印　　张	10.5	
字　　数	177 千字	
书　　号	ISBN 978-7-5302-2414-4	
定　　价	59.00 元	

质量监督电话　010-58572393
如有印装质量问题，由本社负责调换

版权所有，未经书面许可，不得转载、复制、翻印，违者必究。